广西少数民族新锐作家丛书

主　编　韦守德　石才夫
副主编　东　西　严风华

林虹　著

两片静默的叶子

LIANGPIAN JINGMO DE YEZI

广西人民出版社

图书在版编目（CIP）数据

两片静默的叶子 / 林虹著.—南宁：广西人民出版社，2013.11

（广西少数民族新锐作家丛书/韦守德　石才夫主编）

ISBN 978-7-219-08626-1

Ⅰ.①两…　Ⅱ.①林…　Ⅲ.①散文集—中国—当代　Ⅳ.①I267

中国版本图书馆CIP数据核字（2013）第243144号

策划编辑　吴春霞
责任编辑　曾蔚茹　林晓明
整体设计　李彦媛　陈晓蕾
印前制作　麦林书装

出版发行　广西人民出版社
社　　址　广西南宁市桂春路6号
邮　　编　530028
网　　址　http://www.gxpph.cn
印　　刷　广西民族印刷包装集团有限公司
开　　本　787mm×1092mm　1/16
印　　张　16.75
字　　数　160千字
版　　次　2013年11月　第1版
印　　次　2013年11月　第1次印刷
书　　号　ISBN 978-7-219-08626-1/I·1683
定　　价　30.00元

编辑委员会

总 序

中华文学园地，可谓浩瀚如海，蔚为大观；源远流长，血脉相连。其中，少数民族文学，便是中国文学百花园里一朵耀眼的奇葩，是中华文化不可或缺的组成部分。

广西是一个多民族聚居区，有壮、瑶、苗、侗、仫佬、毛南、回、京、彝、水、仡佬11个世居少数民族以及满、蒙古、土家、畲族等散居民族。自古以来，在少数民族这个大家庭里，从不乏文人雅士，传世文章。在广西的文学版图上，少数民族的作家和作品，无论是过去和现在，都占据着重要的位置，闪耀着璀璨的星光。早在唐朝，壮族首领韦敬办为建成大宅自撰《大宅颂》，内有四言诗、五言诗，被誉为中国壮族文人文学的开山之作。代代相传的文化血脉，使广西少数民族文学创作生机勃发，根深叶茂。新中国成立以来，广西各民族作家同心协力，相互促进，涌现了一批优秀作家诗人，陆地、韦其麟等少数民族作家作品给中国文坛留下了美好的记忆。新时期以来，壮族作家王云高的中篇小说《彩云归》获得1979年全国优秀短篇小说奖；2001年，仫佬族作家鬼子获得了第二届鲁迅文学奖。在历届全国少数民族文学创作奖“骏马奖”评奖中，广西作家共有48人次获奖。他们既为本民族、也为广西争得了荣誉。可以说，这些作家和作品，为中国的文学百花园，增添了不少的色彩。

广西地处祖国南疆，山水俊秀，风物灵动；乡风朴素，人民勤劳，是生长作家的摇篮。长期以来，自治区党委、政府以及有关领导高度重视广西文艺事业的发展，对“文学桂军”的崛起与成长寄予厚望。自治区党委宣传部连续多年拨出专门经费，坚持实施作家签约制度，至今已历八届，近百名作家参加了签约；开展文学积累工程，出版《广西当代作家丛书》，共4辑，80位作家的作品得到结集出版。在这样良好的创作环境下，近几年，一批40岁左右的少数民族青年作家势头强劲，频频在国家级名刊亮相，显示了不俗的实力和潜力，受到了全国文坛的关注和尊重。在小说方阵里，梁志玲、陶丽群、周耒、黄土路、杨仕芳、潘小楼等，以年轻而尖锐的目光，审视身边变幻莫测的世界，用独到的叙述方式，解读现实的困惑和心灵的沧桑。在散文园地里，何述强、林虹等，在纷繁复杂的事物中，用心灵的触觉，寻找生活的细微之处，用文字组成一篇篇心灵的独白。在诗歌世界里，黄芳、费城等，青春驿动，激情洋溢，以冷峻的笔调，解构生活的细节，剥落陈腐，放射光亮。毫无疑问，他们用真诚的态度、丰硕的成果，表明他们将成为“文学桂军”可以相信和依赖的重要力量。

这批作者大多生活、工作在基层，尽管生活体验丰富，创作精力旺盛，但由于生活条件、经济条件的限制，在对外交流、推介作品等方面缺乏助力，使得创作成果无法得到很好的展示。这些因素都有可能成为他们创作的瓶颈。

2012年，中国作家协会隆重召开了第五届全国少数民族文学创作会议。会议决定从2013年起，启动“少数民族文学发展工程”5年计划。这表明了党中央对少数民族文学发展的关注，对少数民族作家培养的重视。基于这样的大好形势，考虑到广西从未出版过少数民族作家文集，我们编辑出版了这套《广西少数民族新锐作家丛书》，目的就是大张旗鼓地对他们进行宣传和推介，给他们增添信心，激发创作激情，让他们走得更远、更好，为广西文学事业的繁荣和发展储备新生力量。

入选本辑丛书的10位作者，是由各市文联精心遴选推荐，再由广西作家协会主席团认真评审出来的。入选的作品，均是他们近10年来的创作成果，是心血的凝聚。丛书的出版，体现了如下意义：

一、展示和总结了新一代广西少数民族青年作家最新的创作成果。信息时代，任何成果都需要快捷传递，及时宣传，以获得最佳的效果。出人才，出精品，始终是我们的追求。

二、极大激励青年作家的创作热情。基层的少数民族作家生活和创作条件均十分艰苦，往往要付出超出常人的劳动和代价。丛书的出版，就是他们辛苦劳动的回报。这10位作者，就是榜样。以此为榜样，可以激励后来者。

三、具有文学积累的社会价值和文化价值。作家作品，从不同层面反映了某一地区某一时期的社会生活状态，具有丰富的认识价值和审美价值。通过对他们的作品进行收集和总结，可以为后人留下具有社会价值和文化价值的文学成果。

时代的进步和发展，一定会出现更多的新事物、新变化，需要更多的优秀作家和更多的优秀作品及时地发现和描绘。这就要求我们各民族青年作家，要有刻苦坚韧、探索创新、团结奋进的精神，始终坚持以人民为中心的创作导向，自觉地把握时代的脉络，深入生活，深入群众，反映他们的心声，为他们提供丰富的精神食粮。这样，才能出现真正有大气魄、大作为的作家和作品。

这是时代的期待。

丛书的出版，得到了中国作家协会、自治区党委宣传部和广西文联党组的大力支持和关怀，广西人民出版社的责任编辑付出了艰苦的劳动。在此，谨表示衷心的感谢。

编　者

2013 年 10 月

目录

辑一　两片静默的叶子

辑二　那些事那些人

辑三　被茶浸润的生活

辑四　从零度空间落下

辑一

两片静默的叶子

光影之中的阳台

秋日的阳光透过阳台上的黄杨、龟背竹、石榴树、三角梅、紫薇……洒进阳台内，客厅里，疏离之间，光影之间，有暖意，有喜悦，有慵懒，有倦意，也有空白。常常是躺在躺椅上发呆，或者看一本书，看着看着，走神了，恍惚着，不知今夕何夕，有混沌的感觉，掩面小憩，不知不觉中竟然睡着了。哎呀，真的是徐娘半老了吗？不过是打了个盹罢了。

也罢了，阳光满面，多好啊，这样的午后，咖啡在一旁，有书几本，《托斯卡纳的艳阳下》《永远的普罗旺斯》……都是那些诱惑我想出逃的书，明知不会有那样的出逃机会，但是慰藉一下心灵也是可以的，遂由了自己。从篇尾或者中间或者随意一节，无需循章而读。多好啊，无序有时也是有趣的。

还是向往啊，托斯卡纳的艳阳，那是怎样一个艳字了得？像油画一样的托斯卡纳，作者梅耶斯拥有一座名叫巴摩梭罗的房子，一百二十棵橄榄树，若干棵杏树、苹果树、李子树……还有大片的鼠尾草、黑刺梅、柏树林、九重葛、迷迭香、榛子丛……梅耶斯被菩提树上的杜鹃叫醒，沿着梯田散步，在葡萄园中唱歌，采橄榄，每天在树荫下吃午餐，之后看书，睡一个漫长的午觉……那就是我的理想生活啊。还有普罗旺斯，一望无际的薰衣草，沾着泥土的松露，奔跑的猎狗……作者梅尔夫妇隐居于此，过着内心想要的生活。我时时就是这样，按住那跃跃欲动的出逃之心。啊，按住它，紧紧的，终有一天，它会破笼而出。想着这就是倦意重生的原因吧，思想的出游比身体的出游还要来得累。遂起来，整理阳台的花草。

石榴树结了两个鸡蛋大的果实，一直让它们挂在树上，这种风景树的果实，不能吃，好看罢了，这是楼下的阿姨给的。石榴开花的时候，红艳艳的，一朵朵压着枝头，很美丽。想起年轻时，那第一个送花给我的男孩，送的就是这种石榴花。这是个喜欢穿白衬衣的男孩，干净清爽。在经过我家的路上，有两棵石榴树，那天，他定是走在这条路上，走着走着，看见路旁的石榴花，开心地跳起来，摘了一朵，藏在衣兜里。那时，我刚在学校教书，也不知道他是怎么认识我的，他和他的朋友来找我，就带来了这朵石榴花。后来，彼此渐行渐远，竟没了消息。有时我走在小城，会想，那个午后，那个第一个给我送花的男孩，现在也和我一样中年了，他在哪儿呢？还在这个小城吗？抑或是我们曾擦肩而过，但认不出彼此了，是时光改变了彼此的容颜吗？还是，我们原本就是被时间打败的逃兵。想起蔡琴的歌《那些事那些人》里唱的：人生原来就是和那些事那些人相遇的过程……又想起一句话：有些人走着走着，就散了；有些人想着想着，就忘了；有些人爱着爱着，就淡了。

两棵龟背竹，长得很茂盛，叶子像荷叶那么大，绿油油的。也是楼下的阿姨给的，她眉清目慈，很和蔼，种了很多花草，居然还有睡莲呢。冬至前后，她在楼下晒了一大串腊肠腊肉，散发着香味，很有烟火的气息。我有时会跟她聊些种花的心得，就会想到自己的母亲，在南宁的某个阳台，也在晒腊肉了。呵，真想念在小城东宁北路 84－6 号的生活啊！想念那里的木瓜啊，黄秋葵啊，桂花树啊，芭蕉林啊，西洋菜啊，黄豆啊，红背菜啊，阳光下的菜干啊，腊肉啊，萝卜干啊……

为解这种思乡之愁，我也在阳台种了菜，随手撒下的向日葵种子，居然开花了。这种金黄的植物，这种温暖的植物，在东宁北路 84－6 号的院子里长到围墙那么高呢。也曾多次出现在我的诗里：向日葵/那金色的光透着安静的暖/向着幸福或者不幸福/这绵长的昂首/坚定不移/……那金黄，那饱满/那曾经来过的。呵，谁又懂得呢？这诗中之意，它要表达什么呢？时光的流逝，爱的流逝，那些愁绪，也如这中年的愁绪吗？要知道，我曾有多迷恋这种温暖的植物，这种执着的植物，永远向着太阳，直至，长成它的形状、它的颜色，直至，为它低下自己高贵的头颅。所以，当我看见在阳台种的向日葵，那细小的枝干、细小的葵盘，已经很开心了，种的不过是乡愁罢了，不过是回忆罢了，不过是快乐罢了。

还种了薄荷，呵呵，这种味道清香的植物，在东宁北路84－6号的菜地里长得很茂盛，可是到了我这儿，却是面黄肌瘦，但也能应付我做菜的作料了。还有辣椒，居然结了很多呢，居然长势良好，摘来煮，也不知道是不是心理作用，觉得美味极了。儿子Andy夸我是天下无敌的美食家，呵呵，照单全收。还有茄子、番茄、葱、油麻菜、生菜，曾在我的阳台蓬勃生机的，可是后来，我们一家外出，回来，就全枯死了。后来，就没了心机去打理了。觉得很多事啊，做不完。那些书啊，堆在桌面，没来得及看呢。很久没做南瓜饼了，很久没做大肚糍了，说了好多次要去小凉河窑红薯的，说了要回小城，回东宁北路84－6号去摘苦丁茶的……可是，那些时间又去了哪里呢？被谁偷走了呢？也不知道啊，就这么无序地生活着。

幸好，幸好，还有这阳台，这午后，弥安送的杯子，一杯咖啡，轰轰烈烈开放的三角梅，这小小的惬意，在躺椅上的打盹……我曾在这个阳台写下了很多文字，比如最近的中篇《夜歌》。那时，写着写着，抬头看一眼阳台的植物；写着写着，抬头看一眼蓝得无尘的天空；写着写着，听到鸟儿叽喳着飞过；写着写着，阳光就淡了下去；写着写着，听到Andy的同学在楼下大叫他的名字，我就替他大声地应着。

呵，此刻，阳光那么好，晒些红豆吧，还有芝麻、黄豆、绿豆、糯米，这些充满烟火的万物，我是多么喜欢。

两片静默的叶子

有些记忆很模糊了，有些记忆却像被风雕琢一样，所到之处，总会泛起一些涟漪，一漾一漾的，如初夏的蓓蕾绽放，每一瓣都拥挤着心房，比如年少的某个夏天、某一条街、某一个人、某一朵花……

每每此时，被生活磨得起皱的心，被这样温暖的回忆浸润着，柔软无比。就像艾吕雅的诗：你是我记忆的住客/你是最后一场雪。

南方的夏天，总是来得很早，无论是葱绿的树、冰镇的西瓜，还是满街卖冰淇淋吆喝的声音，都无法阻挡那些被太阳炙烤的从水泥地上冒出的热气。

那个夏天，我认识了一个大胡子男孩，确切地说是邻居。其实他也不是留很长的胡子，只是满腮的青茬，有一种落落的感伤。而那时又迷着三毛的书，所以也给他起了这样一个温暖的名。他上班之外，还在城里开了一家店。他是一个率性的人，喜欢坐在人来人往的街道听广播，如一株安静的菩提树。

偶尔我会到他的店里喝茶，穿着自己做的黑色纯棉背心，在肩上开了两个小洞，用一根黑色的小带子系着，扎成一只黑色的蝴蝶结。我喜欢踩着单车，穿行在灿烂的阳光中，风吹来时，肩上的蝴蝶在快乐地飞舞。

他会笑着招呼我，递给我一杯清茶。两人坐在白布铺的小圆桌旁，看那些茶叶在热腾腾的水里渐渐舒展，沉落。这是一个白色的世界，白的墙，白的桌，白的椅，我坐在那里，可以沉默，可以微笑，可以闭目养神，这让我放松和舒服。

他也一样，靠在白色的椅上，一脸的闲适和从容。店里没有音乐，是那种寂静的声音在空气里流动，但是我听得到，我说我喜欢这种清静的声音。他微微浅笑，转动脖子上的一枚十字架。我笑他为什么把痛苦挂在脖子上。他正经地答：因为他承受了世间的痛苦，所以剩下的欢乐留给了我们。我笑他正经的样子，心里会有小小邪邪的捉弄。他能感觉立马回应更邪的笑。忽然之间，我感觉夏天在他这里是宁静的，包括我们的内心。我想，这就是入定吧，能够让自己、让别人内心入定的，他有着怎样的力量？

当那些清香的茶浸润着灵魂、心以及行走的思想时，我想起了阿拉伯人喝的三道茶：第一道苦若生命，第二道甜似爱情，第三道淡若微风。我告诉他，他笑着问：现在我们喝的是哪道茶？我笑而不答，看着他清澈透亮的眸子，不沾染一丝的尘埃。我说我们是两个相似的人，只要一言一语就能洞察彼此的心思。他答：这个世界没有相同的两片叶子，偶然的相似并非必然的相同，你看不见的，我看不见的，那些遮蔽和束缚我们心灵的无形的东西，正在吞噬我们纯净的世界。

他说的是对的，所以我们仍然是两片相望的静默的叶子。

那时他有一个很漂亮的女朋友，漂亮到让人屏息静气。偶尔看见他和她坐着单车从坡上乘风而下，像两只比翼的飞鸟，像琼瑶小说的某个情节。我会朝着那个方向看，仿佛看一出戏。

黄昏的时候，我们这座小城的人喜欢去桂江游泳。西落的阳光在慢慢地变淡，似乎只要轻轻一摇，就会碎在水里，消失在晚风中。我和女友也泡在水中，因为不懂游泳，只是在可以踩得到底的地方瞎扑腾。他不知道从什么地方冒出来，头发湿漉漉的，还滴着水珠，手里举着一只红色的蜻蜓，像个孩子一样欢喜：送给你！我惊喜地接过那只红蜻蜓，看着它透明的羽翼在霞光中轻轻扇动着，我放开手，它就飞起来，向河的更远处飞去。

那是我收到他送的唯一的东西。因为特别，所以深刻；因为无法保存，所以久远。

然而，这还不是结束。那个谜，至今我也无法解开，因此它是我无需任何回忆就可以在思想里任意飞翔的。

从河边回来时，天色已暗了。我在房里梳着那海藻一样蓬松的头发，因为被河水浸过，似乎仍留着夕阳的味道。末了，在灯下看书，泰戈尔的《吉檀迦利》，读到“在许多清晨和傍晚，我曾听见你的足音，你的使者曾秘密地到我心里来召唤”时，我无意中抬头，顿时呆住了，因为台灯上停着一只红色的蜻蜓！我不敢确定是不是河边他送的那只，可是为什么会这样巧合？在我的印象里，蜻蜓从来是被我忽略的，甚至是在生活之外的。

一种神秘而又眩惑的氛围，让我莫名地兴奋。我伸手去抓它，它却轻盈地飞到了空中，如此几回，终是抓不到，只好任由它去了。天亮时，却看见红蜻蜓躺在地板上，死了。它是怎么死的？我一直不明白，就像不明白它是如何飞进我的房间，因为所有的窗都是纱窗。

后来，我告诉他这件事，他笑着然后又很正经地答：是我变的啊！我也笑着：既然是你变的，为什么不选择活着，而选择了死亡？他停住笑，盯着我看：世间的事很多是无法解释的，也许死是一种永恒的存在！他身上有很独特的东西，而这些又会渗透给别人。

说起来我该叫他兄长，因为我们两家的父母都是熟悉的老朋友，是那种可称兄道弟的。因此，在他面前，我像风一样自在，我也像他一样充满了个性，那种独特的，一板一眼都透着另类的。那是一个我和他的时代，是不可复制的。偶尔他来我们家坐坐，说来看我过得好不好，我忍不住会笑，笑他的文艺性酸到了骨子里。他也笑，通常我懒得理他，因为那时我多半正赤着脚，在赶着几只晚归的鸡，两条松散的辫子在肩上晃来晃去。他背着手，嘴角偷偷乐着，也来掺和。或者和正在花圃里淋水的父亲聊天，指甲花啊，月季花啊，芍药花啊，开得热热烈烈，向日葵也长得正好，那饱满的葵盘向着温馨的黄昏。现在想起，觉得那些时光并未离去，不过是转换了空间而已。

那时，沙哑的录音机里放着姜育恒的歌，那是一首忧伤的歌，歌名记不起了，只记得那一句：无话可说哦哦……无话可说哦哦……我们就笑，跟着“哦哦”地乱唱。姜育恒具有穿透力的声音将我和他在一起的日子串了起来。那时是盛夏，有很透亮很皎洁的月光像水一样涌进窗来。有时我给他看我写的诗，有时是以前跟我哥学画的素描，有时他抱着那把吉他叮咚叮咚地弹，有时给我讲宋定伯捉鬼的故事……而我会没心没肺地给他起很多花名，比如稻草人、小胖猪之类的。他很宽容地笑着，包容我的胡作非为。那样的时光是缀着快乐的，似乎轻轻一摇，就会像盛夏的阳光一样，照亮了这满是尘埃的世界。

那样的时刻，一只小小的电风扇“咯吱咯吱”地转着，清凉的风转到墙角又转回来，空气是热的，很多白蛾子扑在白炽灯上，我们就笑这种执迷不悟的飞虫。可是生命里唯有这刹那是辉煌的，又有何不可？他说着，我会很认真地听，仿佛弟子在听师傅布道。如果彼此在看书，还能听到远处荷塘传来清脆的蛙鸣声，此起彼伏，在告诉我们，世界是存在的，我和他是存在的，只是时间飞逝，带走了很多我们无法触摸的真实的快乐！

后来，他去读书了。给我写了一封信，信很长，我只记得他说：天亮了，我听见晨钟很悠扬地响起。我离开时，也许你还在梦中，但无论如何，那只红蜻蜓会飞翔在你的梦中……

后来，他从很远的城市给我寄来了一个木盒子，打开时仍能闻到树木的清香，我不知道他是如何在城市里找到这些新木的。盒子里有两盒诗歌录音带，是叶芝的。夜深人静的时候，盘腿而坐，听那些抒情的诗歌在优美的音乐中缓缓漫开来，心里柔软而感动。想起那天到车站去给他送行，看见他欢快地在阳光下向我挥手告别，我也是欢快的。我知道，人生的际遇便是这样，在每一个转弯的路口，在每一段路的开始，这个挥手的姿势会在以后的生活重复很多次。

再后来，我从朋友那里听到，其实，他和他女朋友很早就分手了，不过他们还像朋友一样。我想，这就是他的个性了，他珍惜和他有缘的一切。我想起曾说的两片叶子，如果时光倒流，我们是不是可以不是两片静默相望的叶子？那些相互轻触发出的声音，是否和谐如天籁？是否可以温暖对方？但也许，这样的相望，这样的静默，才是最完美的。

事实证明，他是对的。十四年后，我出差，在一辆大巴上和他相遇。他已经是某部门的领导了，他坐在我前排闭目养神，一路无语。大巴的电视里，恰巧在放着刘若英的那首《后来》，那年盛夏的时光窸窸窣窣，随着大巴的摇晃，就这么爬上了心。我看到他黑色的T恤有几根落发，再往上，一些白发夹杂在黑发里，突兀而倔强，忽然一些感伤硬生生地涌上来。我悄悄地拿着他的一根落发把玩着，我看见我和他的青春，就如窗外掠影而过的风景，就如这些落发一样。我很快也在自己的肩上找到了一根落发，这干枯的、发黄的颜色，将我的年龄毫无保留地呈现。我把这两根头发并排放着，像小孩一样恶作剧地吹着。抬头间，我从侧面看到他的嘴角轻轻扬起，笑着，像年少时那般明朗、阳光。

我很感激他没有出声，我很感激他像从前那样懂我，我很感激他不动声色地笑。我们明智地知道，很早以前，我们就是两片静默相望的叶子，以后也是。下车时，我们彼此客气地道别，但我的心是欢喜和平静的，生命里有那么一段，曾一起走过，彼此感恩，彼此珍惜。就像他曾说过的："我的时代过去了，尽管它从未到来。"那些过去的，不包括那两片静默的叶子，一定是这样的。

在洱海的二十一天

在鲁迅文学院西南青年作家班学习，幸福得奢侈，每天推开窗就能看见美丽的洱海、苍山。黄昏沿着洱海散步，垂柳、微风、晚霞、暮色，岁月静好得有点儿不真实。寂静的夜里，听得到马车的铃铛叮当叮当地响，似乎是从唐宋诗词里走出来般。因了这种慢时光的影响，我也是慢悠悠的，因此被周同学称为林慢慢。呵呵，这不是我的小说《清澈》里的主人公吗？徐慢慢，一个推崇无痕生活的聪慧女子。姑且照单全收，遂又被韦同学等称为小慢。

在鲁西南班，我似乎是隐形的，为此，西藏的同学琼吉说我很淡。我对她一语中的的评价很惊讶，因为我们并无太多的交流。也许本性如此，我对谁都是淡淡的，不过分热情也不淡漠，一种本真的生活状态。这和白描副院长在开班典礼上说的，我们同学之间相处要快热，不要慢热是背道而驰的。不过，我仍愿意遵循我的内心生活。

在洱海的二十一天，除了上课，我就伏在房间里写小说，时间于我，总是太少。我觉得有点苛刻自己。但我知道，这段清静的时间很难得，我将远离我的生活、工作，进入一种禅道的境界。班上四十一个同学，来自云南、贵州、四川、重庆、西藏、广西，都是在文坛上有一定知名度的，因此，有点儿彼此相轻的感觉。我倒没有，我喜欢隐和无痕，这种张和徐慢慢的生活哲学，除了在我的小说里体现，我也将它们延伸至我的生活。更或者，它们的呈现其实就是我的内心呈现。由此，我也推崇仓央嘉措的诗：不要在人群中，说出咱俩的秘密，你内心如果有深情，请用眉目传递。爱和尊重，才是真爱。由此，尽管张的隐是伪道德的隐，我也依旧认为他是真实的。

第一节课是白副院长的课“优秀作家素质解析”，觉得这样的题目看着会枯燥，但听起来却津津有味。我坐在第一排，全神贯注，听入迷了。白描副院长是陕西人，很有陕西汉子的味道，就是那种朴实的、敦厚的，又像风一样辽阔、通透的。白副院长选了陕西的路遥、陈忠实、贾平凹这三位著名作家来解析优秀作家的素质，从他们的生活背景到写作背景再到文本，脉络清晰，极具文学魅力。

比如贾平凹从商州的山地出发，路遥从陕西的高原出发，陈忠实从关中的平原出发，这些不但是他们的创作出发点，也是他们一直坚守的艺术领地。这些土地是连接他们生命的脐带，也是他们取之不尽的创作源泉。通过三位优秀作家，我们了解到了优秀作家具备的素质，除必须勤奋的创作训练外，要有诚实的劳动态度，也要有丰厚的美学修养和强烈的超越意识。他说文学作品就是从作家人格之树上生长出来的叶子和花朵。他谈到文学的终极较量，是和自己较量。我很喜欢他的这种说法，正真领悟了“与君一席谈，胜读十年书”这句话。

在学习期间，印象最深的是毕飞宇老师，很大程度是因为他的长篇小说《推拿》获得这届的茅盾文学奖，又因为他长得帅和高大，因此，人气很旺。记得那天清早，我们在餐厅吃早餐，透过透明的玻璃落地大窗，看见毕飞宇老师从车上下来，藏青的牛仔裤，格子蓝的T恤，近乎光头的小平头，五官很江南和东北，既硬朗又温和，且有阳光的笑容，就听到有女同学说，哇，真帅！呵呵，当然当然，也包括我啦。又听到一女同学说，毕老师把才气和帅气都占尽了，还让人活不？这话自然是转载别人的。由此，毕飞宇老师是偶像派和实力派的。不过这样的男人，其实是个深情的男人，在课上，他多次提及他的妻子和儿子，在写作的状态上还引用了妻子为其整理行李这一细节，可见其感情的纯粹。

毕老师谈及短篇小说的写作技巧，说要以小见大，比如一块羊肉，要让人注意这块羊肉，最简单的是用火慢慢烤，味道就出来了。真喜欢他这个比喻，慢慢散发的味道，小说要的就是这种调子。他说到，真正的好作家是有趣味的、玩性的、可爱的。比如他写小说，用的是玩字，真是大师的语言。毕老师说他写好一篇小说后，就和它玩，一些可爱的有趣的地方都是在和小说玩的过程中发现的。毕老师说的玩不是真正意义上的玩，就是端详、发现、修改，仿佛雕玉一般。我愿意是这样理解的。

徐坤老师是我期待的，还因为她是唯一的一位以女作家的身份来讲课的老师。我对徐坤老师的印象，最先来自她的小说《年轻的朋友来相会》，学者派的写作自是不同一般的。无论是遣词造句，还是叙事风格，抑或是情节安排。印象最深的是结尾，男同学终于得到了高中时代追求的女同学，亦不过如此。真是让人悲凉和丧气。为什么要这么狠？把生活撕开，把人性里的本性撕开，还让人憧憬什么呢？可现实不是这样吗？我就这样记住了徐坤老师。暗地里猜想她是那种典型的北方女子，大气，豪爽，有江湖的味道。

后来看徐老师获鲁迅文学奖的《厨房》，女性文本的小说，相当有代表性，结尾也是悲凉和心酸的。那袋从男友家里带出的垃圾，寓意很多。由此推及，女人对爱，要矜持，不能太主动，当然，这要在知己知彼的情况下才能凯旋，否则就是相反。小说讲述的就是这相反。一个被男人拒绝的优秀女人，在深夜拎着一袋从男友家里带出的垃圾，那种落寞的背影，真是让人回味。正如徐坤老师说的，女人过了四十，选择的机会越来越少了。也许正是因为这种越来越少，女人有点儿迫切。我不知道这种理解对不对。遂又在猜想徐老师是个长相妩媚、美丽温情的女子。

那天见到徐坤老师，皮肤白皙红润，高贵优雅，美丽大方，眼睛清澈有神，笑起来无邪和干净。真是奇了？和我后来的想象还是很接近的嘛。徐老师说话就像春风拂过，很有亲和力和感染力。徐老师是鲁一班的学员，所以，她让我们叫她师姐。呵呵，一点儿距离也没有。徐老师讲的是“刀锋上的写作”，单看题目，就很期待了，终于听到徐老师讲述她怎么写《狗日的足球》和《厨房》了。《厨房》的结尾女人提着的那袋垃圾有了新的诠释：女人都是带着情感的垃圾上路的。这也包括她自己。徐老师说十年前写《厨房》时压根就没想到十年后的事，十年后，她最终也成了那个带着情感垃圾上路的女人了。单身了。但看不出她有半点儿这种婚姻失落的阴影，一个聪慧的女人，是有能力让自己过得好的。印象最深的是她的一段话，她说，女人到了四十多岁，可选的东西越来越少，那就把自己选择的路走好、走通、走顺。还有她给我们的话：把文章写好，来认同自己的命运，打点好自己的生活，再来写作。

“短篇王”刘庆邦老师也拥有众多粉丝，他的讲课也是很受用的，特别是对于像我这样写短篇的人来说。刘老师讲述的是“小说的虚和实”，用了他的中篇小说《神木》来解构。由《神木》改编的电影《盲井》在中国被禁映，在国外却获得了很多奖项，影响很大。小说由现实的题材改编而成，如此赤裸裸的现实，让人触目惊心，感叹世态的炎凉和人性的缺失。大师的写作，选取的写作角度都是很有吸引力和张力的。印象最深的是刘老师在讲到他小说的某个情节时，露出害羞的神情，可爱得很。年近六十的刘老师，还是如此本真，真是难得。

对施战军副院长的印象，是他的歌声。这个高个子的北方男子，长得刚毅和帅气，如白杨般挺拔。刚开始讲课时，我觉得是那种领导式的，可是循序渐进，施院长越讲越生动，其间还唱了一首蒙古的歌，歌声高亢和清冽，让我们耳目一新。原来这位年轻的副院长，这位著名的评论家身怀绝技呢。真正见识的还在中秋晚会上，他的歌声让学员的脚步无法移动。当时我坐在他后面，看见他也和我们一样狂热，用手拍着桌子打节奏。郭艳老师上去唱黄梅戏《女驸马》选段时，施院长也敲着桌子跟着大声唱，全然没有领导的风范。晚会结束了，还有西藏的同学要唱歌献给他，可见施院长的魅力和亲和力。我们私下感叹，上帝怎么可以这么偏心？给其如此多的才华？离开的那天清晨，我们在洱海边送老师们去机场坐飞机。洱海一别，不知何日再聚。离别的愁绪如洱海的水轻涌而来。施院长和同学们一一握手告别，经过我时，我上去拥抱了施院长，轻轻的，以一个朝圣者的圣洁之心。想起施院长曾说的，鲁院在任何一处。是的，是这样，鲁院对于一个文学的朝圣者来说，它在任何一处。

李蔚超老师是后一阶段的代课老师，年轻美丽，五官精致。她给我们印象最深的是总结、梳理授课老师的讲课内容很到位，很精辟，显示了她北大博士生的深厚的文学功力。这样一位才女，有着江南女子的温情，在结业晚会上，她说起在鲁迅文学院代课的感受，说到动情处，哽咽着，泪流而下，让我们也眼角潮湿。她唱了一首英文歌，虽然我们听不懂，但我们知道，那是她心底流畅的情绪，寄予我们将别的时光。前一阶段代课的陈涛老师回去了，他年轻，阳光，笑容清澈干净，像刚毕业的大学生，可他在鲁院工作已经有好几年了。有次闲聊，我以为他不知道我是谁，同学那么多，他不可能一下记住的。他说，我记得你，在课上自我介绍时，很特别。我才想起，我用客家话介绍，后又引用了小柯的歌《多好啊》来总结。我说，我想用小柯的歌《多好啊》来表达我此时的心情。多好啊，我们在洱海边相遇！

胡性能老师，是我们班主任，也是云南作协的副秘书长，著有中短篇小说集《在温暖中入眠》《有人回故乡》，是鲁十四班的学员，说来也是我们师兄了。他长得俊朗儒雅，性格温和宽厚，淡淡的，喜欢穿牛仔裤和格子衬衣，很年轻，但近看，居然也有了白发，想来也是被时光染白的。他的小说《下野石手记》发在《十月》，后被《小说选刊》选载，我们在报刊亭看到他的名字，觉得很亲切，杂志买回来，争着要拜读。胡老师为人很好，为了这期培训班，他很辛苦，既要管理班级，又要接送授课的老师。

对胡老师印象最深的，是他的歌声。在去洱海县梨园村采风的路上，同学们一路玩击碟传瓶的游戏，结果，我第二个就中招了，上去用客家话读了一首《月光光》的儿歌。后来，轮到胡老师，他是一个很有感染力的人，唱的是云南的民歌《小河淌水》，声音浑厚宽越，旋律优美动情，同学们都跟着唱。又后来，是在晚会上，他唱了一首韩国的童谣《三只熊》，他说，他以前不善唱歌，后来去鲁迅文学院学习后，才学会唱的这首歌，接着开始唱，有点儿害羞的样子，模样可爱有趣。我也一直记得一幅像油画一样的情景，那天晚上，我们在餐厅吃饭。那时，暮色降临，透明玻璃大窗外的洱海是深蓝的，暮色也是深蓝的，海边的垂柳也是深蓝的，我从没看见过这样的情景，胡老师和李老师站在窗前，他们在聊着什么，我觉得有点儿像电影的画面。

还有丹增老师、张清华老师、李建军老师、叶梅老师……这些如雷贯耳的名字，文坛的大腕，能听到他们的讲课，不能用“受益匪浅”这个词来简单概括，我将珍惜这段生命中特别的时光。

关于同学，印象最深的是阿黛，喜欢穿民族风格的棉布衣裤，而且是花色很鲜艳的，戴着顶民族风格的帽子，很远就能看见她。阿黛毕业于某大学的音乐系，却爱上了写作，辞职前是某杂志的记者，后辞职深入泸沽湖的摩梭族，写下《摩梭密码》的长篇。她说学习结束后，继续回泸沽湖，开始写第二部长篇。一个文静柔美的女子，放弃城里优越的生活条件，就为写作，我为她的勇气所感动。

窦红宇是我们的班长，说来好笑，开班几天了我都不知道他是班长。有次他跟我打招呼，我有点不知所措，因为不知道怎么称呼他。旁边的一位同学说，不会吧，林同学，你连班长是谁都不知道啊？窦班长刚在《十月》杂志发了个长篇《青铜》，就被改为电视连续剧了。他戴着眼镜，好像有胡子，呵呵，没注意看。总之很艺术的样子。

顾野生是我的同桌，她来自西藏，80 末的，很年轻，长得很漂亮。但她不是西藏人，是广东的。她没上大学就带着把吉他，行走墨脱支教了，最后在西藏电视台工作。她写下《朝圣》一书，有个性，既婉约又时尚，写作的时候抽烟、喝酒。中秋晚会她是导演，弹唱了自己填词的《生命中的二十一天》，一个如花盛开的女孩，和我一样是客家人，她说西藏是安放她身体和灵魂的地方。

樊忠慰，一个用生命写作的诗人，被誉为中国当代诗坛的传奇人物，“中国诗坛的梵高”。90 年代初，他患了“思想鸣响”这种诗意的精神病，但他勇敢地面对生活，用诗歌去拯救自己。他的诗歌是会飞的，因而他是唯一的。我记得在和大理文学院互动时，班主任胡性能老师谈及他的诗歌，还朗诵了他的代表作《悬棺》：“我没去过这地方/我不想去，去了，也看不见/看不见时间打败的英雄/流水带走的美人/大风吹散的文字。”回来后，收到樊忠慰的诗集《家园》，想起在学习时，他就住我隔壁房，只是见面时打招呼，并未交谈。记得那天，我写完一段文字，就到屋后的山去散步，看见他从山上下来，告诉我，山顶有只狗，叫我不要上去。我记得他穿红色的对襟布衫，像他的诗。

还有西藏的琼吉，香格里拉的央金，怒江的马瑞玲，贵州的巴文燕、邓君……

四十一个同学，有四十一个印象，他们都在我的记忆里。

学习回来后十多天，我去南宁开会，接到鲁十二班严师兄的电话，说鲁院的郭艳老师在南宁，让我开完会过去一起吃饭。原以为见鲁院老师的机会很少了呢，没想到一个月能见两次。见到郭老师，她依旧高贵优雅，温暖亲切，谈及她唱的黄梅戏《女驸马》，谈及鲁西南作家班，那些时光仿佛从未消逝，是的，是这样。我们在彼此的祝福中一致肯定。

谁记得你青春的样子

整理书信，翻到一本装订好的信笺，信笺已经发黄了，看字迹，我知道是DL写的，DL是他的笔名。我从未深究他笔名的含义，我觉得有些东西是隐秘的，只属于自己。就如有时，有人问我一些不想回答的问题，我会笑着问，你为什么想知道？是的，为什么想知道别人的秘密？我从来不问，因为我不想知道，那让我有一种本能的自我过滤和洁净。直到今天，我也不问他这个名字的来由。DL，这两个字，不过是我青春的一种回忆。

最近一次见到他，是去年在黄姚。我曾应《广西日报》湘萍的约稿写过一篇关于桥的小小说《在黄姚遇见你》，那两个掉队的男女主人公，在带龙桥上相遇，那滴“啪”地滴落在带龙桥的眼泪，让两人的人生有了两种全然不同的记忆。也写过关于在黄姚相遇的小说《清澈》，张和徐慢慢的相遇，甚是有《聊斋》的意味，那是我想象的一种相遇，我把它移植到小说，完成我对这种相遇的愿望。但小说毕竟不是生活，我们没有这样的相遇。我记得那天，我带两位朋友去黄姚玩，喝了点儿青梅酒，我不知道青梅酒的后劲那么厉害，以至于醉了都不知道，晕乎乎的，眼皮沉沉，一只脚高一只脚低地走进客栈。这时，一顶草帽盖在我头上，我很诧异，吃力地抬起眼皮，蒙眬中看见是DL，正笑眯眯地看着我，呀，我叫了起来，是你呀，怎么，怎么，这么巧？会在黄姚遇见你？DL把草帽从我头上拿过，戴在他头上，依旧笑眯眯的，陪上级领导来考察工作。哦，才想起，他已经调到某单位当领导了，管的就是建设的工作。黄姚正在规划建设中，自是要来调研的。

我用手扶住客栈的柱子，以支撑摇晃的步子，不好意思地解释，喝了点儿青梅酒，有点儿头晕。他哈哈笑着，想必就是，你还没进门，我就看见你摇晃的样子了。我们又聊了会儿，说来，我们已经有五六年没见了吧，他依然能在众多的人里，认出中年的我。他还记得那个三十年前在操场跳绳的女孩，那个扎着马尾，一边跳一边唱“马兰开花二十一，二五六，二五七，二八二九三十一，三五六，三五七，三八三九四十一”的女孩吗？那个还没有烦恼的女孩，那个开怀大笑的女孩吗？那个女孩的形象和眼前这个焦虑紧张的中年女人形象，是怎样的天壤之别。而我依然记得他年少时穿着干净的白衬衣，他的灿烂的笑容，一点儿也不影响他现在戴着草帽成为一名下镇考察的领导形象。

我告诉他我出了两本书，他很开心，要我签名送他。他一定不知道，我的文学梦，也是受他影响的。他当初给我写的那些像散文一样的信，潜移默化地影响了我对散文的喜欢，以至于到现在，我还追求那种唯美的调子。而他恐怕早已忘了他的写作梦了吧，那有什么呢？一个人一生中会有很多选择，青春年少，那追风追梦的年华，不过是人生的一段路，在那些转弯的路口，那些重新开始的旅途，我们会遇到多少风景，多少人，谁会是谁的回忆？谁记得你青春的样子？

二十多年前的信，信笺虽然褪色了，但还保存得很好，我抚摸着这些信，思绪万千，想起那首有着淡淡忧伤的《光阴的故事》，“流水它带走光阴的故事，改变了两个人，就在那多愁伤感而初次流泪的青春”。这些信，记录了我的一部分青春。我从没有如此去怀念我的青春，那是因为，我以为我的青春是一直在的。直到我的颈椎开始增生，肩周炎开始发作，我不再对新鲜的事物感兴趣，我甚至懒得到楼下两百米外的舞蹈室去跳舞，我知道，我掩耳盗铃式的童真多么可笑。

我记得第一次见到 DL，在我们家逼仄的房间，那是他暑假刚从学校回来，和他姐姐来看望我父母。说来，我们两家是世交，我父亲是他父亲的老师，其实该是年纪相当的，只是我父亲中师毕业得早，去了瑶山当老师，而他父亲去听我父亲的课，自然就成了老师。那时，DL 住在瑶乡最远的瑶山，他和他的姐姐带着很多瑶山的土特产，走几个小时的山路，到乡里坐车到县城，把土特产拿到我们家，吃一餐饭，在小城住一晚，第二天再到桂林和柳州去读书，他们姐弟俩都很优秀。

那天，DL 穿着白衬衣，面容俊朗，笑容灿烂，很干净的样子。我从未见到过这么干净的男生，那时，我还是一个在操场跳绳、踢格子的贪玩孩子。看见他们来，我满头大汗跑回家，听他们说着学校的新鲜事。很多年以后，我还记他穿白衬衣的样子，至今，我也觉得穿白衬衣的男士很干净。一直以来，我对男人的欣赏，都体现在一些细节里，比如，修剪得当的指甲、头发，熨得妥帖的衣服。我不知道是不是来自年少的记忆。

后来 DL 就来得少了。后来，听说他工作了，我也上了高中。我在整个高中似乎都是很忧郁的，不知是不是青春期的缘故，自卑的情结一直都存在着，以至于这种情绪延伸到我工作后。我记得那是个寒冷的冬天，学校开始放寒假了，DL 来找我父亲，父亲出去了。我听到声音，从楼上下来，我们俩见面时愣了一下，因为，他不再是那个青春少年了，变得成熟起来。他也一定惊讶，那个还踢格子、跳绳的女孩，怎么一下就长这么高、这么胖了。他还是认出我了，笑着叫我阿虹。他这种亲切的称呼，让我觉得温暖。因为在家里，家人都是直呼我大名，感觉冷冰冰的，没有温度。其实，我很希望他们给我起一个小名，不管是什么，我会觉得那是爱，是暖。比如老家的人叫我三妹，三妹，虽然老土，但依然觉得亲切，有别于我的大名。所以，我成年后，喜欢给人取别的名字，我不知道为什么会对小名有这样的情结，许是缺爱的缘故，那时父母忙着工作，无暇顾及我们，自是不会关注我的内心成长。所以，我印象里一直留存着小时候的那个冬天，火炉旁，父亲把我抱在膝上，啪地亲了我的脸颊。我从不和父母提起，只是在心里回味着，这爱的感觉。

我和 DL 坐在火盆旁，火盆的炭已经熄得差不多了，仅剩下一点点热气，我懒得去添加，我低着头，用火钳夹着炭玩。他说明找父亲的来意，那时父亲在教育局工作，他在乡下教书，想要一些什么资料的。难得到县城一趟，也来看看父亲。我们俩就在那微弱的炭火中聊天，聊我的烦恼啊，青春期，总有莫名的感伤啊，聊我随手写下的诗歌啊，他很开心，他说，他也喜欢写作呢，写散文、诗歌，他说，我们可以相互学习啊，他说在乡下，难买到好看的书，如果我有，就寄给他，我们一起分享。他说，高二了，加油啊！不久后，我就收到了他的来信，信就像散文，写得很唯美。“山那边轻轻漫过一缕淡淡轻烟似的雾霭，飘飘渺渺，悠悠扬扬……”他描叙的都是他看到的风景，他的感悟，我被这些文笔优美的描叙所吸引，特别喜欢他在散文中营造的调子，很多年后，我开始写散文，就仿着他写的样子，但我知道，这种调子是仿不来的，但是我喜欢散文，多半是受 DL 的影响，只是我从不和他说。他在信里写诗，写他对人生的追求，写他对我的鼓励，他会在信里说，阿虹，我几号要回老家，你帮我买好车票，我会去看望你父母，顺便看看你长高了没有。我就会笑，觉得他就像哥哥一样亲切。后来，他去参加成人高考，问我借书，我记得那是细雨蒙蒙的三月，他没带伞，站在教室外的桉树下，清瘦，还是一脸灿烂的笑容，他拿了书，跟我说阿虹，加油！就挥手再见，在细雨中奔跑起来。

后来，一个暑假，他来看我父母，我们履行了在信里提及的单车比赛。那个黄昏，硕大的夕阳慢慢西沉，我们俩一人一辆自行车，从凉亭坡顶开始，目标是松林峡，那里有一座 50 年代苏联帮建造的吊桥。我记得我穿着碎花的裙子，白色的 T 恤，他依然穿着白衬衣，我们俩骑着单车，在夕阳的光中你追我赶地向松林峡的方向踩去。当然，我体力不及他，会落下，他会停下，用脚撑着地，回头叫我，阿虹，加油啊！就这样踩踩停停，两旁的柠檬桉掠影而过，风哗啦啦地吹起我的马尾，裙裾，那样无邪的欢笑。多年以后，当我再想起那一幕追风追夕阳的比赛，我依然记得，我青春的美好。那次比赛，自是没有结果，于他，定是不会以他取胜来宣布比赛的结果，他只会说，阿虹，加油！

后来，他去读书了。后来，调到别处工作了。后来，我工作了，开始恋爱了，各自都忙了，就很少写信。再后来，就没了音信。再后来，他调到城里，成了某部门的领导。他住在一所学校里，有次我们教师比赛，我是主力队员，当我在场内左奔右突，想投篮时，场外传来一个洪亮的男中音：阿虹，加油！我循声看去，看见DL穿着白衬衣笑眯眯地在人群里向我挥手，我很意外，没想到他会来看比赛，而且会认出我，因为，我们已经有七八年没见了。我记得那天我穿着红色T恤、白色运动裤，抱着篮球满头大汗地站在夕阳下，我笑着朝他握紧拳头，是的，加油，这是他一直对我说的。

从黄姚回来后，我给他送去我的两本书，我们一起去吃饭，他让他的妻子先来接我，他要赶着去处理一件紧急的事迟些再到。我和他妻子一直认识，两人坐在船上的餐厅里，聊得正欢。我记得那时，她替DL给我回信：阿虹，一看到信封上的字，便知道是你——可爱的小天使写来的信，告诉你一个好消息，DL考上大学，去读书了……她在信里还抄了一首很长的诗给我，我看着，就很释然地笑，啊，这就是DL的风格了，一个磊落的人，我们的来信，他的妻子也都在看，这么说来，这是我们三个人写的信了。

如今，我们依旧循着生活的轨迹各自天涯，各自珍重。但我知道，加油，这是我们彼此的相互鼓励！

灯下，我慢慢地翻阅DL的信，仿佛翻阅我的青春时光，那一幕幕，虽然在我的人生舞台不常出场，但是，它会贯穿到戏的幕落。

当时明月在

下了地铁往左，往上海市静安寺的方向，我在夜色中看见常德公寓那几个熟悉的字，之所以熟悉，是在文字里相遇很多次了。

这是张爱玲的故居。常德公寓六楼，她在那里写下了我喜欢的小说。我是张迷。

因为是夜晚，看不清公寓的本色，楼下是咖啡厅，光影之中，有很优雅的音乐若隐若现。推了门进去，看门的阿姨问，找谁？我说，能上六楼看看张爱玲的故居吗？许是阿姨经常遇到像我这样的人，说，不可以的。只好退出。站在楼外看那月色中的六楼阳台，灯火辉煌的常德路，车来人往，那个30年代在阳台看月亮的张爱玲呢？

看过张爱玲的《公寓生活记趣》，熟悉公寓里那老式的电梯：电梯上升，人字图案的铜栅栏外面，一重重的黑暗往下移，棕色的黑暗、红棕色的黑暗、黑色的黑暗……衬着交替的黑暗。张爱玲的叙述，就像黑白电影里的画面一样。也熟悉电车的铃声，那缓慢从街市而过的电车，张爱玲伸出手，去摸那些树叶，也熟悉张爱玲的喜好：我喜欢听市声。比我较有诗意的人在枕上听松涛，听海啸，我是非得听见电车响才睡得着觉的……

当然，最熟悉的，是张爱玲和胡兰成在公寓的那段爱情故事。那年，张爱玲在上海的文坛横空出世，胡兰成在《天地》杂志读到张爱玲的《封锁》，才看一二节，不觉直起身子，看了一遍又一遍，于是胡兰成慕名而去，从张爱玲的好友也是发表她小说的苏青那里要来了她的地址，在门缝下塞进一张字条，想见张爱玲一面。张爱玲孤傲清高，但被胡兰成的才和情所动，不顾胡兰成的汉奸身份，也不顾他有家室，这段爱情就开始了。他们，曾在公寓里通宵达旦地聊天，在阳台看月色满天……胡兰成在《今生今世》写了这样的场景，说他晨出夜归只看张爱玲，两人伴在房里，男的废了耕，女的废了织，连同道出去游玩都不想，亦且没有工夫。张爱玲听他说话，随处都有他的人，不管说的是什么，爱玲亦觉得好像“攀条摘香花，言是欢气息”。他说爱玲喜在房门外悄悄窥看他在房里。她写道：“他一人坐在沙发上，房里有金粉金沙深埋的宁静，外面风雨琳琅，漫山遍野都是今天。”他说我与爱玲却是桐花万里路，连朝语不息。一句“桐花万里路，连朝语不息”道出了他们纯粹的爱情。虽然我鄙夷胡兰成，但是，不得不承认他在文学上的横溢才情。而张爱玲亦在给胡兰成的相片后写着：遇到他，她变得很低很低，低到尘埃里，但她心里是喜欢的，从尘埃里开出花来。如果一个女人为爱而低下所有，那么，后来发生的一切都契合了这低，这欢喜。后来，虽然胡兰成离婚并给了张爱玲一段婚姻，但薄情的他到底还是辜负了张爱玲。最后，张爱玲把自己的三十万稿费汇给了在乡下避难的胡兰成，就此而别，再不往来。她知道：因为懂得，所以慈悲。所以愿为她这段纯粹的爱情倾其所有。她也应该知道，这钱到底还是用在了其他女人身上。可是，爱，有时就是这样不计一切。

到了三毛的《滚滚红尘》，里面有他们的影子。有这样一场戏：上海，旧式的公寓，韶华和章能才在阳台上跳舞，韶华赤着脚踩在章能才的脚背上，深情起舞。这个阳台，想必就是常德公寓六楼的这个阳台吧，替换在电影里，依然是熟悉的。

“愿使岁月静好，现世安稳”。胡兰成这样的爱情誓语，不着情字，想来就是张爱玲爱的原因吧，一个传奇的女子，必得有一个比她段数高的男人，才会开始一段传奇的爱情。

到了张爱玲的遗作《小团圆》，九莉和之雍，仍然是纠缠不休的爱，那个说要永远在一起的之雍，结果爱情成了幻影。那是张爱玲和胡兰成的影子。她写道：“他走后一烟灰盘烟蒂，她都拣了起来，收在一只旧信封里。”这和她的小说《白玫瑰和红玫瑰》里娇蕊等振保走后，坐在他坐过的椅子，抽着他留下的半截烟多相似啊。她还写道：“他吻她，她像蜡烛上的火苗，一阵风吹着往后一飘，倒折过去，但是那热风也是烛焰，热烘烘地贴上来……”这是她的带自传性的小说，一直不肯出版，并嘱咐要烧毁。虽然张爱玲淡淡地说，不过是一个男人。但，她也曾在《有女同车》中说，女人一辈子，讲的是男人，念的是男人，怨的是男人，永远永远。

看过张爱玲的照片，就能体悟这样才情横溢的女子，她的孤傲在眉角，轻扬着，她是不入俗的。太过优秀和太过清傲的女子，大抵不易获得幸福，比如她的好友苏青，晚年和她一样凄凉。

但在常德公寓的幸福时光，张爱玲绽放着她生命的华彩。

要离去了，我竟然有愁绪涌上来，这个在我生命里潜藏多年的地方，此刻，是那么平常。它看过多少悲欢离合，多少爱恨情仇，多少人间沧桑啊，但，有哪一样是永恒的呢？这公寓换了多少主人啊，发生了多少爱情啊，如果不是张爱玲和胡兰成，谁又会记住这陈旧的公寓呢？想起电影《梅兰芳》的一句台词：“繁华落幕之后，所有的一切都是虚空！”我抬头看着常德公寓上空的月亮，在灰蓝的天空中，像个大柠檬一样，是《金锁记》里那枚月亮吗？当时明月在，旧人呢？

我蓝色的夜落在世上

暮色中，我一个人坐在南宁民主路的长椅里，看车流人群在眼前匆匆而过，看风吹过来，树叶悠悠飘落，看华灯一盏一盏盛放，看一个流光溢彩的夜晚慢慢到来。我对暮色，总有一种莫名的感伤，不是黄昏已近，也不是夜色将沉，总有一些是自己无以解释的，它就像空气一样存在。抑或是，内心里，一种隐藏的忧伤，它们在某种场合终于不期而遇？由此，我尤喜聂鲁达的《我们甚至遗失了暮色》《挨近薄暮》。我们甚至遗失了暮色/没有人看见我们今晚手牵手/而蓝色的夜落在世上。我在心里默念着，那一刻，世间万物，在我眼里，都是好的。我甚至有些渴望，这慢慢到来的蓝色的夜，会有什么？

在这微凉的暮色中，我就这么盘腿而坐，长裙垂下，恍若一株菩提树。我暗笑自己的伪装得道，随手拿起一个杨桃，用裙子擦擦便吃了，像我这么讲究的人，是不会吃没有洗过的果子的，我有时甚至还用微波炉来消毒。可是此刻，一个人的夜晚，我有了放纵自己内心的念想，我一直这么循规蹈矩的生活，思想僵化，行为恍若老年。就如吃一个果子，也会按程序去做。年少时，哪会这样呢？随性而为，像风一样自由，光脚在雨中奔跑，不会顾及头发和衣服，甚至身体的不适。我知道，我遗失了那些纯真。就如，聂鲁达说的，我们甚至遗失了暮色。

杨桃是散步时，在对面的市场买的。一个本地的女子，踩着三轮车，车上还剩下一些杨桃，她吆喝着，声音有些沙哑。她肤色黝黑，是晒出来的。我在她面前停下，她说，我自己种的杨桃，很甜，就剩这些了，尝尝，不甜你不要。我没有尝，让她称一斤。她说，要完吧，不多，也就是四五斤，我要赶回家了。我说，好。她在一旁唠叨：好不容易把果卖完了，卖了一天，回去的路很远，原想在家附近卖的，但被城管罚了一次，车也被收了一次，就不敢在家附近卖了，得拿到市场来。她的指甲黑黑的，想必是长期劳作形成的。我给钱时说，以后劳动时带上帽子吧。她笑着说，没有用的。她收拾行当，匆匆消失在暮色中。我看着她的背影，她还是一个女孩时，是个喜欢美的姑娘吧，一定在意过自己的容貌和穿着，她的笑容里，有对未来生活的美好憧憬吧。可生活回馈的，是和憧憬的有一些区别的，她有怨吗？她有不满吗？或许，忙碌的生活，谁会有闲心去想这些呢？简单地生活着，没有杂念，也许这样的生活，是她心甘情愿接受的。一个人，只要她心甘情愿去接受，就会安心地接受下去，无视生活的一切不如意和外界的影响。

而我不能，这就是我感伤的原因。我对生活有诸多要求，总是容易被外界影响，我对自己的生活，不是心甘情愿地去接受。这是我的悲哀吗？可是，也正因为有很多念想，我从未停止对梦想的追求。我如此矛盾，就由此有了很多愁绪。我吃着杨桃，很甜。那个卖杨桃的女人没有说谎，一个心甘情愿去接受生活的人，她怎么可能为几块钱去欺骗别人呢？我有杂念的心，被这清甜慢慢抚平。啊，它们就像这九月微凉的风，如果你的内心静了下来，世间万物，谁会让你再起波澜呢？你对生活的要求，还会再增加吗？还会为没有得到或错过的后悔吗？还会为一些鸡毛蒜皮的琐事烦心吗？还会介意生活对你的不公平吗？还会记恨那个让你难堪的人吗……

在这些思绪中，我似乎慢慢入定了，路过的行人，总是看着我。他们一定在诧异啊，这个披头散发的女人，这个盘腿而坐的女人，这个眼神定定的女人，这个吃着杨桃不介意果汁滴下来的女人，她在干吗呢？失恋？被人抛弃？无家可归？迷失？我在他们的眼神中，完成了精神的打坐。我蓝色的夜，啊，它们终于落了下来。我换了个姿势，目光转向文化大院的方向，这是我一个人在民主路静坐的原因。我要在那儿待上一个星期，和广西歌舞剧院的导演、文学指导、音乐制作人、舞蹈编导等改一个剧本——大型舞剧《瑶妃》，这是我的第一个剧本，从三月到九月，改了六七稿，经过了两次专家论证，终于定下来，和广西歌舞团合作，改完这一稿，就同步进行舞台台本和舞台执行台本，之后就是对演员进行培训，再之后就是开始排练，然后参加十二月份的第八届广西剧展大型剧目展演。

这个大型舞剧，是贺州建市十年来的第一个大型舞台剧目，除了参加第八届广西剧展，还要在建市十周年献演，同时也是贺州创建文化先进城的精品剧目。承担这样的重任，让我如履薄冰。在会议室改稿两天了，除了我一个女的，其他都是男的，他们都抽烟，一支接一支，仿佛空气一样不可或缺。创作需要灵感，香烟是必须的。而我很奇怪，为什么我不需要？我对烟一直有抵制，我就是那个循规蹈矩的人，生活里没有的，我会遵循。有时，我写作到深夜，伏在窗台，看寂静的夜色，我会有想抽根烟的感觉，不是为了解除疲倦，而是，我突然有一种忧伤的感觉，我觉得，只有烟，才能让这忧伤释然。而我也只是在心里想想，从未付诸行动。我对自己，还是很有控制力的。

在这烟雾缭绕中，我头昏沉沉，疲倦至极，不得不用手撑着头，双手按住太阳穴。不停地揉着，渴望讨论快些结束，我好奔向酒店躺在床上。从三月到九月，我的剧本就像一个被检验的产品，放在桌面上，专家以挑剔和专业的眼光对它猛烈开刀。记得在第二次论证会时，张燕玲老师是论证专家之一，她一看见我就很开心，说，呀，林虹，想不到你还能写剧本啊！我当时就羞愧得低下头，含糊其词写剧本的因素。张燕玲老师又笑着说，你要有准备哦，专家的意见会很犀利的。我茫然地点点头，看着那么多专家，脚早已发软，心跳得乱七八糟，不知掉到哪个角落了。

一个大型舞剧的投排，作为一个精品来打造，需要花费大量的人财物力，所以必须经过专家的论证。现在，它终于结束被开刀的命运，但是在导演的二度创作中，舞台台本和剧本又是两个全然不同的概念。我对舞台不熟悉，在写的过程中，对舞台的调度就考虑不周全。因此，争执是必然的。我不太善于争执，我的性格里，总是以和为贵，许是父母给予我的。但是，在这个剧本上，许是耗费的心力太多，我对一些情节上的处理，不是我写作初衷的，我便极力反对。但是舞台上不容易呈现，一个舞剧，是靠肢体语言和音乐去表达、去呈现的，首先必须观众看得懂，其次是舞剧要美，舞蹈和音乐，所谓艺术性、思想性、观赏性三者要相统一。

集体讨论提炼了一个主题：行进中的民族。这是一个我能接受的建议。因为这个题材是瑶族的，而我也是瑶族的。对这个民族的情感，我将诠释在这个剧里。一个开拓进取的、坚韧勇敢的民族。主人公是瑶妃，这是一个美丽聪慧、坚韧勇敢、仁和美好的女子。明朝时期，出生在贺州桂岭，她进宫后，因为天生丽质，有着山野的清新之美，又聪慧识字，她和宪宗皇帝一见钟情，以长鼓定情，开始了一段美好的爱情。但宪宗皇帝的宠妃万贵妃无嗣，骄横霸道，迫害怀孕和生育男孩的妃子，瑶妃怀孕了，于是，后宫上演了一幕瑶妃和太监、宫女偷偷养育孩子的温暖之爱。瑶妃在后宫含辛茹苦养育小皇子，教他汉文化和瑶文化，为小皇子日后登基成为孝宗皇帝奠定了良好的基础。宪宗皇帝知道真相，一家团聚，小皇子被立为太子，君临天下。瑶妃被宪宗封为淑妃，她的儿子孝宗登基后，追封她为孝穆皇太后，孝宗在母亲瑶妃的教育之下，成了一个清明治国的皇帝，他的“弘治中兴”开创了明朝的又一盛世。

这是依托史实创作的，瑶妃是贺州的瑶族文化品牌，要把她推出来，是创作的初衷。之前桂林已经创作了桂剧《瑶妃传奇》，并已获奖，当时我们初定要排大型舞剧时，就有人提出，这很难超越。但是，领导很有魄力，瑶妃是贺州的，而且以舞剧的方式来呈现，是一种创新，这种创新是一种挑战。而舞剧最善传情，《瑶妃》这个舞剧又以情贯穿，能达到效果。贺州的艺术强项，又恰恰是舞蹈，两者结合，这是最好的选择。事实证明，这是对的。比如，《红楼梦》被拍成不同版本的电视剧，又由赵明搬上了舞台，这部文学巨作，赵明化繁为简，以“太虚幻境”为序，两幕四场来呈现，让舞剧《红楼梦》大放光彩。事实上，肢体的语言往往会比歌剧让人更容易有视觉的愉悦性，这是舞剧的优势。

我对导演舞台上呈现的瑶族的东西太少了提出异议，必须加入一个瑶族女子的小群舞，让它成为一个经典的舞蹈。事实上，很多舞剧，不可能全剧都是亮点，有一首好的音乐和一段舞蹈能让人记住，就是成功了，比如《白毛女》里的那段《窗花舞》。可是导演说，在舞蹈上不能像电影一样，切换镜头就可以解决，必须有延续性。我对舞台的调度不懂，但是我觉得两个地方可以切入这段舞蹈，比如瑶妃进宫后和宫女们长鼓嬉戏时，可以向她们描述桂岭瑶乡姐妹们的那种快乐劳作的场景。或者是和宪宗皇帝相遇时，向他描叙自己在家乡的快乐生活场景。这些都被他们否定了，这个女子小群舞，我想象她们穿着瑶族的盛装，在蝴蝶歌中起舞，欢快，喜悦，这是我想要的效果。因为这部剧，题材本身有点儿沉，必须有亮色的东西来映衬。编导说，我们会在“君临天下”有一场这种效果的舞蹈，瑶族同胞来恭贺，他们唱蝴蝶歌和跳长鼓舞，场面会很宏大。那时，天色已晚，争执暂时结束，晚上回去各自修整，第二天继续。

我看着文化大院的方向，夜色中，它们静默无语。而我却是思绪万千，一个舞剧的完成，不知要耗费多少心力，我第一次感到，合作，就是争执后共同达成的妥协。此刻，我心绪宁静，不再想舞剧《瑶妃》的事，我必须放空它们，我才会更好地去再思考和接受。而此时，我的手机因为某种原因停机了，要重新去办卡，我懒得去办，也想过下没有手机的生活，于是，我就成了一个和外界失去联系的人。

于是，我就盘腿坐在这民主路的长椅上，发呆。一对拉着手的老年人从我前面经过，没有言语，只是默默地走着，其中男的腿有点跛，走得有点儿吃力，女的背着一个布包。男的就像一个小孩，紧紧地拉着女的手，生怕走失。女的很耐心地呵护着男的，依旧是没有言语。想来，共同生活了那么多年，无语便是最好的语言了。每每看到这样的老人，我会有很多感触，生怕老去，生怕快要到来的死亡。想起电影《桃姐》，桃姐老了，腿不方便，一个人，无儿无女无亲人，一生未婚，在一户人家里做了六十年保姆，最后是这户人家的孩子送她去养老院，为她送了终。当我看到养老院的一幕幕，我心里就心酸不已。我从未去想老了的自己是怎样的，甚至，天真地以为自己是不会老的，就如年轻时以为，自己的青春是永无止境的，却不知，一天最长，最好，也有黄昏的时候。直到我看见自己白发不能阻挡地肆意生长，我才知道，我终究是打不过时间的，终究是一个败兵。

我循着他们的背影望去，女的伸手去擦男的流出的口水，看到这一幕，我终于忍不住，眼角潮湿。我想起在南宁居住的父母，我去看他们，父母身体健康，精神矍铄，让我心安。和母亲聊天，她说，和你父亲聊到谁先去的问题。我就阻止她，不让她说下去，我说，妈，别说这些，你们都会很长寿，都会有一百多岁的。母亲说，傻的，怎么可能呢。我心就酸，眼泪在眼角打转。我不去想这些问题，也不让父母去想。我不是逃避，我是想在一起，要开开心心的。可是父母不是这么想，从母亲的谈话，他们应该聊到谁先去这个问题。这么坦然和淡定，许是所有的老年人都会去面对的问题吧。我无从知晓那样的恐惧，但我总是去逃避，不去想。这是对的，我对自己说。活在当下，珍惜当下，我也对自己说。

就如，我此刻坐在民主路的长椅上，享受这蓝色的夜，享受一个人的时光，并不像聂鲁达说的，没有人看见我们手牵着手，我看见了世间最美的一幕。我也看见了自己的内心，安静美好。

一片落叶飘到身上，我拿起，想起聂鲁达的另一句诗：当华美的叶片落尽，生命的脉络才历历可见。我淡然一笑，我把这片落叶放进杨桃的袋子里，拎着它们往酒店的方向走去。

诗歌的去向

那一年，我二十出头，正是青春的最好时光，淡蓝的布衣布裙，淡淡的忧伤，淡淡的欢喜和爱。那时，我骑着一辆单车，从凉亭坡上飞奔而下，像风一样自由快乐。而一头如海藻一样的自然鬈发，如荒野迎风而歌的蒿草，散发着植物的气息，生机勃勃，有无尽的激情和活力。多年以后，我回想那一幕，总怀疑那青春的样子，是不是电影，幻觉或者梦。

我飞奔而去，那样的欢喜，是要去参加小城的一个诗歌沙龙。那是一个律师诗人举办的，他长得高大帅气，却又温文尔雅，他是我嫂子的朋友。那时，我嫂子是小城的文化名人，写的小说散文上过国家级的刊物，当时在文化馆上班，编辑一本叫《榕园》的内部刊物，我的第一首诗，就发在那里。因此，我成为诗歌沙龙的一名女诗人。诗歌沙龙还有另外一位女诗人对月当歌，诗歌写得很有灵性，于是，我们俩成了诗歌沙龙的主将。诗歌沙龙还有一个叫戈巴的，他边上班边经商，业余时间开了一家歌舞厅，生意极好。我们的诗歌沙龙偶尔会放在舞厅外的广场，如水的月光，把茶吟诗，或者进舞厅高歌一曲，或者像两条漫游在水里的鱼，迷离而不迷失方向。

沙龙编印了一本诗歌刊物，第一期是《浅色的感觉》，二十多年了，它还在我的书柜里，发黄的封面，几朵淡黄的小花，油印的诗歌还清晰可见，我和对月当歌的照片附在封二和封三。照片上的我，剪平的刘海，两鬓扎着小辫，海藻一样的头发由此显得温驯了。我微微侧着头，浅浅地笑着，青涩而无尘，眼神温和清澈，闪着清晨初起的柔光，这是我吗？她的美，我怎么从未发现和感觉？对容貌的自卑，让我一直不敢正视别人的眼神——躲闪和低眉，这是我多年的习性。然而，照片上那样的神情，多美好啊，多年以后，再也无法呈现在我的脸上，时光忠诚地雕刻了我中年的模样：眼神蒙蒙，好似有雾，总是不清醒的样子，怯光，迷知，不知所措。中年该是淡定从容自信优雅的年龄，我却如此，想起《一样的月光》里唱的：是世界改变了我们？还是我们改变了世界？没有人能告诉我，唯有这二十多年前的照片，告诉我，我的青春曾是那么美，但在其中时，我却浑然不知。可是，也许正是不知，我才有那样对世界对生活的无畏，因而，我内心呈现了最好最美最真实的。忧伤之余，也明了时光的无情，无视我这中年的悲从心来，无视了我对青春的挽留和不舍，以及我迟来的自觉审美意识。

照片旁，律师诗人用签字笔龙飞凤舞地写：未来的情绪诗人。我不知道他是如何界定我是情绪诗人的，那时，我对诗歌全然不知，只凭着感觉去写，往往在一些不经意中，诗歌就流淌出来了，仿佛泉水倾泻，有着不羁的快乐。仿佛风过山谷，拂开遍地的野麦花，那些小心思啊，小念想啊，小忧伤啊，小欢喜啊，呼啦啦，在流水中畅游。我不知道，这样的情绪，于诗歌是好还是坏。然而，有一点，那就是，诗歌让我纯粹和与众不同，让我在红尘中拥有一颗纯净和安宁的心，让我无视世俗的不堪和对现实有一种和解的宽容，这让我觉得自己的高贵和美好。

诗歌沙龙持续了一年时间，就渐淡了，都忙着各自的事了。后来，律师诗人辞职下海了，那时正值下海热潮，潮起潮落，浪花拍岸，引无数人向往之。与之解体的，还有律师诗人的婚姻。听说他和一个从北方来的朝鲜族女子好上了，对方是个离婚的女人，还有一个小女孩，也不知是谁爱上谁的。之前，就听说他的婚姻不顺，妻子是警察，也许是律师诗人有才有貌，所以他的妻子管得严，醋意也重。听说有一次，她把保姆的裙子剪烂了，行为如此激烈，想必是律师诗人决意离婚的原因。之后律师诗人就带着他的新女友去了广东，开了家律师事务所，成了成功人士。他的那位朝鲜族女友是个富有传奇色彩的人，但最后他们结婚又离婚了。我见过一次那个朝鲜族女子，漂亮，很有气场，一看就知道是个不同凡响的女子。后来，律师诗人又结婚了，找了个年轻的女孩，生了个儿子。律师诗人的故事可以写成小说了，他并不忌讳讲他的故事。有一次他回来，带我们去看他的别墅，他坐在沙发上悠悠地抽着烟，很知足的样子，至于诗歌，全无半字。那段和诗歌有关的记忆，于他，或许已经像磁带一样被抹掉了，又或者，他记得，只是不说。活得好好的，谁会去缅怀自己的青春呢？

戈巴，是律师诗人的朋友，是个浪漫的人。他有一个漂亮优雅的妻子，他们那时就已经丁克了。他的妻子，是小城的一道风景，冬天一袭风衣，就像《魂断蓝桥》里的玛拉。那时，他们在小城开了家歌舞厅，每每音乐一开始，他们俩就开始领舞，舞姿优美，仿佛电影里的画面一样，看着，就是一种享受。那时，小城二楼的电影院里内设了个小型电影院，专放经典片，我在电影院里遇见过他们，手拉着手，女的一袭酒红的风衣，比电影还引人，看的是获奥斯卡奖的《沉默的羔羊》，之后看《飘》时，又遇见他们，两人好像是为彼此而生的，那种默契的感觉，我后来没有再看见哪一对夫妻如此。后来，他们去了贵州，又听说去云南开发什么项目了，我们再没见过面，但他的诗歌，那些关于稻田里蓬勃生长的植物，那些故乡的草根气息，从未停止生长和消散，在那个属于他的时代，散发青春的光泽。

落帆，是诗歌沙龙的另一主将，长得很帅，穿着时尚，因为西子，我对他记忆犹深。那时，他爱着一个美丽的少女，这个少女叫西子。他的诗歌写得极富才情，但他太具个性了，有时，他会匆匆跑去找我，跟我说，他跟谁谁打了一架；有时，他拿着我的那把吉他，弹着弹着，眼神迷离：我去看西子了，丢下我们就走了。后来他上了大学，加入了非亚的《自行车》。他给我写信，叫我姐，让我给他们的《自行车》投稿。他大学毕业后我们失去了联系，后来，听说他信了基督，到处布道。我有次去南宁，联系上他，他早已和西子分手了，年少的爱情，大抵都是青涩无果的，当年他的爱，早已在他的布道中交给上帝了，不知他狂热爱着的诗歌是不是也这样？他在电话里，像个仁慈的老者，喋喋不休地和我说上帝的事，如此，可以看出他的性情，爱什么就会爱得极致。但也不知何时，又会听说，他不再布道了，我一点儿也不会感到惊讶，于他，这是性格所致。那天，他跟我说上帝说得我昏昏欲睡，好几次想问问他还写诗吗，或者还喜欢诗歌吗，但都插不上话。我对上帝一无所知，也不感兴趣。也许，上帝在他心里，已经取代了诗歌的位置。

对月当歌，那个扎着两根麻花辫的女孩，是我们那帮写诗写得最好的，多才多艺，漂亮婉约，那种才情很多年后，我都不及。后来，她去学音乐了，后来，她从梧州搬到贺州，我们在一个大院上班，她依然保持着青春的模样，淡然地笑着，生活在她的脸上，没有刻下什么痕迹，那是因为她依然坚持写诗，有诗歌浸润的心灵，让她有别于常人。但她不投稿，她还开始写小说，写得很有味道，我看了，建议她投稿，但她只是笑，也许，对于一个心灵淡泊的人，这些只是慰藉她自己的精神食粮，只有她知道，是多么好。我们偶尔见面，还经常聊会诗歌、文学什么的。她在一次车祸中严重受伤，我去看她，她很乐观，还好，生命还在。我就明白了，与死亡擦肩而过的人，有一颗能和生活和解的快乐的心。因为，诗歌在她的生命里，一直优雅地绽放着。

至于我，后来也和诗歌无缘了，我的青春用来消费了很多没有意义的事情。那些没有诗歌滋润的日子，我不知道自己是怎样走过的，感觉都是蒙尘的。前段时间看赵薇拍的《致我们终将逝去的青春》，看到那个一头长发的文艺青年把他的诗歌烧成了灰烬，他说没有人出版他的诗歌，他以灰烬告别了他的诗歌梦想，后来成为一个成功人士。我感伤啊，无以倾诉，诗歌在人的一生，是多么渺小而卑微，它的存在，除了精神上的慰藉，还应该在生命里占据重要的位置啊，它应该是温暖的光。直到2003年，我成为一个叫Andy男孩子的老妈，才又开始重新写诗。我一向晚熟，诗歌的再次到来，让我感觉生活里多了感悟和诗意，少了蒙尘和迷知。抖落西洋菜的泥土，在阳光下切木瓜，鸟儿飞起落下的淘气，向日葵的忧伤，飞翔的南瓜虫，松林的安静……它们成为我诗歌的意象，成为我生活和心灵的记录，让我在世俗的生活里，看到了温暖的光。就这样，断断续续写了十年，依旧是少而慢，这和我性格有关吧。慢慢地生活和写作，这让我的生活有序和方向明确。这些诗歌大多发在《诗刊》，也被选入中国最佳诗歌、年度诗歌等选本。尽管写得少，但我期待和珍视它们。还因为，它们在我的青春里曾经是闪亮的。

青春是用来怀念的，过往的一切，谁不是呢？

晒木瓜的林

Z：

这是2006年的最后一天，阳光很暖，懒洋洋的。我在阳台切木瓜，我要把这些木瓜切丝晒干，然后和辣椒、豆豉、大蒜做成木瓜酱。这些木瓜酱香、辣、脆、嫩，是我2007年的食物之一。我在切木瓜的时候还想了几句诗：我必须摘下它们/作为食物它们必须这样/必须在我的暴力之下/垂下它们昂贵的头/就像我/必须在现实面前弯下我的腰。我得承认，我是多么喜欢这些木瓜，它们密密匝匝挂满了树。Z，如果你来，一定会在木瓜树下大呼小叫。呵呵，在冰天雪地的北方，你是无法想象的。那么，我想和你说说我的2006，说说那些和植物动物等有关的南方生活。

先来说说那些鸟吧。每天清晨起来，都会看见院子里有一群鸟，在叽叽喳喳地玩耍。而那时，桂花、玫瑰、月季、金盏开得正好，清静的香气在微风中漫开。我喜欢这种清净，内心有小小的欢喜雀跃心中。我和这些鸟彼此熟悉，彼此相安无事。它们熟悉我穿着红色的拖鞋穿过院子，声音很轻，走到它们的身旁也没感觉。这些鸟知道我要到大门外的邮箱取信、报纸、杂志，然后回来阅读。

这些鸟会看见我的儿子Andy，他快乐地唱着歌，戴上红领巾，挂上校牌，背上书包，他跑过来，我会笑着抱他一下。Ada在刮胡子，有时哼着歌，他的头上有几根白头发，我的也有，只是我固执地要剪掉。他会在周六的午后，坐在藤椅上帮我剪，一根两根，地毯式搜索。Andy

也来帮忙。

Z，之所以和你说这么琐碎的细节，是因为生活的过程是这样，每天每时每刻，我都怀着感恩的心来过日子。我的生活平静而平淡，但我喜欢。

闲空的时候，给小白兔喂些青菜，把山龟拿到阳台晒太阳，向笼子里的红嘴鸟吹声口哨。家里还有鸭子、鸡、蜗牛、蟋蟀、神仙鱼、灯盏鱼、小虾、螃蟹……这些动物是Andy养的。Z，你不知道Andy有多喜欢这些动物，他曾经拿过一条绳子绑着兔子的脚，拉着它去散步。而有一次，他提着红嘴鸟的笼子出去，说要带它看看繁华的夜景。我得感谢Andy，他让我学会了怎样以一颗纯真的心来面对生活。

Z，除了木瓜，我家还种有苦丁茶、粽叶、韭菜、羊辣、西洋菜、芥菜……郊外的荒地里还种有红薯、木薯、黄豆、花生。是的，你一定很诧异，这和你想象中我的生活是多么陌生。事实上，我乐在其中，我为工作、写作之外有这种生活而感到幸福。秋天是我们家最开心的时候，院子里到处都晒着丰收回来的劳动果实，你不知道，那泥土的气息在阳光下是怎样的亲切，而那些黄豆在阳光下蹦着，声音有多么美妙。

我知道你一定会问羊辣是怎样的，这本土的植物来自老家，有些像小青瓜，头是尖的，不辣。后来我查了资料，原来羊辣的学名叫黄秋葵，真美。我知道它的名字后，就更喜欢了。因为我对葵，情有独钟，比如向日葵、紫背葵。这种羊辣，我小时候常吃，那是我吃过的最好吃的菜。时过二十多年，我叫亲戚从老家带来种子，这种植物见阳光就长，呼啦啦的，比风还快。可是吃着吃着，就不好吃了。我对它二十多年的想念就此画上了句号。我突然想起爱情，那些分手之后就不再见面的人，需要多大的定力来忘记？那就让时间来成全吧。成全的，还有内心的想念以及永不见面的勇气。

说到不见，我想到昨晚朋友发来短信：我在你的小城，能见个面吗？那是一位不曾谋面的朋友，我编辑过他的作品。我婉转推脱。Z，有些人，见和不见，是不需要什么理由的。这种自如的选择，是自己多年来内心的坚持。和一些人保持距离；和一些人擦肩而过；和一些人素未谋面，但灵魂相通；和一些人来往，仅是来往。

Z，现在我把切好的木瓜丝撒在簸箕上晒，阳光下，我眯着眼，看见2006年的日子就如这些切下的木瓜丝，它们的安静淡然，让我有小小的感伤，又为之欣喜，一个小小的植物都懂得遵循自然的规则，人生又有何不肯？

岁月静好，这是我2006年的生活写照，像现在，我做完手中的活，在阳台上，闭着眼，享受这微风中的藤椅，内心安静平和。那些鸟叽叽喳喳地又飞到院子，它们依然对我熟视无睹，忍不住笑。

晒木瓜的林

2006年12月

声音

上午开会，我的位置刚好对着窗外的广场，极目望去，一片葱郁。初夏的树木，生长的速度让人惊讶，勃勃生机，迫不及待，呼啦啦的，比风还快。我看着窗外，倾听着那些树木生长的声音。那些如果实饱满的声音，能听到浆汁相互挤压的快乐。这种声音也在我的体内生长着，噼里啪啦发出寂寞的响声。它们静静来过，又静静消逝。它们——在时光的深处低低忧伤。

我不知道它们最初的方向，我的内心，已被世俗的尘埃遮蔽得厚厚的——迟钝无比。我曾试图辨别、过滤，我发现这样只能让自己陷入茫然——对于被某种体制、某种模式禁锢的人生，除了妥协和接受，别无选择。这当然也是自己的本性使然——妥协于安稳，这是缺乏勇气和青春不再的悲伤。而那些声音，已经被忽略而日渐微弱。

我转动手中的笔，这是一个关于客家舞蹈如何编排的创作会议。从音乐到意境，从情节到主题。如何解决人物在舞台上的合理性，舞蹈动作必须出现的经典性，道具的运用要如何新颖要怎样突破，讨论一个“偷瓜”情节的可行性。在客家的风俗里，“偷瓜”祭拜月亮的行为是得到许可的，而被偷瓜之人是欢喜的。这真是奇异的风俗，作为客家人，我是第一次听到。凉帽的运用无可非议，但在祭拜月光的时候戴着是否有这种先例？祭拜月光是客家女子的行为，如果增加男子是否和风俗相悖？祭拜月光是客家人思乡的风俗，那是因为客家人迁徙和漂泊的根性所致。那场面，必须是宁静和充满温暖又略带淡淡感伤的，要怎样烘托？故乡是所有客家人的月亮，要把它上升到一个广义的——不仅仅是思乡，还是团圆，还是回归，这样就把主题延伸到了海峡两岸，这样的主题就更有意义和现实性。那么如何在舞台上解决大陆和海峡的地域性？用一轮缓缓升起的明月？用蓝色的绸带？还是用客家标志性的凉帽？

在音乐中增加葫芦丝，是否会破坏纯客家音乐的唯一性？而增加台湾地方民俗的音乐是否会让整个舞蹈有所偏颇？双人舞、单人舞、群舞要怎样表达，才能最完美地诠释音乐的文本？母亲代表祖国大陆是无可非议的隐喻，儿子代表台湾呢还是女儿？在舞台上同时出现两个场景是否增加演出的难度？而在短短的七分钟里要囊括这么多的元素在其中，是否可行？所有的元素加起来都霸气十足地证明了这是一个有着标志意义的客家舞蹈——开创性的。所以，必须要根据客家的风俗编出一个具有标志性的舞蹈动作，类似于西藏舞蹈的踩脚，蒙古舞蹈的耸肩，傣族舞蹈的三道弯，新疆舞蹈的扭脖子。那么，这个舞蹈的经典动作就是这个客家舞蹈的精髓，具有伟大的使命。要以怎样的方式出现和表达？

会议室里，领导、剧作家、音乐家、舞蹈家、编导、作家，从各自的生活经验、创作经验、写作经验出发，各抒己见，围绕以上所提出的问题提出可行性的建议。其间，烟雾缭绕，从我看到的那一片葱郁的风景飘过，竟有了一些诗意在其中，仿佛是碧玉白纱，随风舞动。而阳光在多日雨水的洗刷下，早已失去了那生猛的态势——被强势压制的结果是不得不妥协。这让我有了些稍稍的安慰，自然界都如此，何况于人？那么，现在，我坐在明亮舒适的会议室，在漫无边际地讨论一个客家舞蹈的编排，是多么幸福——至少比起那些在烈日下疲于生计的人幸福吧。满足就是来自于比自己更低微的。这虽然有些阿Q精神，但如果觉得内心充盈和快乐，那么，亦是好的。虽然“亦是好的”这句胡兰成最爱说的话在张爱玲看来，是嗤之以鼻的。她和胡兰成的情感恩怨，以此收场，让我感觉悲凉。这是题外话了。我之所以说，亦是好的，真是这样。

年轻英俊的编导在叙说他的构思，声音抑扬顿挫，像水声一样流畅，像阳光一样具有温度。他的年轻和生猛，就像那些正在生长的树木。他发出的那些具有力度和向上的声音，让整个舞蹈的构思呈现了一种立体的画面。事实上，我已经在他的叙说中感受到了。我对舞蹈的喜欢竟然通过一种声音到达，这是让我惊讶的。不可否认，这是叙述的魅力。年轻的编导有足够的智慧让这个具有开创性的舞蹈在舞台上有一个全新的展现，不仅是艺术的展现，还是梦想的展现，更是音乐家和编导的一次碰撞和完美结合。编导的手随意划动，带着舞蹈的特性，而烟雾继续缭绕，作品的诞生，香烟功不可没。

而我在这种叙说中看到窗外的一辆浅绿色的公共汽车正从林荫道上穿过，到达终点站。那是我熟悉的每天都要乘坐的车辆，从开始的生疏到依赖，已不可或缺。我经常在摇晃的公车上想心事，看窗外掠影而过的风景，看在路上和我一样疲于生计的人们，看那些茫然的疲惫的欢喜的脸……车上广告的声音不绝于耳，这个时段，我对铂金的广告耳熟能详，那个漂亮女子戴着男人买的铂金戒指项链和男人深情相拥，在误导观众——物质确实是坚固的爱情基础。但我环顾，乘客的神情并非和广告同步，面部漠然和游离，那是和自己生活不搭界的，遥远得很。时不时能听到毫无遮拦的声音，那是某位年过不惑的妇女，在电话上大声控诉家里的芝麻琐事。声声愤慨，抵消了广告声的矫情，真实的生活模式，让乘车的人在内心有了鲜明的比照。

偶尔，会遇到心情好的司机，大声地吹着口哨，口哨欢快，整个车厢都感觉很温馨。也有内心浪漫的司机，在桂花开的季节，在自动投币的箱子旁插上一枝桂花，满车飘香，人和人之间的那种陌生、戒备，因了桂花的香气，而没了距离，感觉美好和温暖。偶尔，我伸手去接窗外的阳光，闭着眼睛深呼吸，全然无视邻座的神情。事实是，我的那种和自然一样的天性已被办公室的日常性同化了。直到有一天，我作为嘉宾参加一个学院的活动，之中有提问的环节，还有礼物。我当时并未多想，率性举了手，主持人请我上去回答，我全然忘了自己的身份，像孩子一样跑上去答题，并得到了礼物，回来，被同去的人笑我不按理出牌。才恍然，我的身份不同，但一笑置之，那是我的本性所然，还未被完全同化，该欣喜才是。

思绪随着烟雾继续漫游，被一个激动高昂的声音拉回现实，原来编导说到红绸带的运用，即刻遭到否定。作为一个思乡的主题，漫天的蓝色海水，柔和温暖的月光，淡淡忧伤的旋律，这是“海上生明月，天涯共此时”的意境。被这一绚丽的有着喜庆的甚至是庸俗的红绸招摇而过，简直就是大煞风景。不能不能，万万不能！不知谁提到爱情的元素，遭到更强烈的否定，这个舞蹈不需要爱情！而编导提到背带的运用最后化作漫天的海水，这倒是一个不可多得的创意。编导不停地在记录大家的建议，他指间的烟雾在我眼前不停地飘过，我看着那些袅袅散去的轻烟发呆。我很能明白创作的人为什么要抽烟——那是不得已，是精神和灵感的依赖，是释放和呼吸，是自己对自己的宽慰。所幸，我不在其中。

这个舞蹈，编导必须在有限的音乐情景里挖掘音乐的灵魂——那深不可及的，浩渺无边的，似是而非的。而这，必须是音乐家的创作初衷。因此，音乐家曾龙城先生在倾听那些不同的声音之后，开始了他的颇具权威的发言，这是大家期待的。曾先生是位德高望重、才华出众的儒雅才子，诗词、书法、散文、作词、作曲，样样了得，人生能做到这样极致，真是少有。而曾先生开朗、豁达、亲切、和蔼、笑容可掬，更为人称赞。曾先生深情地唱起他的歌曲《月光光》——那是我喜欢的，一首思乡的客家歌谣，用薄似蝉翼的月光来承载。那如水的情怀，只有月光才能恰如其分地表达——长久以来，月光在不同的场合能表达不同的情怀，这亘古的意喻，从来都不缺少抒情。“八月啊十五啊月光光，阿妈哎同我拜呵拜月光，阿妈就问一声，故乡在哪方呵？月光啊月光光，你照要嘛照四方，阿妈讲我知啊，唐山系我介故乡。”优美深情的旋律，配着温婉的客家方言，回味无穷，是这首歌谣流传的魅力。

多年前，当这首客家歌谣随着电视剧《酒是故乡浓》传遍海内外的时候，我曾在一篇散文里提及，说那是思念的月光，是所有互不相识的客家人唱着就能认出彼此的通行证。作为一个客家人，我的血脉里流动着这种迁徙的血液。从遥远的广东梅县到广西的昭平，这之中的迁徙，已很难用语言去描述了。当我用蹩脚的客家方言说着故乡，那些根植在记忆或者血液中的遗传性，让我能创新地发出纯正的发音，这也是让我自己惊讶的。而记忆里对最初的故乡已全无印象，唯有十五的月光照亮时，思乡的情结似乎才开始纠缠，也仅此一刻。更多的是，家在哪儿故乡就在哪儿，这是新新客家人的想法吧，抑或是我自己的。每每白发苍苍的父亲，提及那个在声音里多次出现的故乡，只是朝着那个方向深情地遥望。音乐家的歌声在安静中缓缓流淌，似流水，似清风，似月光，我坐在他旁边，轻声跟着哼。在反复咏唱中，我感觉内心有些什么是潮湿的。我知道，那是故乡大地的万物生长之声，是故乡在唤一个游子的声音。于是，我也像父亲一样，在心里，朝着故乡的方向深情遥望。

我需要掩饰这突如其来的情绪，站起来去办公室倒开水。那曾经被原木隔板分开的空间现在被全部打开，敞开式的办公让我不知所措。在众目之下，人会缺乏安全感。而我必须在明亮的日光灯下，在八小时闪烁的电脑荧屏前，在时光嘀嗒嘀嗒的声音中，在琐碎的文件材料数据里，日子慢慢变短。我终于清晰地听到，那些被我无数次按紧的——向往自由的声音，如战鼓一样。但我又清楚地知道，那些声音的命运，就如窗外风景树的命运——长势最好的往往是园林工人手中剪刀的对象。作为一棵风景树，它的命运是秩序和规则的命运。这些声音的命运也是墙上那枚钉子的命运，因为钉子的命运就是钉子本身。那么，该如那个老上海优雅的黛二小姐在九十高龄时所说吧：如果不得不妥协，那就安然接受吧。这是从容的生活方式，是经过岁月历练的人生经验。这么想，就坦然了许多，转身去会议室，讨论依然如火如荼，音乐家说到最关键的场景的处置，他提到用一轮缓缓升起的明月作为海峡，随着情景的变换最后在布景上升为一轮明月，意喻团圆。创意得到在座的支持，如果可行，这将是一枚独一无二的月亮。可是舞蹈家提出异议，那就是这样的月亮在舞台上呈现难度很大。

会议陷入短暂的安静。我透过那些袅袅的烟雾，看着窗外的广场，在那里，经常会看见一个瘦高的男子，边拉着小提琴，边跳舞，很投入，很激情。偌大的广场，似乎是他的，他全然不顾外人惊讶的目光，能随心所欲地生活，真好。有时，我和同事在走廊休息时，会说起这个率性的人，说他有时间，有爱好，有底气，有自己生活的方向和乐趣，人生能这样，夫复何求？生活是自己的，只有自己知道。也许他这样，不过是在缓解生活的压力或是不得已，谁的表面不是呈现某种好呢？说得也有道理，至少，能呈现自己的好，也是一种乐观的生活态度吧。

像那些在树荫下跳舞的老人，头发发白，体型发胖，他们拥有很多时间。拉丁舞、交谊舞，尽管手脚不那么灵便，但舞得尽情，心无旁骛，让人动容。这之中，就是岁月沉淀后的从容吧。然而，怎么会有些苍凉，像雾水一样打湿我的心。这舞，是跳一天少一天，年轻时没有来得及做的，老了才有机会做，遗憾吧，苍凉吧。除此，还有那些没有做的能否如愿？那个穿裙子的大妈，想给那握着她手的人带去些什么？悦己者容？然，韶华不再，衣物也薄情。更何况这终究是如露水般的人生。除了这，那渐渐消逝的时光里，有谁又能一一明了呢？既不能，也不想，那就如树下拉二胡弹唱的更老的老头老妇吧，“帝花女啊……”余音缭绕，脆如鹂鸟，人生里如花的清晨，好好惜之就是。他们懂得，所以从容。不像我，总是不得道，恶俗之极，老是像煞有介事去剖析某些东西，那是上帝都无能为力的，与我何干？

编导重新开始陈述他新的构想，声音激扬，将我的思绪打断，我的目光仍停留在窗外，阳光渐渐隐去，灰蒙的天空，有低低的云层，雨水很快要来了，而树木生长的声音比任何的时候都更清晰，我似乎也听到自己体内的声音，昂扬，向上，像树木一样勃勃生机。

那些安静的植物

清晨的欢喜，就是穿着棉布衣裙和平底鞋，穿过露水微湿的巷子，去赶早市。在那里，有时我买一把菜花，刚掰下的玉米，带着泥土味道的红薯……有时什么也不买，就站在那里静静地看。

新鲜的板栗和榛子，还带着山里清冽的味道，用手摸摸，坚硬的壳是温润的，这温暖让我觉得板栗和榛子是懂得适宜安放的。尽管命运未卜，但它们知道，等待和离开，结局都是一样的，所以它们干净从容地看着这喧哗的尘世，一言不发。我的目光常常是越过众多的植物，抵达它们。我相信我是懂它们的。

是的，我懂得并喜欢这些来自秋天大地的植物和果实。

比如金黄的柿子，我和它之间该是有一种缘的。一位朋友曾向我描述他家乡的柿子树。他说，秋天的时候，柿子叶黄了，一片一片地落下，飘飘扬扬地从山坡吹来。他常常坐在山坡看那些叶子看得发呆。而橙红的柿子挂在枝头，要等霜降之后再摘，那时的柿子是最好吃的。另一位好朋友百合，她也和我一样喜欢柿子，特别喜欢那种软软的熟得透亮的，一咬，满齿清甜。现在想来，适合的时间适合的地点和适合的人在一起吃一种喜欢的水果，才有那种味道吧。

而今，这些柿子长了一茬又一茬，顺着自然，依着生长的秩序，不慌不忙，从容优雅，真是让我们这些为生计疲惫奔波的人慨叹。

玉米在这些安静的植物中则失去了优雅，它们在晨曦里被无数的人浏览，外衣被削去，仔细端详，运气好的，欢喜离开，留下的暗自哭泣。其实结局都一样，它们不知去向的生命，在一粒种子开始发芽时就注定。改变是微乎其微的，作为植物，它们懒得思考，来过就好。相比之下，生长的过程更美好。我想起去年在家里种的玉米，初夏的时候，绿油油的玉米蓬勃生长，向着阳光斗志昂扬，风吹着玉米叶沙沙地响，声音美如天籁。那样向上的生命是值得尊敬的。

远远看见红艳艳的指天椒，似乎看见熟悉的久违的朋友。我快步过去，这种植物是我童年的食物。那时，能干的妈妈总在秋天的时候叫我们到菜园里摘辣椒，洗净晒干用酱油蒜米泡着，等过一段时间，辣味泡出，我只要和着粥混在一起就能打发一餐。那时的日子干净通透，赤着脚像风一样在田野里奔跑，简单的快乐是和物质的多少成正比的。而现在，即使拥有再多，也感觉快乐不那么彻底。

我买了一袋指天椒，我相信它们跟着我走是快乐的。佛说：缘就是看一眼就知内心的相通。我对植物有这种本能的相通，相信植物也一样。

转弯，看见金黄的南瓜，笑，蹲下摸摸它们，就闻到属于它的清香。在植物之中，南瓜该是比较优雅的。色泽适中，饱满得体，结果之前的灿烂是其他植物所不及的，比如开在清晨的南瓜花，飞翔的南瓜虫，以及成为我们食物的瓜花酿，每一个阶段都充满灵性。闲的时候，动手做一篮南瓜饼，还大张旗鼓送给朋友品尝，当然，赞口不绝，这是让我欢喜的。南瓜粥是经常煮的，那些清淡静好的滋味，停留在胃里的快乐，是山珍海味所不及的，更甚，连思想也变得那么简单和清净。这是一种带着禅机的植物，让我感受到平时感受不到的东西。

木瓜显然是刚从树上摘下的，还流着白色的汁，透着露水的微凉。这种植物在去年，成为我文字里的常客，不仅如此，那些自制的木瓜酱还在冰箱里放着。因为它，整个秋天都是快乐的。这种植物的生长和繁殖真是旺盛，密密匝匝地挂满了树，吃不了那么多，就送给邻居朋友，自己做木瓜酱，晒木瓜干。邻居还提议，拿到市场去卖。而母亲，总是乐呵呵的：留着留着。霜降前看见妈妈给它们撑一把伞，真是乐不可支。前两天回家，看见木瓜树又增加了两棵，我开始数，妈妈说，多着呢！下次回去，看来我真的要到市场去卖这些木瓜了。

呵呵，如果我在街边卖木瓜，那些木瓜也该是欢喜的。

内心的喜悦，就这样常常被生活的细节充盈着。

因而，我是幸福的。

薄霜满天

一弯白色的上弦月挂在深秋的夜空，有薄霜轻轻落下。当然还有月光，淡淡的，薄薄的。在水湄，在船艄，在枫桥……这样的夜晚，张继有些落落的忧伤。这样的忧伤，从京城出来就慢慢地累积着，现在，和夜色一样浓，一样重。张继在心底叹了叹，挪动了下坐姿。从船窗看去，江面有零星的渔火，隐约的光中，看得见岸边的枫树，风过时，零星的飘下一两片，落在水面自顾自地流去。还有上弦月，还有近在咫尺的枫桥，可是，他无心观赏，他落榜了。这个结果不在他的意料中，所以，忧伤来得如此沉重、仓惶。所以，他没有直接回他的老家襄阳，他乘着船，去了江南。

“哐当”一声，船停泊在苏州枫桥镇的枫桥旁。行走了一天，该休息了。可是张继睡意全无，他靠着船窗，给自己倒了杯酒，酒早已凉了，他一饮而尽。对于这次考试，他是稳操胜券的，寒窗十年，他把命运压在这次考试上。可是，运气却摒弃了他。罢了，罢了，过去的事不再想。他又倒上一杯酒，这次，他是拿在手中，缓缓转动着。这时，他听到了鸟的叫声，低低的，有些沉闷，嘶哑。他知道，那是乌鸦。这种不吉祥的鸟，他一直忌讳。他的心沉了下去，似乎沉到了水底，有溺水的感觉。

张继站起来，走到船头。渔火之外，是沉沉的夜色，他打了个冷战，霜气那么重，从四面八方涌过来，似乎漫天都是，把他密密匝匝地包裹着，他下意识地裹紧自己单薄的青衫。他抬头，看见灰蓝的天空，一弯白色的月牙斜斜地挂在天边，清冷而寂寥。月色中，他看见枫桥，有些朦胧，他突然有些异样的感觉。对于桥，他的故乡襄阳有很多。他经常在桥上漫步，可是今晚，他没有要上岸的念头。今夜，故乡的亲人怎样了呢？今夜，他们已在梦中了，他还醒着。他们，还在期待着他的好消息吧。早段时间，他从襄阳出发，前往京城，去实现他的梦想。那时，多么意气风发，仿佛世界是为他准备的。后来知道，不是。后来知道，现实就是现实。

但是，总有什么来稀释这愁绪吧，这深深的寂寞吧，这无以言说的心情吧。“当——当——当……”钟声响起，那么悠扬，清脆，在寂静的深夜，格外响亮。张继愣住了，钟声怎么会在半夜响起呢？他看见上弦月渐渐淡去，该不会是拂晓了吧？时间于他，似乎失去了意义。这样的夜里，还需要时间吗？不需要。钟声依然响着，一下一下，从岸边传来，撞击着他的心。他知道，那是佛的声音，驱散世界的烦恼。船夫醒了，走出来，看着这个一路上沉默寡言的小伙子，告诉他，那是寒山寺的钟声，那里曾住着一位叫寒山的诗僧和拾得的和尚，他们随本性生活，是一对活宝。那边，是乌啼山。再那边，是愁眠山，对着它，不管有什么愁也会酣睡的。张继听着，觉得船夫的话颇有深意。船夫却哈欠连连，叫他赶紧去睡了。

似乎那样的愁绪淡了些。张继回到船舱，仍旧无法入睡，他只好看着寂寥的江水，看着飘忽的渔火，看着远处朦胧的乌啼山和愁眠山……突然灵光闪现，他拿出笔，在纸上写下“枫桥”二字，然后是“夜”，然后是“泊”。然后是：月落乌啼霜满天，江枫渔火对愁眠。姑苏城外寒山寺，夜半钟声到客船。寒山寺的钟声停了，但钟声依旧撞击着他的心，撞击着挥散不去的愁绪。那些钟声，打开了他的思绪，打开了他自己，他一挥而就，写下这首千古名诗。那个夜晚，他当然不知道这首诗改写了他的命运，至少在文坛上。

感谢张继，感谢江边的渔火，感谢那晚的上弦月，感谢苏州的美酒，感谢微凉的秋霜，感谢落榜的愁绪，感谢寒山寺的钟声，感谢船恰好泊在枫桥旁，成就了这首《枫桥夜泊》。

那天，阳光很好，我坐在张继的怀里，那是他的雕像。读着他的诗。他淡然地坐着，眼神有些低垂，隐约藏着些愁绪，或者是其他。但我觉得是愁绪。身后，就是一千多年前，船停泊的江边。枫桥依旧，流水依旧，乌啼山和愁眠山依旧，寒山寺的钟声依旧……很多人都和我一样靠着他，读着他的诗。很多人来了又走。很多人，因为他的诗来到枫桥，千百年来不息。唯有张继，他淡然地看着这一切。他知道，那样的夜晚只属于他。他知道，愁绪有时也是好的。他知道，那些佛的声音，只有他听得到。

黄姚追星记

说起追星这种狂热的事，于我是遥远和不可理喻的。每每在媒体上看到Fans（粉丝）见不着某影星歌星痛哭流涕的场景，或自杀之类的新闻，就觉得匪夷所思，感慨不已。我如此冷静，屈指算来年轻时喜欢看理查·基尔的《风月俏佳人》，也不过是看了三遍。那是因为理查·基尔在片中实在是太有男人魅力了，深情、儒雅、高大、英俊，有才有Money，对朱丽娅·罗伯兹一往情深。到如今，于我早已是明日黄花了。

所以同事说要去黄姚看中美合作拍摄的大片《面纱》，我犹豫再三，那个好莱坞影星爱德华·诺顿和香港的两届影帝黄秋生实在是离我的生活太遥远了，感兴趣的倒是想看看片场的真实情景。

黄昏时分，一行人兜了一圈古镇的外景地之后，在返回寻店的途中，同行的一个年轻女孩子大声叫起来：黄秋生！不等我反应过来，一行人就飞快地跑到对面街的两个人身旁。那女孩子动作麻利地拿出一张黄秋生的照片要签字，这边数码相机“咔嚓、咔嚓”不停地响。等我跑到他们身边，签字仪式已完毕，另一漂亮的女孩子紧紧拽住黄秋生的手不停地笑着拍照。我不知哪根神经搭错了线，傻傻地问拍照的同事：我可以照吗？同事大手一挥：照了再说！赶紧在一群人中，踮起脚尖，伸长脖子，把头放在一个空隙，刚照完，黄秋生和他的助手就走了。

这两个漂亮的女孩子是从南宁来的娱记，也是超级影迷，不仅是超级的还是高级的，能用一口流利的英语和影星交谈。对黄秋生和爱德华·诺顿的电影、演技、风格等如数家珍，熟悉得好像是自己的大哥。

因此我这等土冒加傻冒的知道了黄秋生是一个混血儿，难怪如此英俊有型！之前看过他演的《无间道》，因为眼光都放到刘德华和梁朝伟这两个大影星身上了，对他演的配角倒不是很留意。片中最有印象的就是他被人陷害推下高楼的情景，内心有钝痛的感觉。黄秋生从窗户落下我就一直闭着眼，直到听到一声闷响，一直没敢看那镜头，就这样记住了黄秋生的名字。后来他演的这个配角得了香港金像奖，再去找他的片子来看，真是不枉此名。

因为偶遇黄秋生，餐桌上气氛异常高涨，大家心花怒放，眉开眼笑，两眼放光，好像被注入了兴奋剂，语调至少提高几度。我也被这种气氛感染着，内心激情澎湃，一会儿跑到那边看黄秋生和爱德华·诺顿的剧照，一会儿又去看数码相机里的合影。看到自己笑眯了眼，很吃惊：是我吗？遂又问那女孩子：这签名给个复印件，可好？女孩笑道：明天开机，跟着我没错！

清晨早早就赶往拍摄的外景地，到了带龙桥，哎呀，我以为是时光倒流，进入了二三十年代的黄姚古镇。姚江停泊着十多只木船，码头上，卖包子的、炸油条的、卖菜的一派生机，穿着宽大布衫布裤和一身军装的部分黄姚居民悠闲地坐在一旁等开机，片场热闹非凡又井然有序。我眼观六路，耳听八方，跟在两女孩身后，到此为止，我已彻底被同化加入了追星大军。

“看！爱德华·诺顿！”一女孩小声说道，我顺着她的手，看见两个美国男人步入片场。“是戴墨镜那个吗？”我低声问（四周都是他们拍片的人，群众不许靠近片场的，当时我们还在外围）。“不是，那是导演约翰·卡兰，旁边那个！”女孩答道。我又看去，说实在的，爱德华·诺顿太普通了，颀长的身材，安静清秀。风头都被结实硬朗的导演给抢去了。女孩在一旁说：别看他外型不是很出众，但他演的戏很有爆发力，总能抢别人的戏（意思是演得比别人好），所以，两次得到奥斯卡奖的提名，被称为好莱坞未来的演技派明星。

“记者要拍照的在开机前可以拍，开机后就不许拍了。”我们一行人赶紧跟着指挥的人，进入片场，呼啦啦，秋风扫落叶一样拍完要拍的，女孩拿出爱德华·诺顿的照片跑到他旁边，叽里呱啦讲了一阵英语后，得到爱德华的签名又被允许和其合影，我们紧紧围着爱德华·诺顿，激动不已，笑靥如花。

开机了，身着军装的黄秋生气宇轩昂，英姿飒爽。爱德华·诺顿一身旧式的米色西装加礼帽，温文尔雅，风度翩翩。他看见我们一行人点头微笑，害得我们血液立刻沸腾起来。当黄秋生从身旁走过时，一女孩子轻声叫道：秋生哥。他笑着点点头。

上午的戏是在一个井旁展开的，是黄秋生和爱德华·诺顿的对手戏，如此精彩，怎可错过？脚站麻了，遂坐在岩石上，看爱德华·诺顿从井旁的小路走上，对黄秋生说：……（英文），病毒，这水不干净，有病毒。打水的老百姓从井旁鱼贯而出，真是过足了戏瘾。可是，就这个镜头，拍了不下五次，真是难为了这些演员。但爱德华·诺顿和黄秋生一点儿也没有疲倦，想来成功背后的艰辛只有他们自己知道了，那耀眼的光芒下，要付出的也绝不是我们这些追星族所能体会的。

在片场，还遇到一个从广州中山大学来的女研究生，她比较害羞，但她却是爱德华·诺顿的忠实影迷，早早就来黄姚住了，就为了要见她的偶像一面。我们坐在岩石上，看眼前的此景此境，恍若梦中。

天阶月色

月色那么清，一点儿云彩也没有，我感觉有点儿忧伤，但更多的是喜悦。我从澡堂的窗外望去，想起清晨，公鸡刚鸣过，我和妹妹就去河边取水了。今天是七夕呀，我们这有一个习俗，就是取“双七水”。听说很久以前，仙女要下凡洗澡，用其洗澡水可避邪延年。不过，我更期待的是等会儿的穿针乞巧比赛，去年是我拿了第一，人人都羡慕我呢，叫我巧妹。今年，除了乞巧，我还想乞到我的爱情，当然，这是个秘密。

妹妹为我梳妆，最后画上眉，对镜揽照，嗯，喜欢。穿上母亲做的新衣服，和妹妹欢喜地跑到林家的府中。每年的七夕，穿针乞巧比赛就设在林府，因为，这是当地一个德高望重的大户人家，由他们家的老祖母主持这一赛事。来的都是当地的女孩子，个个都打扮得花枝招展，笑靥如花。当然呀，这一天是女孩子们一年中最浪漫的节日了，除了是七夕节，像杜牧说的“天阶夜色凉如水，坐看牵牛织女星”，还是女儿节呀，乞巧节啊，诗人杨璞写道：“未会牵牛意若何，须邀织女弄金梭。年年乞与人间巧，不道人间乞已多。”乞巧，当然就是向七仙女乞她的智慧和精湛的纺织手艺了，还有她那忠贞的爱情呀。因为七仙女聪明美丽，心灵手巧，所有的女孩，都希望像她一样是个兰心蕙质的女子，便选择在七夕，在她和牛郎在鹊桥上相会之际，向她乞巧。可是，我还想乞到一个像牛郎一样深情的如意郎君。

月色更清了，星星点缀其间，闪闪烁烁，和着林家的张灯结彩，世间的喜悦莫过于此，有烟火，有生机，有期待。林家祖母慈眉善目，坐在院子的太师椅上。她笑眯眯地说，姑娘们，赶紧祭拜天上的七姐姐吧。我和妹妹还有姑娘们开心地跑过去，案台上摆满了香烛瓜果，我们一边拜一边唱："天皇皇，地皇皇，俺请七姐姐下天堂，不图你的针，不图你的线，光学你的七十二针好手段。"祭拜完毕，林家老祖母就让我们站成一队，派人发了针和线，一声令下，穿针乞巧比赛就开始了。我一点儿也不急，不是因为我是去年的冠军，而是，我有一颗平淡从容的心，还有像织女一样浪漫的情怀和兰心蕙质，对万物的敬畏和感恩，会让自己变得坦然。

光线有些朦胧，我已经穿过六根了，按常规，我只要穿过第七根，就是冠军了，就是乞得最巧了。这时，我听到远处的箫声，若有若无，有欢喜有忧伤，淡淡的，之中流淌着爱。我固执地认为，那些流淌的是爱。因为，我感觉得到。是不是那日从我家门前骑马而过的少年郎呢？他长得气宇轩昂，眉宇间有一种清朗，他的腰里，就挂着一支箫。他回头看我，又看我，眼里的深情，是我期待的，直至他转入巷子。我走神了，手中的线停在月光下，那边欢呼声已响起，是妹妹得了第一。我过去拥抱她，姐妹情深，她乞巧成功，亦是我的荣耀。

箫声渐渐隐去，姑娘们又去乞巧别的了，包饺子啊，剪纸啊，我有些惆怅地走到林家的瓜棚下，丝瓜结满了棚子，垂下来，碰着脸，凉凉的。我坐在瓜棚的石阶下，月色如水，照着我的新衣裳，这淡青的衣裙，有着果色的芳香，隐入夜色，谁听得懂她的衣语呢？他的箫声里，就有这衣语吧？我双手托腮看着天上，我知道，这个时候，人间的喜鹊都飞到银河了，它们欢喜地连成一座鹊桥，分别一年的牛郎和织女正在桥上喃喃细语呢。一年，多漫长的等待啊，这忠贞的爱情，世间还有吗？秦观说："两情若是长久时，又岂在朝朝暮暮？"可是，朝朝暮暮的爱情才踏实呀。母亲说，要能听到织女和牛郎的谈话呀，就会获得幸福。于是，我屏息静气，看着天上的牵牛星织女星，我希望听到他们的脉脉情语，以求乞到我的爱情——就是和那吹箫的少年郎相遇、相爱、相守。

窃窃私语中，牛郎说：亲，人间的房子太贵了，我和儿子至今还住在草棚里。儿子买不起房，没有姑娘嫁他。织女说：亲，天上也好不了多少，别灰心，面包会有的，总会有一个像我这样痴情的女子和他相爱的。

呵呵，我忍不住哧哧笑起来，手碰着桌面的苹果，咕噜噜滚了一地，起身，阳台外月光如水。夫君说，七夕呀，这么好的月光，你怎睡着了呢？梦到什么了，笑得这么美。

青　丝

我有一头像海藻一样的长发，字面上理解，就是蓬松而绵密，这是天生的，就像舒淇那样的头发。也许这是很多人向往的。常常有人用羡慕的语气谈及我的头发，我总是叹道：“你不知道我多么希望有一头柔顺飘逸的秀发。”在我看来，那样的头发才不枉青丝的美称。

总觉得青丝是形容秀发最贴切的一个词，隐隐含着不食人间烟火的脱俗。它是女人最能表达情思的一种方式。“青丝”“情思”，连音和意都那么切合。情思万缕，像青丝那样的情，怎能数清？又怎能一个“爱”字了得？所以古人对于爱情的表达，含蓄而痴情。

那时的女子，都长着一头长发，乌黑光泽，如轻绸一样的平滑。感觉那是有灵气的，像一个纯情女子的心思，细密而温暖。往往遇到心仪的男人，不能像现在的情人那样酣畅淋漓，直抒胸臆。女人随手拿起一缕青丝“咔嚓”一剪，没有一丝的犹豫和不舍。递给那个爱着的男人，含情脉脉，无语凝噎，一切尽在不言中。身体最奢侈最能言情的头发，剪去了还会长出来，象征爱情，大有“野火烧不尽，春风吹又生”坚韧的生命力，作为爱情的信物是最合适了。每每看旧时的老片，总会为那样的镜头唏嘘不已。

再不济，也还能像某个广告，金色的沙滩，碧浪轻涌，男人温柔地抚摸女人的长发：爱上你的秀发。言下之意：连头发都爱得如此深情，那还有什么是不爱的？真的是幸福啊！所以，无论如何，我要圆一次拥有青丝的美梦，纵然已过了爱情的季节。振振有词，遂前往发廊，去拉时下的什么游离子、冻离子的直发。

海藻似的头发在发型师的夹板里一缕一缕地被拉出来，“拉”啊，看这字，就知道有多残忍。想古人每每思念心上的人，从怀里掏出那缕青丝，仿佛看见爱的人那般，甜蜜怅然。再想他的手温情地穿过那如丝的秀发，又怎一个“爱”字得了？罢了，谁叫自己为爱情中毒，要什么青丝呢？说白了，不就是头发吗？可骨子里偏偏还有这样的浪漫情怀。

直拉到华灯初上，饥肠辘辘，只等发型师一声令下：“好了。”我长舒一口气，镜前的我，长发柔顺飘逸，伸手一摸，比轻绸还要平滑，摸在手心，有一种温润如玉的清爽，心中窃喜。终于拥有一头真正意义上的青丝了。特别是有风徐来，青丝微微飘起，直引路人侧目，心中不禁窃喜。难怪叔本华瞧不起女人，说女人的即使虚荣也是低级的虚荣，总是停留在服饰、化妆等物质方面。想来那是因为他还不懂得如何欣赏女人吧，所以至死无婚，无子，这是人生的另一种悲哀。

回到家来，在 Ada 面前左晃右摇，顾盼生姿。Ada 嘴角一扬，笑：我明天要出远门，可否剪一缕青丝藏之？赶紧逃之夭夭。

后来

初秋了，夜里有很凉的雾气袭来，一弯嫩黄嫩黄的月牙贴在灰蓝的星空，有一些落落的苍凉，透过薄薄的白色窗纱，在清风中若隐若现。

我蜷在古典柔软的沙发里，听刘若英的《后来》。

一个朋友说，在夜阑人静时戴上耳机听感觉会更好。于是，我穿过十月的大街，去音像店买这张CD。白色的栀子花，一朵一朵缀满了枝头，那个清淡如菊的小女子——刘若英，浅浅地笑着，干净的白衬衣，背景是淡得近白的青灰的底色，净得没有一丝杂质，全然没有半点儿的烟火味。这种淡雅的风格是我喜欢的，还有那白色的栀子花，就像她歌中所唱：栀子花，白花瓣，落在我蓝色百褶裙上，爱你，你轻声说，我低下头，闻见一阵芬芳……

吉他声平滑清脆地滑过寂静的夜，清远圆润的声音，一抹淡淡的忧伤，是来自心底的沧桑，有些低低的磁性，在耳边轻轻回旋着：后来，我总算学会了如何去爱，可惜你早已远去，消失在人海。后来，终于在眼泪中明白，有些人，一旦错过就不再……

我抱着双膝，泪水无声地落在白色的长裙上：有些人，错过了就不再。有些人，错过了就不再……这是怎样的一种遗憾。我想起自己曾写的诗：告诉我，离别和错过，谁更疼痛？现在我懂了，无论是哪一种都会痛。

在这相似的深夜里，你是否一样也在静静追悔感伤？如果当时我们能不那么倔强，现在也不那么遗憾……刘若英将这首歌演绎得像窗外的月光一样体贴入微和深情。对于爱情，我更愿意用一样旁观的心情去看待，因为爱情终究是一只珍贵的青瓷，不可碰，一碰即碎。其实世间是没有爱情这一说法的，是我们贪图那两情相悦的天长地久，才编出了爱情之说。池莉早已告诫了要跋涉爱河的人。可终究是无法抵御那两情相悦的甜美诱惑，我们宁可忍受后来的痛后来的泪水后来的恨，也要如飞蛾扑火一般地义无反顾！

就如深夜，我一个人蜷在沙发上，听一首忧伤的情歌，对爱情已经没有什么感觉了。而缓缓流下的泪水，不过是对一首歌的感悟。可是彼此能够认识，彼此走过一段路，也应该俯首感恩吧。无论情深缘浅，还是缘浅情深，生命里有这么美丽的回忆，就是一种幸福啊！像唱这首歌的刘若英，爱着那个不能给她爱的人，一往情深。她说，她遇到什么不开心的事，跑去找他，而他是有家室的。他只能摸摸刘若英的头。而这，她已经很满足了。因此，她唱的那些歌，是用了自己的真情，所以动人。

感谢曾经爱过自己的人，不管后来如何，还是没有后来。

一日看尽长安花

我对西安的向往是从唐诗开始的，比如杜甫的“李白斗酒诗百篇，长安市上酒家眠”。这等人生境界怕是找不到第二个人了。又比如，白居易的“春风得意马蹄疾，一日看尽长安花……”那时居住在长安是幸福的，吟诗送酒，歌舞升平，一派繁华盛世。老百姓安居乐业，文人墨客有很多闲情吟诗作诗，文化和经济的繁荣相得益彰。

最蛊惑人心的，西安是“世界四大文明古都”，著名“丝绸之路”的起点，十六个王朝定都的“秦中自古帝王州”。那里的秦川八百里，每一里都有它的历史和故事。神奇的兵马俑，渊源的大雁塔，激昂的秦腔，关中的皮影，黄土高原，羊肉泡馍，灌汤包……这些也是另一种诱惑，在一个夏天和 Ada 踏上了去西安的火车。

火车到站是清晨，西安还沉睡在一片微亮的霞光中，神秘古朴，安静清朗。西安的建筑物不高，也不张扬，有一种落落的灰色调，该是怀旧的味道吧，看着会心境平和，这种感觉处在城市，是难得的。西安像一座城堡，内城四周是青灰色的古城墙，有四个大门出入外城。当年的张骞带着丝绸、火药等就是从这里出发的，历史上才有了著名的“丝绸之路”。

走在大街上，感觉呼吸里都是古长安的味道，有一些熟悉和惊喜，那种厚重深沉的文化气息扑面而来，让人恍惚不已。“春风得意马蹄疾”啊，我坐在车上都不能“一日看尽长安花”，可见心境的造化是多么的重要。

下午去了大雁塔。大雁塔其实和普通的塔差不多，七层，坐落在大慈恩寺内。但因为高僧玄奘从印度取经回来后在此译经而出名。但凡有了文化的介入和沉淀，便有了它自身非凡的价值。而赵玫的《高阳公主》里描写的辩机和尚，他也曾在这译经吧，这个玄奘的高徒，因为一段不入俗的爱情，断送了自己的生命。这相悖的情感，是禅也无能为力的。可是，无可否认，在他的人生中，比起那些念经打坐，那些得道的禅心，和高阳公主的这段唯美爱情，该是他人生的华丽篇章吧。

第二天去临潼看兵马俑。沿途经过华清池、骊山，想起白居易的《长恨歌》。掠影而过，我竟没有停车看一看的好奇。唐太宗和杨贵妃那段缠绵的爱情毕竟是过眼云烟了，纵然这对璧人如何的信誓旦旦：在天愿作比翼鸟，在地愿为连理枝。但任何永恒的东西都抵不过时间。

到了兵马俑博物馆，我的心情澎湃。“世界第八大奇迹”啊，终于身临其境了。兵马俑是1974年一个农民在打井的时候发现的，是一支两千多年前的秦帝国的雄兵——七千多件兵马俑组成的地下车阵。战车、文俑、兵俑、马俑……栩栩如生，整个布局气势磅礴，恢弘大气，壮观无比，也是秦始皇的大型从葬坑之一。

当讲解员介绍眼前的一尊兵马俑就是克林顿访问西安时，被特许下坑和其合影的时，我的心就跃跃欲试。当然要下去，那不是我这种凡人的福气，但是留个影还是有希望的。可是在兵马俑博物馆内是不许拍照的，先前已经看见有好几例偷拍的，被管理员大声责骂或驱赶。我们是要面子的人，自是小心翼翼。

可是可是，那兵马俑确实太有魅力了。我鼓动Ada给我在人多的地方偷偷拍一张，灯光一闪，遂将相机收进包里，然后若无其事地跟着人群向前移步。没想到还是被一个火眼金睛的年轻管理员抓住了。他虎着脸箭步冲上来，就一顿教训。我看见他火冒三丈的样子，忍不住偷笑。管理员看见我在偷笑，他停下来：笑什么笑，我很好笑吗？我走到他前面低声说：帅哥，那边有位美女找你。管理员一转头，我们俩就跑得飞快。

夜里，下着小雨，我们在和平门城墙下的小店里大快朵颐地饱食羊肉泡馍、过桥米线等小吃。城楼上，红色的灯笼在细雨中飘摇，雨声似“嘚嘚”的马蹄声，渐远渐近，渐近渐远，恍若旧时的长安，只是那些花啊，开了一茬又一茬。

是蓝，是一切

——诗人黄芳印象

《是蓝，是一切》，是诗人黄芳的诗集，这个对蓝色极为入迷的女诗人，诗歌里也弥漫着蓝色的情调，淡淡的忧伤，淡淡的情感……她说，没有比“蓝”更美的词了。为此，蓝色也是她生活的一种基调，包括衣服、帽子、袋子，如此深爱一种颜色，并延伸至生活，真是极少见，为此，她给自己起了个名字，“蓝依布”，很有意味。一个爱一种颜色爱得淋漓尽致的性情女子，可想而知对诗歌是如何的热爱。她获得过“中国2005年女子诗歌奖”“广西文学诗歌奖”，参加过《诗刊》的青春诗会，她的诗歌创作技巧已经很娴熟了，文字也打磨得好。著名诗人、评论家杨克说她的诗无懈可击，最大的缺点就是找不到缺点。我以为这样的诗人，必定是很笃定很成熟的，但是不，她率真得很，清澈得很，浪漫得很，每次开会见面，她就像小女孩一样，欢呼雀跃地扑上来拥抱你，让你心花怒放。呵呵，这次广西首届作家节也不例外。

那天，我有事来迟了，他们已经开始吃饭。我走进大厅，一眼就看见了黄芳的背影，白色的绣花棉麻上衣，头发乖巧地用一个蓝色的发夹绾在一侧。她正说着话，我走到她身后，她身旁的女诗人许雪萍笑着看着我，我伸出手指放在嘴边：“嘘！”一桌的人都看着我笑，显然黄芳并未注意。我伸手蒙住她的眼睛，她突然受袭，吓得哇哇大叫，继而转身站起来，看见我，“啊！”惊喜大叫，笑着拥抱我，搞得我受宠若惊，站立不稳，下巴还因为她太高兴被她的指甲轻轻划了下。后来我总结出了经验，有空要练站功，以防日后和黄芳拥抱时重心不稳。

很少见到像黄芳这么真实的人了，那天文学座谈会，我和她坐一起，席间，作家们畅所欲言，气氛热烈。黄芳递给我一张精美的小卡片，字体很小，上面写着“窗外的阳光越来越耀眼，属于我的夏天也快到来”。这是荣荣写的。我对她说，以前，我因为荣荣乡下女干部的形象偏颇了我对她诗歌的印象，后来，我看了她入选2010年最佳诗歌的一组诗，觉得她的诗歌，也是我喜欢的。因为在会上，我说得小声，也不知道她听见没有，然后把这句诗歌抄在笔记本上。后来，在发言时，我就引用了这句诗歌作为我的开场白和结束语，发言结束后，黄芳拿过话筒，她说，我纠正下，那两句诗不是荣荣写的，是茉茉写的。呵呵，她一说，我才知道是自己看错了，这都是近视不愿戴眼镜惹的祸。后来她和我说，你不会介意吧？我笑着，怎么会呢，你不说，我就认为是荣荣写的了。

晚上，我和黄芳、许雪萍、朱山坡、虫儿、何述强等作家聚在一起。聊天中，黄芳说：我一看虫儿的眼睛，就知道他是一个很纯朴的人。而透过何述强的眼神，我知道他是一个亦正亦邪的人。但是我认识朱山坡这么久，却是无论怎么眼神对接，也无法透过眼神进入他的内心，我觉得他的眼神总是闪烁不定，漫着一股雾气，就像是设了一道屏障一样。朱山坡是文坛上的一匹黑马，小说写得好，在全国很有名气，但他在黄芳面前，是一个眼神混沌、闪烁，雾气笼罩的人，我们就大笑不已。朱山坡也笑呵呵地解释为什么会有这种雾气。也只有黄芳这么真实，真诚的人才会跟朋友这么说，因此和她在一起，会变得很简单。

后来，她翻开她先生刘春主编的《我最喜欢的诗歌》，她说，我给你们朗读一首诗歌，然后你们猜是谁写的，大家欣然接受。她开始读，声音细细柔柔的。“我喜欢你是寂静的/仿佛你消失了一样/你从远处聆听我/我的声音却无法触及你……”读完后，大家都很安静。我笑着：

答对了有奖品吗？她笑，没有啦。我说这是聂鲁达写的《我喜欢你是寂静的》。她惊喜地“啊”了一声，答对了。我说，这首诗也是我喜欢的，我还喜欢聂鲁达其他的诗歌，然后我们又说到卡佛的诗歌，说到他的《一天中最好的辰光》，显然我们诗性相近。

分别的时候，我们依然欢快地拥抱，没有离别的愁绪，因为我们彼此知道，离别，其实就是相聚的开始。

辑二

那些事那些人

那些事那些人

听蔡琴的《那些事那些人》，有时光白驹过隙的感觉和倏忽的感伤，就在那时，我遇见了潘大哥。他看了看我，回过头，又看了看我。我觉得面熟，就听到他问：你是林家的小妹吗？我愣了下。他笑着，不记得了？我是住在朱家祠附近的潘大哥啊。啊？是你啊，潘大哥，二十几年没见了。我惊喜地说。潘大哥比画着，那时，你这么高，还读小学，扎着马尾，瘦瘦的。我笑着，那些流逝在记忆的岁月像风一样，窸窣而过。

黄昏的琴声

那时，我们家住在朱家祠。朱家祠在县城小学的左侧，新中国成立前是当地大户人家的住所，后来被政府征回，归公家所用。朱家祠是一个四合院，中间有一个露天的天井，雕花的飞檐翘台，还存留着往日的繁华。我们家搬进去时，那里已经住了两户人家，一户姓吴，住上户，一户姓廖，住下户，都是教师。父亲因为是校长，分了上户和下户。

朱家祠的屋后就是潘家的菜地。我和弟弟住上房靠菜地的那个小房间，窗外种着一棵石榴树，树枝繁茂，有很多鸟在上面做窝，每天都在叽叽喳喳的鸟声中醒来。夏天的蝉附在石榴树上，“知了知了”不停地叫着，天气愈加热。我们就用竹竿套上网去网知了，抓下后，剪去它的翅膀。那时，我并不知道，蝉的生命很短暂。它为了能在尘世歌唱，而在地下度过了很长的黑暗时光。有时，潘家大哥的小弟来摘菜，一边拣菜，一边吹着口哨，很快乐。有时，他看见我在写作业，会打声招呼：小林妹，那么勤快啊。石榴熟的时候，他会摘几个放在我的窗台。这种惊喜，在物质匮乏的年代，是无法言喻的。有时，他就蹲在菜地旁，用一根棍子在地上画着，和我说着一些要去远方的梦想。我对远方没有概念，对这个世界也没有很多认识，只知道，有父母的地方，就是好的。因此，我对他的话，有些茫然。他比我大很多岁吧，那时读初中了。我们搬走后，再没见过他。那天见了潘家大哥，竟忘了问他弟弟的情况。想来，不问也好。有些人，有些事，是和自己的生活渐行渐远了。

三户人家，很和睦。吴家有四个男孩，年纪都差不多，长得眉清目秀。廖家有一个女孩，娇小玲珑，皮肤白皙，长得非常美丽。我跟弟弟和他们年纪相当，所以在一起玩。

廖家的女孩，喜欢穿泡泡袖的白色公主裙。她的父亲廖老师会拉小提琴，这真是神奇。我对那把搁在肩上，几根弦，一根棍子，就能拉出美妙音乐的琴好奇不已。所以，黄昏的时候，琴声一响，我就假装去晒坪，经过他的房门，看见廖老师的背影，他面向窗，左手扶着琴，右手一下一下地拉着，身体也跟着起伏，姿势很优美。因为是逆光，我看到的背影像是剪影。我听不懂是什么曲子。倒是喜欢音乐也会弹月琴的母亲，她说，是《梁祝》啊。那时，我连《梁祝》是什么也不懂，尽管跟母亲去看过电影，印象最深的就是电影结束后从坟墓里飞出来的两只蝴蝶。母亲说，那就是梁山伯和祝英台啊。可是我分不清谁是男的谁是女的，也不关心他们的悲欢离合，只是觉得廖老师拉的音乐听着很美妙。那时，廖家的阿婆坐在侧门边的椅子上，抽着烟，很悠闲。她在看火，等饭熟了再熄灭。廖家阿婆瘦瘦的，很清淡，很有大户人家的气派。那时，我对女人抽烟充满了好奇，可是看多了，也不觉奇怪。我打了一圈回来后，也在另一边侧门的门边坐着，在琴声中看火，等饭熟了，再把火熄灭。

那样的时刻，暮色渐渐涌了进来，沉沉的，浸满了整个朱家祠。那时，下放回城还没安排工作的母亲在朱家祠对面的面条厂工作。她经常是回来匆匆吃完饭，就去面条厂扎面条或晾面条了，因为计件的，她想做多些。我的母亲，她那双会弹月琴的手粗糙无比，她飞快地扎着面条，飞快地把切好的面条拿到烤房或阳光下去晒。日子在她的飞快中飞快地奔跑。我问母亲，廖老师拉的是什么曲子时，她的神情是那么低落。琴声是相通的，那把月琴，早已在母亲的生活中消隐了。那时，我们家的生活比较拮据。晚餐经常就是炒黄豆、青菜什么的。弟弟烧火，我就炒黄豆，一边炒一边用手扇着飘过来的木柴烟味，一边唱着：炒黄豆，炒黄豆，这边香来那边臭。廖家阿婆笑呵呵地问：小林妹，又炒黄豆啊，又是我们这边臭啊。我们听了哈哈大笑，于是改为：炒黄豆，炒黄豆，那边香来这边香。廖家生活比较殷实，经常煮柴鱼饭，好香啊，我们从来没吃过这样美味的饭。廖家阿婆装了一大碗过来，我们欢喜不已，好像过年一样。我至今还记得那柴鱼饭的味道，可是现在怎么也做不出那种香香的味道。想来，那是年少快乐的味道吧。

廖老师话不多，很沉稳，长得很儒雅，瘦瘦高高的。他的妻子，是个乐观的人，说话快得像倒豆子一样。经常是没见到她的人就已经听到她的声音。后来听母亲说，他们调去梧州后，母亲和他们聚过一次。席上就听他妻子在说。我能理解廖老师为什么喜欢拉小提琴了，那些悠扬的琴声，或许就是他的语言吧。

不要问我从哪里来

那时，我的姐姐住在朱家祠的下房。姐姐长得很美，眼睛大大的，五官精致，别人都叫她大眼妹。

姐姐的作文写得很好。我记得她写了篇《马山家游记》，写得很优美，发表在学校的校刊上。反正，我开始写作文时，就仿写她的。很多年后，她的同学还跟我提起说，你姐的作文写得非常好。姐姐还写过一篇《我的理想》，她的理想是当一名光荣的人民教师。我那时对理想的概念很模糊。见姐姐写得好，也依葫芦画瓢。结果，姐姐毕业后还真做了教师，我也不例外。那时，我们家，我和姐姐、父母都在教育战线，可称得上教师之家了。

姐姐人缘好，有很多好朋友，一到放假或星期天，她们就聚在下房的屋子里。那时，我们家有一台收录机，她们一字排开，靠在桌椅旁，大声地唱着《橄榄树》："不要问我从哪里来，我的故乡在远方……"那样清越和忧伤的歌声，被她们唱成快乐的、激昂的。似乎离家、远方、飞鸟、橄榄树，是她们向往的。那是我第一次听《橄榄树》，真好听啊，歌声带来的悦感让日子变得灿烂起来。后来知道是齐豫唱的，喜欢上了这个风格独特的女人。又知道是三毛写的词，骨髓里，也充满了流浪的情绪。明白了潘家大哥的弟弟说的远方，原来是那么让人向往。姐姐她们唱完后，打开录音机，听听自己的歌声。不满意，彼此打笑，笑声清脆，像一群快乐的小鸟，然后清清嗓子，又唱。那葱郁的飞扬的青春，饱满得像阳光一样。我常常也扎在里面，看着她们，也想自己快些长大，好有那样快乐的时光。

姐姐的一位朋友是学画画的。她背着画夹，每次上完课，经过我们家，都要来坐坐。有次，她在姐姐的房间里哭，不懂是怎么回事。后来姐姐和她的朋友送她回去，好像是怕她想不开。又后来，隐约听到她们的一些谈话，好像是她爱上了她的老师。那时，我对爱情一无所知。

又后来，夏天的晚上，在朱家祠的晒坪，会有这条街上的男生，他们都是姐姐的同学，他们一字排开坐着，似乎是来找姐姐她们的。后来，他们之中，还真有一对结了婚。有次，我在街上见到他们之中最帅的那位男生，清瘦，漠然，有点儿不得志，全没了当年的那种意气风发和气宇轩昂。又见了姐姐那位哭泣的女同学，一脸的幸福，她真的和她的老师结婚了，只是中间颇为曲折。姐姐的另一位女同学，毕业后和一位帅哥爱得轰轰烈烈，颇似琼瑶的爱情故事。后来，男的患了病，瘦骨嶙峋，让人不忍心看，女的还娇嫩如花。有次，看见女的扶着男的去散步，不离不弃，想来，这样的情感，也还是笃定的。谁的生活除了看到的幸福表象，没有难言之隐呢？禅语说得好：当你快乐时，你要想这快乐不是永恒的。当你痛苦时，你要想这痛苦也不是永恒的。了悟了生活的本质，内心就不会偏颇了。

姐姐还有一个要好的女同学，我印象很深刻，瘦瘦的，面色苍白，有些贫血。她住在学校附近，家里环境不好。母亲是卖酸菜的。我记得有一晚，她和姐姐坐在床上聊天，低矮的蚊帐，夏天，炎热，蚊子嗡嗡地乱飞。她拿起我的音乐课本，开始唱歌，是那首《听妈妈讲那过去的事》，歌声很凄婉，细细的，她似乎不快乐。后来，她嫁了一位同样是瘦瘦的男人，好像是旧社会一个世家的后代。再后来，听说她得了白血病，我们还没有从她得病的消息中回过神来，很快，她就走了，让人感慨不已。有次，我在路上见了她妹妹，也是面色苍白，神情忧郁。听说她的病是家族遗传的。我不知道她妹妹，是否会对有知的生命产生恐惧。但人和人之间的分离，也是迟早的。想必她也知道。

姐姐是她们之中比较发奋的一个，从教师改行，不断读书，成了一名法官。她性格乐观，气色红润，充满了活力，也显年轻，和她工作了的儿子走出去像两姐弟。她常开着一辆银灰色的小车，在南宁的街道奔跑。她是否还记得，在朱家祠的暑假，她和她的同学为了赚学费，帮食品加工厂剥瓜子，取里面的仁来做月饼的馅。那样的工程是浩大的，瓜子很小，取出的仁要完整，价钱又低。但是她们不怕，她们就在“不要问我从哪里来，我的故乡在远方……”的歌声中，愉快地剥着瓜子。愉快地说着未来。

1980年初

1980年初，应该是那个时候。我记得潘家兄妹，以及潘家附近的陈家兄妹，他们去野外玩，留着大盖头，穿着喇叭裤，尖头皮鞋，手里提着收录机，放着邓丽君的歌，他们大声地跟着唱，旁若无人。青春在他们那里，生机勃勃，像盛夏茂盛的树木，像鼓胀的风，像涌出的清泉，像倾泻的阳光。那时，他们喜欢在潘家的屋子里跳迪斯科。

对于迪斯科，这个新鲜的外来词语，暗藏着神秘，快乐，叛逆，自由，释放。我们对此，是向往和尝试的。我记得，那些盛夏的午后，阳光不像现在这么炽热和明晃。潘家大院的果树上，有蝉在鸣叫，那时也不像现在，中午要午休，我们到处跑。听见充满激情的音乐，我们就知道，他们又在跳舞啦。我们乐啊，飞快地跑去，拥到潘家的屋子，爬在窗台上，抓着窗柱，往里看。呵呵，真是新奇啊，在激情澎湃的音乐声中，那几个年轻的哥哥姐姐，像触着了高压电，像抽筋了，摇头晃脑，不停地抖动着肩，扭动着胯，挥动着手，真是好玩啊。我们在窗外哈哈地笑着，他们也不理我们，继续跳他们的。潘家的姐姐，长得水灵灵的，跳得最好。她和一个哥哥跳着，她摇着手臂，缓缓地向后仰，大哥哥也摇着手臂，缓缓向前靠，难度很大，但动作很优美。哎呀，潘姐姐就要倒在地上了，我们惊呼。可是她的腰柔软无比，又随着音乐的节奏直起来。哎呀，我们松了口气，真是好看啊。怎么会有这样有趣的舞蹈呢？这种自由的舞蹈与学校传统的舞蹈是多么的格格不入，多么的奔放，多么的充满了活力。我们几个小孩，在回来的路上嘻嘻哈哈，也在学。

父亲作为校长，比较严谨，对于这种新生的事物，他觉得是不务正业的。他告诫我们不要去学这些东西，要我们好好学习，天天向上。他说得最多的是粮本，因为那时的政策，孩子的户口是跟母亲的，而我母亲被下放回城后还没有安排工作，户口一直在农村。而粮本，就是当时城里人身份的象征。我们没有粮本，意味着，我们不是城里人，那就要比别的人要努力。

所以，潘家大院，我们就去得少了。

那时，好像是“严打”时期，父亲对我们的管制更严。姐姐同一届的一个男同学，因为强奸一个外来的女子，被抓了起来。那时我对强奸是什么，也不懂。从姐姐和她好朋友的低声议论中，隐约知道，是对女人做的一件坏事。听姐姐她们的语气，好像有些惋惜，因为那个男同学好像要被判死刑了。

消息很快得到证实。那天，我们全校学生去小城的体育场参加公判大会，会场坐满了来观看的群众，这对我们小城来说，是一件大事。姐姐的那个男同学，听说是独子，有个妹妹和我是同一届的同学。那天，他妹妹也去了吧。公判大会开始了，至于说些什么，我不记得了。我的眼光老在找哪个是姐姐的男同学，因为还有一排其他犯罪的人也在接受公判。宣判死刑的时候，我终于看见了姐姐的那个男同学，他双手被捆在后，身子也被绳子捆着，一直低着头，头发已经被剃光了，胸前挂着一个写着某某的牌子。公判大会后，被判死刑的人，马上被拉到马滩洲附近的某个地方枪毙了。

人们拥到会场出口，判死刑的罪犯被拉上一辆敞开的大卡车，跟着警车一路呼啸着往马滩洲方向驶去。我也踮着脚，挤在人群中，看着那呼啸而去的车辆，情绪有些低落，不懂为什么，因为他是姐姐的同学，还是因为他的妹妹是我同学？后来听说，那天，读到宣判那个男同学的时候，他的妹妹哭着跑出了会场。又后来，听说，那个男同学，就是在一个夜晚，在马滩洲，强奸了那个外来的女子。那天，他坐在卡车上奔赴刑场，经过马滩洲时，他是否会想起，那一幕，要了他的一生？他的青春，过剩的激情和道德的缺失，在那个年代，成了自己的陪葬品。

后来，我们搬家了。朱家祠成了我们回忆过去时偶尔提起的一个词。这次见潘大哥，他告诉我，朱家祠被饲料公司拿来放饲料了。后来，我回了一趟家，带着我的儿子，去过一次朱家祠。我告诉儿子，这是妈妈当年住的地方。儿子对这个陈旧的放着很多饲料的地方不感兴趣。我从门缝里看着当年我炒黄豆的那个灶台，一时感慨不已，我不由得唱着：炒黄豆，炒黄豆，这边香来那边臭。炒黄豆，炒黄豆，这边香来那边香。儿子好奇地问，妈妈，你在唱什么？

我笑着，没什么，是日子。

桉树下

小女孩说：那好！我帮你完成今晚的语文作业，你把《红楼梦》给我看。

小男孩说：好！半小时后我在那棵桉树下等你。

然后小女孩伏在冰冷的水泥乒乓球台上，就着西下的阳光刷刷地写着，那些造句是难不倒她的。很快，小女孩拿着作业本到校园的那棵桉树下找那个小男孩，从他手里拿过一本小人书。那是书页翻得起皱，封面磨损，沾满了污迹的《红楼梦》。小女孩就坐在桉树下，一页一页地翻那本小人书，直到炊烟四起，暮色散尽，操场传来家人的唤声，她才合上书。

那个小女孩就是年少的我，那时上小学二年级，家就在学校里。

那个小男孩是我的同班同学，姓李，住在船上。那时船上的孩子，是让我们羡慕的。因为他们家里有船，顺水而下，是梧州、广州。逆水而上，是平乐、桂林。他们运输货物或是做客船，家里很富有。不但富有，他们的孩子还经常在放假时跟船到处跑，所以他们的孩子见多识广，经常带回很多新鲜的东西。比如漂亮的裙子、新奇的玩具，琳琅满目的小人书……我总是被那一本本新的小人书所吸引。而李同学很大方，每问必借，想来因为父亲是校长的缘故。李同学的小人书很多，《野火春风斗古城》《红岩》《林海雪原》《红星闪闪》……直到我看到《红楼梦》时，他不干了，提出了要我帮他完成作业的要求。刚开始我是不愿的，可实在是受不了《红楼梦》的诱惑。那套《红楼梦》的小人书故事情节是删减了的，但故事内容是连贯的，我已经看到林黛玉呕血在手帕上那一集了，很想知道林黛玉是死了还是和贾宝玉结婚了。

那时的我，对书中的故事是一知半解的，觉得林黛玉很可怜，呕血更是很难过的事，我为了知道故事的结局，就把自己想好的造句都帮李同学写了，然后回到家再做自己的作业。那段时间，我和李同学经常在放学的时候聚在一起，在晚霞中完成彼此的交易。那小小的书里，黑白的颜色，图文并茂，图是主要的，文字是次要的，只是简单扼要的说明，我常常是借着图的人物表情和人物动作，再加上所学的字，把《红楼梦》看完了。

后来我们几个小孩玩过家家的游戏，一个比我大的周同学硬要我做林黛玉，我不干，我说：我才不要做林黛玉，那么短命。他坚持着，说我姓林，又那么瘦，最合适不过了。我像猴子一样爬上爬竿的顶端，我说，林妹妹有我这么厉害吗？他们哄地笑了，叫我“林妹妹，林妹妹”。为此，我在面临被孤立的情况下，只得模仿林黛玉把校园的落花拾起来，拿根树枝，在桉树下的花圃里表演那幕“黛玉葬花”。而这些情节就是来自于小人书里的图解，因为那些小人书周同学他们也看过，所以导演起来也得心应手，那些快乐的时光就在小人书的情节里飞倏而过。

后来，分班，李同学不和我同班了，看他的小人书就少了。好在家里离图书馆很近，我用零用钱在阅览室办了一个阅览证。每到星期天，我早早就到阅览室里，看的当然是小人书，那些小人书一本一本被钉在桌子上。我常常是欣喜若狂，书太多，反不知选择，很多都是囫囵吞枣的，不像借李同学的看得那么认真。最喜欢重复看小人书里的人物，比如双枪老太婆、江姐、杨子荣……看到江姐的食指被竹钉夹着，坐老虎凳什么的，她在我的印象里，一头短发，蓝布裙，白围巾，她的目光坚毅凛然，就像用刀篆刻一样。

其实家里也买了很多小人书的，我还用一个小木箱放着。但看书的欣喜远远不及借李同学的，真是奇怪。后来才知道，原来，书非借不能读也，而那时，我已经不看小人书了。

有一次回到曾住的学校，因为校园重新规划，那些桉树早已被砍去了，水泥乒乓球台也拆了，那个姓李的同学很早就没有了联系，那些叫我“林妹妹”的玩伴，我甚至想不起他们的名字了。而那些曾经在桉树下交换小人书、看小人书、表演小人书故事的情节却依然清晰。

生活的底色

在小城，我们家有一个四合院，我们笑称林园。父亲把房子装修好，改成一个个单房，带厨房和卫生间，因为设施齐全，地段好，价钱实惠，父母人缘又好，所以很多人来租。

我们住在正屋，租房的人称我父母为房东，我自然就成了房东的女儿。现在，房子依然租给别人，只是我们兄妹已远离家乡，在外工作了。那些租房的事，因为印象深刻，偶尔也记得。

中年夫妻

最先来租房的是一位中年男人，长得高大，温文尔雅，有一种内敛的气质，一看就知道受过高等教育。他很少出现在院子里，来去匆匆，也不知道他在干什么。后来，他带回来了一个和他一般高的女人，女人皮肤有些黑，看似有些硬朗，但是气质很特别，有点儿像马来西亚人。他们走在一起，也很般配，但是，我觉得女人还是要柔美些的好，这或许是我受电影和小说的影响。

女人来了后，我们就知道了很多，她善于交际，说话的声音很清脆，和我母亲相处得好，经常在院子的水池旁洗菜、洗衣什么的，很快，就像一家人一样熟悉。后来我们就渐渐知道了一些事，那个男人，还真的不一样。他先前是某乡的乡长，那个年代，能做乡长，是政府的官员，我觉得很了不起。因为超生，所以他被开除了，现在做煤炭生意。被开除以后，他就和他老婆离婚了。老婆带着超生的女儿，他带两个儿子，后来认识了这个女人，就跟她结婚了。难怪呢！我们都在感叹。那个时候，计生抓得很严，想想，乡长超生，那是多严重的事啊。可是，我也觉得纳闷，既然他愿顶着开除的风险，再要一个孩子，自然彼此的感情是深厚的，有不顾一切的同甘共苦。想来，人生的事是无从说的。恐怕只有山歌里唱的“鸳鸯水面共白头咧”才是实在的。

男人要一切从头开始，工作，生活，千头万绪，人至中年，蛮难的。果不出我们所料，他把两个儿子接来，又租了间房。他的两个儿子差不多大，长得很白净，也很懂事。那天晚上，他第一次到我们的客厅来，抽着烟，心事重重。他请父亲帮忙，让父亲帮他的两个儿子联系学校读书。父亲很爽快地答应了。他的两个儿子在城区的一所学校读书，因为远，要骑单车去。有一天，我们听到他在房间里大声斥责他的两个儿子，还用鞭子来打，两个儿子哭得很大声。我母亲看不过，就去敲门，门一直没开，但是哭声小了下去。后来母亲偷偷问他的儿子，说是没按时回家，在外玩忘记了。又后来，听到他和女人在房间里吵架，吵得也很大声。又后来，女人带了一个小女孩来，那是她的女儿。她女儿长得和她一个模样，扎着两根小辫，伶牙俐齿，很可爱。

有段时间，男人的脸阴沉着，女人说话的声音也小了很多。听说是男人的煤炭生意不好做，一家都靠着他呢。又后来，女人出去帮他的忙，把她母亲接来照顾那三个孩子，房子就变得很拥挤了。他的两个儿子也管得少了，像两匹脱缰的马，常常看不到他们的影子。男人和女人早出晚归，我们和男人女人的见面次数也少了。有次，我和朋友散步经过一间废旧的房屋，看见那个男人和女人正在搬着一箱箱煤球，许是人手不够，他们也去帮忙。脸上，衣服上，都是煤灰，一抹，就是一道道黑色的痕。原来，他们做的就是这种煤球生意。可是，每次见到他们都是衣着光鲜的，看不出一点儿和煤灰有关的色彩。我怕他们看见难为情，赶紧躲到一旁。再后来，他们提出要搬家了，搬到附近一栋楼的地下室，那儿宽些。搬家的那一天，我看见他和他的女人扛着一箱很重的东西爬上陡峭的台阶，我心里涌起了很多感叹，人生的路，真是看不见的。那个男人，从前衣食无忧，位高权重（至少在他当时管辖的范围内是这样），如今生活困顿，举步维艰。

后来，我在街上遇见过他们一次。下雨，男人和女人都穿着米色的风衣，那个年代，穿风衣的人很少，所以很特别。女人挽着男人的手，男人打着一把雨伞，有点像《魂断蓝桥》里的玛拉和罗伊，他们走得很慢，有一种淡淡的幸福，似乎是这样的。因为，我觉得那是在电影才会看到的画面。

又后来，听说他们搬到外地去了，因为煤炭生意不好做。我想，能让生活不落一点儿煤灰的他们，是能看到生活的亮色的。

生活的底色

阿玉跟着阿俊，我们觉得有些不可思议。长得这么好的一个女孩，皮肤白里透红，细腻光滑，五官精致，身材高挑，又是从市里来的。阿俊长得也好，高大，帅气，朴实，家是乡下的，可惜右手是残疾的，拿不了重物。他们俩在广东打工认识的，然后一起回来车宝石。他们租了一间向西的房间，夏天的时候，太阳会晒着，他们也不介意。恋爱的人，只要在一起，住哪儿都是幸福的。

阿玉手很巧，买了红格子的墙纸贴着，倒也喜庆。家里除了两台宝石机，一台电视机，一铺床，就没了，衣服挂在一条绳子上。每天，他们就面对面坐着车宝石。车宝石的程序很复杂，宝石很小，先要把它黏到一根小棒上，放在酒精灯上烤，趁火热的时候，黏紧，然后在宝石机里打磨，一粒宝石七八分钱吧，或者更低，那就意味着，他们做这项工作要从早做到晚，才能有一定的收入。于是，他们也和院子里其他车宝石的人一样，一边开着电视听歌一边车宝石。从早到晚。只有买菜吃饭睡觉时休息，其余时间全用来车宝石了。因为做得越多，钱就越多。真正的时间就是金钱。可是这种机械的工作很乏味，很累人，坐久了就会颈椎痛，手脚腰酸痛。有时我经过他们的房间，看见阿玉和阿俊静静地做着手上的工，有一搭没一搭地说着话。

有一段时间，不见阿玉，我们就问阿俊，他说，回她家去了，做累了，想回家休息休息。很长一段时间后，阿玉才回来，听她说，她姐姐在市里开了一间店，她去帮忙。她家就住在街上，家境也好。我们私下里说，阿玉肯定住不长的，她那么年轻，那么漂亮，她怎么会甘心窝在这个小城，这间平房，守着这个男人呢？可是，并未如我们所言，阿玉依然车着宝石，去买菜，在水池边洗衣服，她话不多，轻声细语的，很有教养，也不和其他租房的人有什么来往，就像门前的桂花树一样安静。我暗自惊讶她的笃定和他们的爱情。后来，阿玉又回了一次市里，就再也不回来了。阿俊也没说什么。他仍旧住在那间平房，车着宝石，他用那只没有力的手黏着宝石，用有力那只手车宝石，有时他也出去喝喝酒，回来就继续车宝石。他依然见人就温和地笑着，并不卑微。总得活下去吧，不是缺了谁谁就活不下去的。生活里有过磨难的人不容易灰心。而我最欣赏他的，就是从始至终，他都没说阿玉的半点儿不是。一个有担当的男人，如果不能给爱的女人幸福，那就让她获得自己的幸福吧。

有次，我回老家，去看看老房子，经过阿俊的房间，看见他依旧在车宝石。只是墙上的红格子墙纸不见了。我当时就纳闷呢，阿玉怎么会选这种颜色的墙纸？还是单一的颜色好，那是生活的底色。阿玉当然不知道。也许她知道，但她想尝试。

旧居岁月

东宁北路 84－6 号，是我们家在小城的门牌号。

20 世纪 70 年代末，父母买下了这块地，那时，这还是块茶籽地，而且还有一座小山头，很荒凉。母亲下班得早，她常常一人来到这块属于她的土地，挥舞着锄头，开始平整屋地。父亲下班得晚，也赶来和母亲一起并肩作战。我们兄妹还小，只顾着读书了。经过父母的努力，终于把这座小山头给铲平了。母亲至今还记得对面屋李叔的话：那个女人是哪里的啊，这么能干。关于李叔，我印象最深的是他跳到井里打捞掉下去的桶（那时没有水龙头，都是用井里的水），井口小，李叔那时已经有些年纪了，我们都捏一把汗呢。后来我参与编写《烽火昭平》一书时，查资料，才知道当年何香凝从昭平坐轿子去黄姚，李叔是轿夫之一。里面有个情节，说的是何香凝要求下轿，让抬轿的人休息。我相信这不是杜撰的，只是后来李叔去世得早。那段烽火中的历史就成了永远的悬案。

后来，父母又把原来的房子拆了，建成有回廊、台阶、院子、菜地的房子。我们称之为林园。我记得很多在东宁北路 84－6 号的美好时光。那时，黄昏的时候，霞光满天，我们一家人经常在院子里散步，打羽毛球，或坐在回廊的栏杆上聊天，或赤脚走在石子路上。这条石子路是我们一家人到河边捡鹅卵石回来砌成的，目的是为了按摩脚底，这是推崇养生之道的父亲提出来的。更多的时候，是父亲给花圃里的花草淋水，母亲在菜地里忙活，我们也经常去帮忙。

我记得那时，家里种有一棵石榴树，石榴熟时，挂满了树。石榴树高，我和姐姐用竹竿来打，打下来的石榴散落着滚到菜地里，我们捡起擦擦就吃了。我们家还种有几棵柚子树，但嫁接不成功，一直不挂果，后来就砍掉了，又种上柑果。柑果挂果的时候，金黄金黄的，酸酸甜甜，让人口舌生津。我记得我和好朋友叶子晚上聊天聊到深夜，就去园子里摘柑果来吃。很多年后，叶子说起在我们家的情况，还不忘提及这件事。后来父亲又种了柿子树，柿子挂果了，我们摘来吃，涩涩的，母亲说要用石灰水泡过才能吃。可惜的是，因为柿子树挡住了路灯的光线，父亲只好把树砍了，我们惋惜了很长一段时间。父母还在院子里种过葡萄，由于土质的原因，葡萄结的果酸酸的，我们不喜欢吃，又加上经常有很多毛毛虫来访，我一看到这种虫就毛骨悚然，自然葡萄树最后就被砍去了。

那时，父母还在菜地种了玉米，每天一推开门，就能看见大片的玉米在风中轻轻摇摆。玉米抽穗时，我们就开始期盼玉米的收成了。因为母亲种的是本地的糯玉米，清甜有韧性，很有嚼劲，非常好吃。那时我在看《廊桥遗梦》这本书，书里提及的玉米地，让我生出了很多遐想，为此记住了书中的一句话：玉米地，扶摇而上的鹰。那描述的是黄昏的景色，弗兰西斯卡和金凯在厨房里煮一锅土豆、萝卜之类的炖菜。我记得弗兰西斯卡看着窗外的玉米地说，我闻到清静的味道了。那时，我还没有开始写作。处于一种混沌不清的状态。我想，父母的这片玉米地，多少也开启了我这混沌不清的思绪。

母亲还在院子里种了向日葵，因为阳光充足，向日葵长得很旺，饱满的葵盘结满了葵花籽。我对这种执着的植物心生喜爱，后来在我的诗里多次出现，最喜爱的是《向日葵》这首：向日葵/那金色的光透着安静的暖/向着幸福或者不幸福/这绵长的昂首/坚定不移/有时我仰望它/像仰望一颗星球/你从不知道/日落后/那些低低的忧伤/如何在暮色中穿行/这等待多么茫然/那凉的风/摇摆它的意志/削夺丰盈的肢体/如此决绝/落下吧，落下吧/早该离去的/就等这秋色将就/那金黄，那饱满/那曾经来过的。

后来，父母还在院子种了十多棵桂花树，在菜地种了木瓜树、苦丁茶、黄皮果树……院子和菜地一年四季都郁郁葱葱的，我最喜欢的就是在其中穿行。为此，我骨子里也遗传了父母这种喜欢田园生活的习性，去到哪儿都对植物和种植感兴趣。以致后来到贺州工作生活，家里没了院子和菜地，就在平台上种花种菜，甚至带着家人到郊区的田里去种菜，尽管种得不咋样，但我们种的是快乐和心境呀。

我记得那时的清晨，院子里会有很多鸟在玩耍，叽叽喳喳的，快乐得很。这种鸟和我们已经成了朋友了，我每天穿着红色的拖鞋，穿过露水微湿的院子到门外的邮箱拿报纸，鸟儿熟悉这一切，它们在我的脚边淘气地跳来跳去，一点儿也不怕。有时看见它们顽皮的样子，我不禁莞尔而笑。那时，我常在那张被阳光晒得脱漆的躺椅上看书，发呆。密密匝匝的木瓜熟了，吃不了那么多，就送给亲戚朋友。一看树上，还是密密匝匝的。那时，我已经有了到街上去卖木瓜的念头了。后来，母亲建议我们做木瓜酱，就是把木瓜切丝，晒干，和着豆豉、辣椒一起腌，很可口，特别适合我这种辣椒妹。于是，我经常是这样一种情景：包着蓝色的头巾，去菜地摘回木瓜，在回廊里切木瓜丝，晒干，赶那些来闲看的鸟儿，做木瓜酱，写上做木瓜酱的日期，送给朋友，或者放冰箱储存。

最喜欢秋天的季节，冬至前后，母亲开始腌腊肉了，这是我们家每年的惯例，母亲做的腊肉色香味俱全，很好吃。我常常帮母亲把腌好的腊肉拿到阳光下晒，给腊肉刷上酱油。我一边刷酱油，一边向母亲取经。阳光很大，可是我一点儿也不设防，饱满的阳光，让我日益健康。腊肉晒得滴油和透明时，香气四溢，路过的人就问我们，又晒腊肉了？嗯嗯，我开心地应着。油滴到衣服上，呵呵，又有什么关系呢？还有黄秋葵也可以摘了，这种名字诗意的菜，是我童年的食物。我们叫黄秋葵为羊辣，类似于小青瓜，但比小青瓜好吃，有一层液体，要先用锅闷干了这层液体，再和辣椒炒，很下饭。后来吃得少了，种上黄秋葵，不过是对年少生活的怀念。那时，黄豆也丰收了，父母真是能干，他们除在自家菜地种植外，还到郊区的荒地去开垦。种红薯、木薯、黄豆、花生、玉米……我们一到周末就去帮忙，那种挖红薯、割黄豆、摘花生、捡玉米的快乐，和阳光一样充溢着我们的心，幸福美满的滋味像阳光一样倾泻着。特别是正午的时候，晒在院子的黄豆，啪啪蹦跳着跳出豆荚，骨碌碌滚到一旁。我坐在回廊的躺椅上，都能听到这种快乐的声音。

过节是我们最期盼的，因为聪慧手巧的母亲会做每个节气的糍粑。比如春节的糖环、脆果、水浸糍、油堆、萝卜糍、芋头糍；清明的艾叶糍；四月八的药糍；端午的粽子；七月半的蕉叶糍、灰水糍；冬至的大肚糍。一年四季，我们一想着又快到哪个节了，早早就开始跟母亲说了，总有等待的快乐。最大的节气当然是春节了，这个时候，母亲早早就计划着要买多少糯米，头天晚上就开始泡米了。去打米粉的往往是我，我就拎着个装糯米的桶从小路走去碾米厂，有时是和母亲抬着米桶去打粉。做糖环有很烦琐的环节，先用少量的米粉搓好做成粑粑，然后放进锅里煮熟，加入白糖压成浆，再淋到簸箕里的米粉上，一边淋一边用饭勺搓。通常搓米粉是我们的活，因为母亲要掌握水量。搓好米粉后，做成一个大饼，用剪刀匀称地剪成细粑条，再用细粑条放到一个木质的糖环印上按纹路印，最后糖环成了一个花样的形状，很美，再用慢火来炸。虽然程序烦琐，但糖环确实香脆可口，所以我们仍愿意不辞辛劳地重复着这种快乐。因为母亲的言传身教，我们四兄妹个个都做得一手好菜，且对如何做糍粑也颇有心得。我至今除包粽子没包好外，其他母亲会做的糍粑，我都会做。闲时，我也教我的儿子 Andy 做南瓜饼，Andy 说他的梦想是做个美食家，周游世界，品尝美食。我并没有打击他的梦想，我说挺好的啊，有梦想就要去实现哦。

我曾写过一组诗《日常生活》，记录了在东宁北路 84－6 号的美好生活。其中之一是拣西洋菜的场景：我必须坦白/必须在阳光下说出我的秘密/这多么需要勇气/我拣着西洋菜的白色根须/抖落潮湿的泥土/它们来自于水/一些蜻蜓曾落在上面休息/这一片还是那一片/它们保持沉默/任由我的旁敲侧击/斩根断须。其中之一是数鸟儿的场景：清晨/我坐在阳台数院子里的鸟/一只，两只，三只……/它们在我的视线里跳来跳去/地上很干净，有微湿的露水/和昨晚还在沉睡的月光/它们踩在上面，叽叽喳喳的/那些月光疼吗/那些露水是谁的眼泪/那些鸟为什么总是那么高兴/它们飞起又落下/把我的目光啄了又啄/像啄院子里那棵饱满的向日葵。其中之一是摘木瓜的场景：我拧下一个/“咔嚓”白色的浆涌出/浓浓的，冒着清静的气息/那些黏黏的泪“嘀嗒嘀嗒”地流着/让我措手不及/那一瞬间我听到/自己内心滑落的声音/尖锐的疼痛如这白色的液体/重重将我覆盖。

那时，院子外是三表哥家的荷塘，一到初夏荷叶连连，荷花盛开，入夜蛙声四起，我们常在荷塘边抓萤火虫。黄昏的时候，拿着个钓竿去钓青蛙。虽然收获甚少，但快乐无比，自然钓上的青蛙又放回田里，钓的也不过是快乐啊。后来三表哥不种莲藕，种桂花树了，听说种桂花树更赚钱，上百棵桂花郁郁葱葱的，一到秋天，桂花飘香，浓郁得很。桂花园往前，就是母亲种菜的芭蕉林，那里因种了几棵大芭蕉而得名。芭蕉林的后面是张家的房子，张家和我们一家是最早在这一带建房子的。张家的小女儿以前经常和我一同去上学，毕业后她结婚得早，后来就少联系了。我记得那时，我在院子这边大声地叫张家小女儿的名字，她就背着书包跑下来，我们一起抄近路去学校。走近路会经过医院的太平间，那时年少，也不知道害怕。我和她有十多年不见了吧，我相信我们彼此都不会忘记那段结伴上学的日子。

那时屋后住的是一户姓陈的老师，他家的大儿子拉得一手好二胡，经常很晚了还听到他在拉二胡，边拉边唱，在空旷的夜里，琴声悠扬绵长。我那时纳闷呢，觉得二胡是上了年纪的人拉的，怎么他那么年轻就喜欢这种感伤的乐器？后来他结婚了，新娘子很漂亮，也喜唱歌，两人夫唱妇随，很是幸福。后来的后来，他们离婚了，琴声似乎少了，到后来，几乎听不到了，再后来，周边建了很多房子，他们家不再是我们家的屋后了。我有时从三楼的窗户看去，依稀看得见他们家的那棵黄皮果树，高大茂密。读书时，我曾无数次到他们家，在那棵黄皮果树下等他家的小妹，和他家的小妹一起去玩。后来，他家的小妹结婚后我们也少联系了。但我一直记得那些我们一起玩耍的情景，年少的记忆，总是没有杂质的。也少了感伤的情绪，知道人生大抵如此，在那些转弯的路口，一些人和我们同行，然后分别，另一些人又和我们同行，再分别。只有自己是一直陪着自己的。

那时，我和我的好朋友百合形影不离，我经常去她家住，她也经常来我家住。在我家楼上的房间，我们俩常常聊到半夜，有时到天亮。我父亲也时常在楼下叫我的名字，说很晚了，睡了。然后我们俩躲在被子下又窃窃私语。也不知道说什么，总之有说不完的话。那时，我们喜欢唱钱贝妮的歌，常跟着那台咿呀作响的录音机唱着《你不必太在意》：你不必太在意，也不必隐瞒自己，你要寻觅，亮丽的彩云……那时，我们会唱钱贝妮所有的歌，那个穿着粉红色裙子，一头秀发的钱贝妮曾经是我们的偶像。后来，钱贝妮出国了，杳无音信。后来我们聊起这段和钱贝妮歌声有关的时光，还不时地感叹着。那时，半夜时分，家人都睡着了，我们俩搬着躺椅到院子里，看星星，看月亮，听风，听虫鸣，浪漫得很。自然这浪漫大多来自于百合，她那时长发飘飘，白裙飘飘，飘逸而清纯，忧伤又有个性，是那种过目不忘的人。我骨子里的浪漫其实也还是受她的影响。比如骑着单车在雨中奔跑，去河边摘芦苇，冬夜去看光秃秃的苦楝树，摘了一大把野菊花伏在围墙上等我下课（那时我刚做老师），带我去看她们医院很帅的院长（那时，她在某医院实习），让我穿上白大褂跟她去处理车祸的伤员，我记得那时我是呕着跑开的。我们一起坐车去周边的县市玩……我们就是彼此，是的，我们在一起二十四年了，依旧还是像在我家那样，有说不完的话，如今我成了她儿子的干妈了。记得有次她出差到贺州，打电话给我，约我在某个地方见。她说，我在赶往这个地方时，觉得很温暖，因为你在这个城市。我终于相信“缘分”这个词，是的，我们的友谊就是最好的诠释。

我记得那时，我认识了另一位好朋友的哥哥，和他开始了一段类似琼瑶小说的爱情。他那时在某空军部队，阳光，帅气，很有阳刚之气，长得像《寻找回来的世界》里的许亚军。吹得一手好口琴，喜爱运动，经常走路像风一样。那时，他来我家找我，我在楼上的窗户看见他大步流星地走过屋后的围墙，那时，是夏天，围墙上爬满了淡黄色的丝瓜花。他吹着欢快的口哨，红色的T恤，抬头看见我，又用手指放在嘴里吹了个哨音，清脆悠远。我就呼啦啦欢快地跑下楼，去迎接他。那时，我记得一个下雪的夜里，在南方，很少下雪啊，可是那天，下了鹅毛的小雪。尽管小，但到了夜里，围墙上，花圃旁也积满了雪。那时，我穿着红色的毛拖鞋，在地上奔跑，和他打雪仗，他用脸盘装了满满的一盆雪，为我做了一个雪人。我记得那天，很晚了，他做好雪人后就回家了，我给他系上我织的围巾（那是我第一次织围巾），尽管针线不平，他欢喜着，走在寒冷的夜色中，不时地回头看我。后来他告诉我，为了回头看我，他踩空掉到路旁的沟渠里了……

东宁北路84-6号，要说的太多了。

后来，我们离开老家了。后来，父母也去南宁生活了，他们依旧喜欢在小区的周边、在阳台，在任何一处可以种菜的地方种上蔬菜。有时我打电话过去，无人接听，知道他们又去种菜了。有次我去南宁开会，母亲摘回来了绿油油的菜花、豌豆、韭菜，吃不完呢，就让它们老在地里了。母亲用豆叶煮了碗清汤，这种豆叶汤，自从年少离开仙回，就没再吃过，那段在乡下清苦的日子，在我们家的每个人心里，都已经是一段忆苦思甜的回忆了。我们喝着豆叶汤，清甜甘洌。感谢亲爱的父母，无论我们曾经多困苦，无论辗转到哪儿，都让我们的生活各自精彩，幸福，美好和圆满。也感谢生活赠予的，感谢自己赠予的，这微小的快乐和幸福，是如此丰盈。

四月书屋

一进书屋，我和 Andy 相视一笑，放开握着手，我往文学的书架奔，Andy 往儿童书架跑。这是每个周日重复的动作。如果我们在街上走失，那么在书屋一定能找到 Andy，这是我们的约定。很快，Andy 就坐在小凳子上开始看他喜欢的书了，而我也沉浸在新书的墨香里。

因为有了书，觉得内心是安宁和充实的。须一瓜的，戴来的，陈应松的，毕宇飞的……基本上都在期刊上读过了，这些优秀的作家，他们的作品曾陪我度过了一个又一个安静的夜晚。小人物小叙事，一些苍凉而温暖的故事，但它们是知性的，有力量的。或者恢弘大气，磅礴厚重的，读来震撼心灵，真是遇到知己了。

手不停地抚过清凉的书面，而这清凉是多么舒服，心里会跃上小小的欢喜。那时，四月的阳光散淡地映在亮堂堂的玻璃大窗上，又折射到对面的玻璃大窗上，光影恍惚。安静中，心里掠过：书海无涯，人生有涯，这么多书，都是想看的啊。但又想起谁说的：有些书翻翻就行了，有些书要认真地看。所以很多书我是翻翻的。而一些言情的书，我是微笑着走过的，那些风花雪月、海誓山盟的台词和场景，于我是遥远的。我现在更喜欢读像茨威格的、克里希那穆提的、杜拉斯的……只叹白驹过隙啊，好书需要时间去读的。

看见安妮宝贝的新书《莲花》，灰白色的素净，承袭了安妮一贯的风格。安妮宝贝的作品虽是网络走红，不入主流文学的传统。但还是喜欢她，更多是因为她小资的情调，那些特立独行的个性。虽然她的文字，掺杂了太多的灰暗、苍凉，如墙角的青苔，散发着幽幽的气息，忧伤的，靡靡的，看着会让人心情沉重，但又不能拒绝，这就是安妮宝贝的魅力。

经过余秋雨的，只有两本《文化苦旅》，这本书很早就看了。余秋雨和安妮宝贝是不能相提并论的两个作家。他的书是要静心下来慢慢品味的。时隔多年，他的书一本接一本地出，我还是喜欢这本《文化苦旅》。

经过关于美容的，翻翻一笑而过，那些怎么减肥的、怎么保养的、怎么留住老公的心的，都不是我想关心和费心去研讨的。如果一个女人，她能遵循自己的内心，再怎样糟的生活都是和她无缘的。

呵呵，美食的，这是我感兴趣的。抬头一看，什么时候已经黄昏了，那些灯一盏一盏开始亮了。快快走到儿童书架那边，Andy 低着头，小小的个子掩在一本书后，又是迷宫大全。拍拍他的肩，问他选好了什么书，《哆啦 A 梦》，他最近才迷上的。给他挑了一本厚厚的影响孩子美德智慧的故事书，又可以讲好几个星期了。

牵着 Andy 暖暖的小手，他怀里抱着他的书，我抱着我的书，两人晃着手走在四月的微风中，Andy 嫩嫩的歌声又响起来：今天我来到你的窗下，看见你多么可爱……他一直都是那么快乐，真好！

帮母亲染发

母亲远在南宁，很难见一面。有时，我做粉蒸肉、甜酒、糍粑什么的，记不起一些细节，比如甜酒的温度啊、甜酒饼怎么放啊，都要打个电话去问妈妈。然后妈妈就会在电话里遥控我。有时母亲打来电话，说天冷了，要多穿衣啊；今天是你生日呢，要买点儿好吃的啊……我很喜欢母亲的唠叨，觉得这种唠叨是爱，是温暖，是幸福。

所以，只要一有机会，我就会去母亲那里。和母亲去市场买菜，做饭；到半岛的江边散步，在江边的草地里摘灯盏菜；和母亲去她的菜地摘菜，淋水；帮母亲刮痧……

那天，我在阳台给母亲种的当归菜淋水，看见母亲洗完头后，对着镜子染发。我说，妈，我来帮你染吧。妈妈开心地说，好啊，你帮我染后面的。我拿过妈妈的刷子，看见妈妈的头发一半黑一半白，白的是新长出来的，黑的是原先染的。其实母亲的头发不用染，自然白也挺好的，因为她遗传了外婆的自然卷，所以，年过七十，母亲还有一头颇为蓬松厚实的头发，也显年轻。这样的头发母亲也遗传给了我们兄妹。我说，妈，不用染了，让它自然白吧。妈妈说，不好看的，半黑半白，染吧，没事的，这是叫人从香港带回来的中药染发剂。我只好顺着母亲的意，帮她染发。

母亲是个讲究的人，特别是她对自己的容貌、穿着、姿态。虽然年过七十了，但一点儿也看不到她的暮气，别人说她像六十多岁的人呢。母亲的身材保持得很好，走路身板挺直，像佛教里说的行如风，我都走不过她。母亲的精神状态很好，爱唱老歌，只要她听过的歌，她都能唱，这种记忆力让我叹为观止，因为我是个记性不好的人，时常懵懂。而且母亲口才很好，我都不及她，想来，我的那点儿书面的叙述能力多半也是遗传了母亲的。遗传的，还有她的多愁善感，见什么就感伤什么。母亲喜静不喜动，所以，她也不喜交际，很淡泊。母亲喜欢侍弄花草、种菜什么的，或者在阳台的躺椅晒太阳，我发现我的生活状态像极了母亲，包括她的善良，悲悯情怀。

记得有一天黄昏，暮色渐浓了，我们一家人吃完饭在院子里聊天。一个讨饭的老人拄着拐棍，走进我们的院子，伸出手里脏兮兮的碗。母亲看见了，拿过来，装了满满一碗饭和剩下的菜，母亲看看饭菜，叫老人坐在一旁等，她又进厨房煎了个鸡蛋放在饭面。老人看见了，抹了下流出来的泪水，扑通一声跪下来，我母亲赶紧拉他起来。有时和母亲出街，看见讨饭的，她都会给些零钱。有次，我们刚买好果汁，母亲看见前面有个讨饭的，就把自己那瓶果汁给了他。母亲还有个习惯动作，每天晚上，都要把剩下的饭菜用一个干净的袋子装好，放在路边，她说也许会有讨饭的需要。

我也受母亲的影响，每每经过那些讨饭的人都会给一些散钱，以至于我的儿子 Andy 很了解我，说，老妈，你看不得这种场景的，肯定会给钱的。我跟儿子说，也许这些钱帮不了他什么，但至少，他可以有今天的饭吃了。他们这样也许有不得已的苦衷，否则谁会放弃自己的尊严为生活低下自己的头呢？我也像母亲一样，把剩下的饭菜用一个干净的袋子装好。Ada 也很了解我，去倒垃圾时也分开放，饭菜的放在路边，因为会有讨饭的人需要。

我为遗传了母亲的这些善良悲悯而心怀感激，无论遗传什么，都是幸福的，因为母亲把我带到这个世界。

那个午后，我一边帮母亲染发一边和她聊天，我想起我儿子 Andy 也如此这般，在阳光甚好的午后，帮我剪渐起的白发。阳光那么好，洒在我们身上，洒在母亲的发上，散发着淡淡的光泽，真好，这样的时刻。

记忆里温暖的味道

我们家住在小城的郊区，附近有大片大片金黄的田野，远远看去，好像飞舞的黄蝴蝶。到了秋末，最后一趟稻谷收割完了，父亲和母亲就带着我们兄妹到田里去种萝卜。

父亲教我们先把稻根挖掉，然后把黏湿的泥土翻起来。一家人忙得不亦乐乎，很快就把一大块田整理成几行平整有型的菜畦。父亲和母亲在前面挖好一个个小坑，我们兄妹就往坑里撒萝卜种子，培上薄薄的一层土，再淋上均匀的水。接下来的日子就是每个黄昏，吃完晚饭，到萝卜地里优哉游哉地转几圈，淋些水，或者施肥或者拔草，那些等待萝卜长大的日子充满了欢喜和期望。

到了寒冬，白白胖胖的萝卜上市了，我们嚷着要吃自己种的萝卜。母亲乐呵呵地到菜地转一圈，拔回几个还沾有泥土的萝卜，萝卜长得圆润丰厚，水灵灵的嫩，让我们恨不得“咯吱”就是一口，以解垂涎的食欲。母亲手脚利索地将萝卜洗净、剥皮、切块，放到瓦锅里和猪尾骨慢火煲着。等到诱人的香气从厨房飘出，我们兄妹会不约而同从房间里、院子里跑进来，擤着鼻子说好香啊，好香啊，可不可以先尝尝？母亲总是笑着随我们用手拈。那种时候，是记忆里最温馨的画面：母亲在厨房里忙着，父亲躺在回廊的椅子上悠闲地看着报纸，我们兄妹在院子里吆喝着赶一群鸡进笼。而那时，橘红色的晚霞正一点一点散去，白色的月亮早早地挂上了天空，似乎也和我们一样，等待一餐美味的宴席。

萝卜丰收的日子真正到来了。萝卜留在地里会老，拔起来又吃不了这么多，邻居该送的都送了。母亲说，晒萝卜干吧。她的话立刻得到了我们的响应。一想着脆脆的、嫩嫩的、香香的、辣辣的萝卜干嚼在嘴里，那种“咯吱、咯吱”的清响声，引得我们垂涎三尺。然后我们就在田里快乐地忙乎着，拔萝卜、切萝卜叶、扯萝卜须……

而一家人围在水池旁，一边洗萝卜、一边切萝卜、一边腌萝卜，才是最大的乐趣。我和弟弟洗萝卜，姐姐和母亲切萝卜，父亲则把萝卜搓上盐，压在一个大水缸里。每压一层，就撒上一层盐。那时是冬天，温暖的阳光洒在院子里，照在每一个人红通通的手上，照在幸福的笑脸上，照在那些叽叽喳喳的平常话语上。

过了三四天，碰到有太阳的天气，我们早早就被父亲赶到院子里，在院子里搭起长竹竿，横的，纵的，上面挂满了细细长长的萝卜条，密密麻麻的，整个院子充溢着萝卜未腌透的青味儿。阳光下，我们灵活地挥舞着两双手，透过萝卜条的缝隙，看到母亲疼爱地拍打父亲身上黏着的萝卜须。那样的时刻，我们会笑，心里是满满当当的喜悦。等到黄昏，为了避免露水打湿萝卜条，我们要把萝卜条收起再压到缸里。腌至一两天，让萝卜条慢慢吸收阳光的温暖，再拿到太阳底下去晒。如此反复，直到萝卜条晒成萝卜干，颜色由黄白晒成金黄色，这才是地道的萝卜干。

然而这样的萝卜干还不是最可口的，要把它放到缸里密封起来，等到五六月份，掀开盖，一阵浓厚的醇香扑鼻而来，顺着呼吸沁入心底，齿间立即湿润，那种香呵，让人忍不住直咽口水。往往那时，母亲就会炒上一大碟萝卜干，加上蒜末、五花肉丁、红色的花椒丝、葱。在炒的过程中，我们兄妹早早端好一碗白粥，坐在圆桌旁等候了。等那萝卜干嚼在嘴里“咯吱、咯吱”清脆地响时，那些香味早已把一碗白粥诱惑到胃里了。抹着嘴，再开始第二碗。那种味道是世上任何一种山珍海味都无法比拟的，我们索性给它起了个名：林氏萝卜干。

工作以后，我们兄妹还经常嚷着让父母亲寄些萝卜干来。实在是太想念那种被阳光晒过的萝卜干的香味了。想来，多半是因为那上面有我们不能忘怀的回忆，还有父母那双手在翻晒萝卜干时留下的温暖以及爱的味道吧！

出生地

家乡在我心里，有两处。一处是真正的老家北陀雨天。另一处是仙回瑶族乡，那是我的出生地和童年生活的地方。

那时，我们住在仙回奔塘村，房子建在山脚下，屋前有条古书河，大舅、满舅比邻而居。我们得到了大舅、满舅的照顾，生活虽然清苦，但也快乐。

我觉得我的童年就像风一样自由欢快，光着脚丫，和村里的小伙伴从这个山头跑到那个山头，经常天擦黑了才回到家，喝两碗木薯粥用袖子擦擦嘴巴就饱了。我记得秋天的上午，我跟着四表哥他们赶着牛到山上去吃草，那时走路都是蹦跳或者奔跑的。表哥教我们唱《学习雷锋好榜样》那首歌，那是我学会唱的第一首歌。那时脚板似乎起了趼，走在山路上也不觉得痛。牛在山上吃草时，我们就捡山稔子来吃，吃得嘴和牙齿都乌黑乌黑的。夏天的时候，茶树上会有一种山茶泡，白色的，有点儿甜，随手摘了就吃，还有糖李子、鸡爪果……擦也不擦，放嘴里就吃，见了山泉水就喝，身体也健康着，不像现在，什么都讲究。

最快乐的，就是夏天的夜里背着手电筒，拿着鱼篓跟大人们去抓黄鳝和青蛙。撒一把石灰在田里，不一会儿，就会看见黄鳝游动出来，那个快乐啊，真是无法言喻。或者到河里抓鱼，洗完衣服，放到沙滩的石头上晒，我和姐姐到河里摸麻石鱼。那种麻石鱼黑麻麻的，拇指那么大，又笨又懒，常常附在石头下睡大觉，只要把石头轻轻翻开，就摸能到一条麻石鱼了。还有一种装鱼的用具——鱼梁，用竹子编的，架在水位低的河段，河水一冲就把鱼冲到鱼梁上，鱼儿就只有挣扎的份了。我们经常在黄昏的时候，到河里游泳，回去就到鱼梁那儿看看，运气好的时候，会有很多收获。这些情节，我都写在《味道》这篇小说里。还有用茶籽榨干后做成的茶饼打散后撒在小河的支流里，用泥巴封住河流的两头出口，把水舀干，鱼被茶籽水熏晕了，晕头转向的，很快就被我们抓了个正着。那时候，我们一点儿也不惧怕火辣辣的太阳，也不怕蚂蟥和游动的虫子。而现在，我看见这种游动的东西就起鸡皮疙瘩。

那时候，母亲在村里做出纳，又抽签抽到了去喂猪。猪栏的房子在河的另一边，母亲经常要穿过河流去喂猪，我也经常去帮母亲砍猪菜。路上杂草丛生，夏天的时候，草丛里时不时看见竹子般大的蛇穿行而过，我常常被吓得尖叫起来，对蛇的恐惧一直延续到现在。

听说猪栏外面的空地就是枪毙那些“四类分子”的场所。又听说“文化大革命”时，那条河经常漂浮着被石头砸死的尸体。那时年纪小，一个人总不敢待在喂猪的房子里。更何况猪栏的附近是一家旧社会大地主的房子，孤零零地建在田地中间。大地主被枪毙了，他的家人也散了。房子空着，后来是一家从蒙山来的商人住在那儿，是做棕绳生意的。那座房子因为宽，阴森森的，架着打棕绳的架子，房子堆满了棕毛，打棕绳的商人讲着蒙山话，我们听着像天书。我去过一次，再不敢进去。因为害怕听到那种打棕绳哐当哐当的声音，沉闷又沉重，仿佛是从地下传来一样。

有一次，我站在那座房子外面看见我家屋后的山上，一行白色的人在移动，我知道，村里有人去世了。那时，我对山也充满了惧怕。那是死去的人去往的地方。后来的某个日子，听到屋后的一户人家的男人上山摘了断肠藤吃了，就死了，他的女儿和我姐姐是同学，真不知道他为什么要这么做。之后上山总是问断肠藤是怎样的，怕自己误食，但到现在，我也不知道断肠藤这种植物是怎么样的。

那时，晒坪的屋子住着几位知青，他们很年轻，闹了矛盾就找我母亲。母亲人缘好又是妇女主任，经常去给他们做工作。我们也常到晒坪去玩，特别是有月亮的晚上，我们在稻草垛上爬上爬下，捉迷藏，也不怕那种稻秆的刺痒。后来，知青给我们村里的孩子上课，放学时，排着队，知青老师跟我们挥手说“再见”。那时夕阳的光洒在我们的光脚丫上，知青教了我们什么，记不住了，但我记住了“再见”这个词。很多年后，我在小城遇见那些知青，老了，下岗了，她们说起在奔塘的青春岁月，有点儿恍惚。我也是。

三下又三下

男人高大挺拔，像棵安静的白杨，棱角分明的脸清秀儒雅。女人扎着两条粗黑乌亮的辫子，肉嘟嘟的脸粉嫩粉嫩的，像初夏刚出淤泥的莲藕。女人甜甜地笑着，穿着碎花的棉布衬衣，靠在男人的怀里（她只到他的肩）。他们俩望着前方，目光温和、幸福。那目光里，有相濡以沫，相敬如宾，携手相持，恩爱情深。男人是我父亲，女人是我母亲，那是1957年，他们新婚。

现在，他们老了，老了的父亲和母亲坐在自家回廊的躺椅上。回廊很长，院落式的建筑有些像欧式的别墅，他们手里摘着菜，有一搭没一搭地聊天。院子种着十八棵桂花树，桂花开得正好，几只鸟儿落在树上或院子里，叽叽喳喳地在花香里玩耍。院子四周围起来，成了一个四合院，我们笑称林园。这是父母的杰作，从他们携手起，就心心相印地经营这个温暖的家。这个家，无论我们走多远，都会想念。

老了的父母依然心态年轻，早上，他们一起去散步。散步之前，父亲会先起来，煮好两碗荞麦粥，盖好，等母亲起来，温度刚好合适，两人坐在回廊一起吃，然后父亲带着母亲去郊外呼吸新鲜的空气。矮小的母亲跟在高大的父亲身后，一前一后，很地道的夫妻行走方式。白天，他们在菜园里种菜，种的菜常常来不及吃就老了，不仅如此，他们还在郊外的荒地，种了黄豆、红薯、花生、木薯，两人一起劳作，生活平淡温馨。他们从不吵架，父亲温和乐观，豁达开朗，母亲善良仁慈，淡泊安静。母亲常说，缘分天注定，一个锅配一个盖。呵呵，想来幸福就是母亲这种很民间的注释吧。

父母年纪大了，身体偶尔会有这样那样的不适，他们喜欢用一种民间的疗法：刮痧。

所谓刮痧，就是用纯正的茶油，青瓷印花的小碗，或是光滑细腻的牛角骨。先洗一个热水澡，趁皮肤处于一种放松的状态，就开始在背脊刮痧了。父亲或母亲的手轻重有度，在背脊上下挥舞着，好像在弹琴，极具乐感。直到背脊泛起暗红的痧才算完成。这么刮，能不疼吗？有时我嘟囔很累时，母亲就说，来，我帮你刮痧。我赶紧逃之夭夭。末了又问母亲，疼吗？她笑着，不疼的。后来又看父亲帮母亲刮痧，看见父亲刮痧的手，总是从上往下轻轻地刮三下，然后停顿一会儿，再重复，三下又三下，很有规律。我有些纳闷，刮痧也要这么规矩吗？但又没有去深究。父亲看上去似乎很用力，但落到脊梁时，好似蜻蜓点水，只是表层泛出了红晕，难怪母亲说不疼呢！可是这样刮痧能起到中医上的疗效吗？

既然父母喜欢，那肯定有它的原因吧。

回来看见母亲在帮父亲刮痧，就说，妈，我来吧。拿起青瓷小碗，我在父亲的背上开始刮起来。每刮一下，都不敢用力，怕父亲疼了。父亲笑着，大力些，都没有感觉。在父亲的鼓励下，我渐渐加大力，看见父亲脖子后那个厚厚的肉墩，我突然感觉亲切和熟悉。那种亲切和熟悉是一直植根在记忆里的。我知道，无论岁月怎样流逝，留在心底的会随着日子的流逝而愈加深刻。

在一上一下挥舞的青瓷花碗中，我看见年轻的父亲，他夹着教案，捧着一叠作业，步履矫健地走在去教室的路上。他蓬松的头发在阳光下是那么富有生气，我在他身后，被一条棉布背带绑住，我也是欢快的。也许不，毕竟，那时的我是多么渴望在操场玩耍追逐。父亲怕我到处跑，不放心，就背着我上课。那时我三四岁吧，母亲下放在家务农，家里还有一个刚出生不久的弟弟。父亲背着我给学生朗读课文，讲解课文，他的声音洪亮清透。我想，也许我做教师的梦想就是从父亲的背上开始的。以至于后来读四年级时，老师要我们写作文《我的理想》，我毫不犹豫地写了要做一名光荣的人民教师。毕业以后还真的如愿当了一名老师。

在父亲背后那个温暖的小小世界，我很安静。有时我听着听着就睡着了；有时，用手去玩父亲脖子上那个突起的厚厚肉墩，暖暖的。母亲说，那个肉墩是有福的象征。那个厚厚的肉墩成了我在父亲背上的快乐。我至今还记得伏在父亲身上的那种温暖，那种暖一直持续到现在。

后来父亲调到县城中心小学任主任，我也跟着他到学校里开始读一年级。刚从乡下上来，我怯生生的，哪里都不敢去。父亲带我到百货大楼买了一套新衣服，水红色的碎花上衣，深蓝色的裤子，我穿着新衣服躲在门背后，伸半个头看着操场上玩耍的小朋友。一位女老师经过，笑着说：这是谁家的小姑娘啊？我赶紧把头一缩就再也不敢开门了。开学了，父亲送我去读书，我死活不愿坐在教室里，父亲走我也跟着走，任课老师怎么哄我也不听。无奈，父亲只好陪我坐在教室里听了一节课，那节课讲什么，我一点儿也不知道。下课了，父亲说他要回去上课了，让我安心学习，并毅然扔下我掉头就走。父亲一走，我就慌了，六神无主。上课的铃声让我害怕，在老师没来之前，我拿起书包就跑，跑时，还带了一名姓黄的女同学。她说，我也跟你走。我急了，我说，我往东，你往西，不要跟着我！

我从分校回到中心小学，不敢回家，也不敢在操场玩，就去饭堂看黎阿姨做饭。看她把饭菜煮好一份份放到瓦缸里，我对这种古典的瓦缸很有感情，那里有我爱吃的米饭。对于米饭，我内心里充满了渴望和尊敬。那个年代，我们在乡下常年喝粥，以至于有次村里分了一斤牛肉，母亲交代姐姐晚上煮饭，姐姐下米时习惯成自然，又煮成粥了。为了能在饭堂待着，我乖巧地帮黎阿姨添柴什么的。黎阿姨问我为什么不上学啊，我就说哪里哪里不舒服啊。她很宽容地照顾我，并在分菜的时候还多给了些。因为这小小的恩惠和懂得，我至今还记得她。

我逃学的事还是让父亲知道了，他是怎么让我后来老老实实去上学的，我忘了，反正后来我成了一个爱去上学的乖学生。父亲现在讲起我逃学的事还在笑。那些时光啊，感觉遥远和恍惚，生命的历程却一点一点变得短暂起来。

那时，最盼望星期天。一到星期天，父亲就拿着一张肉票和我一起走路到食品公司去排队买猪肉。父女俩是快乐的，我跟在他身后，感觉空气里都是快乐的味道。这是我们一个星期最幸福的一天，因为父亲会把肉分成几份，一份拿来煮肉粥，一份拿来做晚餐的菜，一份留着。我对那些无数的平常日子都不记得了，就记得星期天。记得走在路上那些盛开的紫荆花，食品公司热气烘烘的猪肉台，挥舞着锃亮刀子的屠夫。那张薄薄的肉票，捏在父亲的手里，我希望自己会变魔术，可以变出很多张来。我眼巴巴地看着那把刀光闪闪的屠刀在猪肉的纹理穿梭往来，就希望自己亲戚都是卖猪肉的，以至于食品公司成了我在这座小城最熟悉的地方。后来我来到了贺州这座城市，看见街上种满了很多紫荆花，我都会像祥林嫂一样，一遍一遍地在脑海里回放那条通往食品公司的公路，那些盛开的紫荆花，父亲矫健的步伐，我的头发一晃一晃快乐地摔得老高，肉台上白花花的猪肉，父亲温和的笑声：今天——我们煮猪肉粥吃！

那是记忆里温暖的味道！

记忆温暖的还有生命中的第一场雪。

那年，我上小学一年级。冬天的某个清晨，我还在睡梦中，就被父亲叫醒了：下雪了，下雪了，快起来！我开心地把被子一掀，蹦下床，赤脚跑出门。哇，白茫茫的一片，整个世界一片银白，雪花还在纷纷扬扬地飘着。这是我第一次看见雪，在南方，这是少之又少的。我穿好衣服，父亲带着我在雪地上奔跑，教我学会辨认冰和雪的不同，南方和北方的地理位置，还和我们一帮同龄的小孩一起堆雪人，打雪仗，那天我们玩疯了。除了期待的过年，再没有让我这么兴奋的事了。之后父亲叫我写下第一篇日记，那时我识字还不多，父亲叫我不会写的用拼音代替。我记得我写下“白茫茫”，写下“飘飘扬扬”一系列关于雪的形容词，写下“温暖”，写下“幸福”之类内心的感受，我对文字无意识的喜爱该是从那时萌发的。在我的文字里，感性的词比较多，也和那时父亲的启发有关吧。父亲闲的时候会拿一个录音机，叫我和弟弟朗读课文。我清楚地记得，那些温暖的夜晚，我稚嫩的声音是怎样在“沙沙”的磁带声中描述鲜嫩的春天，“春江水暖鸭先知”，“春来江水绿如蓝”……那么美的意境，那么葱绿的春天，那么温馨而充满生机的日子。父亲就这样开启了我对文字的喜好。

后来，我真的和文字结缘，成了一名写作者。

记得第一次去市里开报社副刊会议。那时是寒冬，天总是阴冷阴冷的，风呼呼地刮着，吹在脸上像刀割一样。清早五点半我就从家里出发了，要在九点前赶到市里。车是和别单位的朋友约好的，六点整准时出发。

父亲不放心我，因为小城的路灯在四点以后就熄了，全城静悄悄的，一片黑暗。我说爸，你不用去送我了，我自己能照顾自己。可是父亲已经穿戴好把门也随手关上了。我走在前面，父亲跟在我身后。雾水很重，一会儿我就感觉耳朵、鼻子、脸颊一片冰冷，我不停地呵着手，转身对父亲说："爸，你回去吧，太冷了。再说路黑，看不清。"父亲挥挥手，"别管我，你走快些，要不赶不上车了。"我鼻子酸酸的，眼泪开始在眼眶打转，终是抑制住，在心里哽咽着。

对于这次会议，父亲比我还重视，因为这是对我写作的鼓励。想起第一次发表文章，父亲笑眯眯的，拿着老花眼镜坐在回廊的躺椅里，慢慢地看，就像在品一杯好茶一样，神情自怡，皱纹里也溢满了喜悦，还大声地读给眼睛不好的母亲听。那时是秋天，淡淡的阳光映在他和母亲的身上，有一圈美丽的光晕，就像幸福的羽衣。

我开始认真地写，而父亲最大的乐趣就是看到我在报刊上发表文章。除此之外，他还列了一个表，把我发表的每一篇文章登记起来，以此来鞭策我。我把它贴在电脑前的台历上，每次看到这张作品登记表，我就充满了信心和写作的快乐。而父亲每天夜里，都要和母亲出去散步，回来时，手里总会拿着一份报纸，看到有我的文章，就高兴地告诉我，那种兴奋的样子，让我忍不住笑。家里的每一个角落都洋溢着温暖和快乐的味道。

那天清晨，静寂漆黑的大街，只有我们父女俩重重的脚步声，我看到父亲拖着脚，我的心开始难受起来。父亲的脚因为风湿疼了好久了，现在走这么快，想必是很疼的。我眼睛发涩，又不肯让父亲看到我难受的样子，只好重复着这句话：爸，你回去吧。再一看时间，来不及了，我拔腿就跑，我边跑边大声说：爸，我走了，我会给你电话。风很大，我跑得飞快，听不清父亲在后面说什么。

赶到朋友那里，还差五分钟就六点整，我靠在冰冷的车旁，开始大口大口地喘气。我转身看来时的路，天渐渐地有了一些亮光，可是看不到父亲。我心里有些急了，不懂父亲在路上怎样了。六点整，朋友叫上车了，我只好坐上车，这时看见父亲拎着一袋包子和豆浆从车站的快餐店里跑来，一拐一拐的，他的头发被风吹起，凌乱不齐，一件棉衣裹着他胖胖的身子，他大声地叫我的名字，我的鼻子又开始发酸了。我伸手接过父亲手中的包子和豆浆，暖暖的，一直暖到我的心里。我看到气喘吁吁的父亲，看到他花白的头发，我哽咽着无法言语，车子开了，我的泪水抑制不住，一颗一颗滴落在手里的包子和豆浆上……

“可以了。”父亲说。我回过神，青瓷花碗重重地落在父亲暗红的痧上，再往上，看到父亲稀疏的白发贴在头上，那是一干片净的“地中海”。我那充满朝气的年轻的父亲呢？那曾经一头蓬松的头发呢？那些洒在他发上的阳光依旧啊，只是时光偷走了父亲的青春，也偷走母亲的，我的，所有人的。

我低下头，眼睛有些发涩。对着帮父亲擦拭背脊油光的母亲说：妈，我也帮您刮痧吧。我知道，父亲刮完痧就会到母亲，他们喜欢这样。

母亲乐呵呵地接受了。

母亲的背相对于父亲，是单薄和骨感的，刮在哪儿，似乎都听到骨头的声音。我想起那张照片，那个肉嘟嘟的粉嫩的母亲，她的两条粗黑乌亮的大辫子闪动着青春的光泽。母亲曾经是名幼师，月琴弹得好。我最喜欢坐在她旁边，看着她抱着那把月琴，叮咚叮咚地弹着，边弹边唱，《敖包相会》《十五的月亮》……只要听过的歌，她都能弹唱，我惊讶于母亲的聪慧，惊讶于她的这种记忆力。不仅如此，母亲还有很好的叙述能力，我想我的这种叙述能力来自于她的遗传吧。但记忆力，是不能和母亲相比的，她的民间俚语、歇后语总是出口成章，朗朗上口，让我们感叹不已。

很快，母亲的背脊出现了很多暗紫的痧，这和父亲暗红的痧是不同的，也许是体内的病理不一样吧。我拿在手里的碗犹犹豫豫的，哪里都不肯落下。这单薄的身体养育了四个健康聪明的孩子，哥是从事美术工作的，姐和弟是学法学的，我是从事文字工作的。母亲有些急了，她说，不疼的不疼的，并指挥着我刮哪里哪里。我顺着她的手，看到那曾经像莲藕节的手粗糙而暗淡。这双手，温柔地抚过我们的脸，这双手拉着我们从童年走到中年，这双手为我们创造了食物，温暖和爱。

在母亲那一点一点皴裂的手中，我看到曾经风韵的母亲在田里放牛、种地……从幼师下放到农民，之间的转换，是需要心理和身体的承受的，这些母亲都坚强地挺下来了。

“文化大革命”结束后，母亲随着父亲回到县城，暂时还没有安排工作，为了接济拮据的生活，她四处去打零工。

母亲最先去了粮食局的面条厂晒面条。我去给母亲送饭，看见热气腾腾的工作间，像个蒸炉一样，母亲汗水淋漓地从里面拿着一竿面条到外面的铁杆去晒。外面的太阳很大，白花花的，看着就犯晕。母亲就这样在炉房和太阳下来回奔跑。面条是热的，空气是热的，我在那里站了一会儿就觉得呼吸难受，我不知道母亲是怎样度过的，为了三十六元的工资，母亲没有一丝怨言地晒着面条、面条晒干了，就收起来，切成大小一扎一扎的，再包装。我那时就懂得去帮母亲晒面条，包面条了，为此我熟悉做面条的流程。因为要倒夜班，我会等在那里，等我的母亲一起回家。尽管家就在面条厂的对面，透过面条厂的玻璃，还可以看见家里的灯光。父亲是校长，他去学校看学生上晚自习了，姐去读书了，哥去学画了，只有弟弟和奶奶在家，我包着面条的手有时会不由自主停下来，向着家的方向。我小小的心已经知道生活的不易了。

后来，面条厂的效益不好，母亲知道在土产公司砍木薯能挣钱，就去砍木薯。砍木薯更累，木薯粉呼吸到肺里是有害的，需要戴口罩。为了赶活，母亲的手不停地砍着木薯。我和弟弟给母亲送饭，看见宽大的车间，十几人在挥舞着菜刀“剁剁”地砍着，声音此起彼伏，木薯粉颗粒到处飞扬。我分不出哪个是我的母亲，因为她们都包着头，带着口罩，只看见有个白面白头的妇人向我们挥挥手，我们就跑过去。向着母亲，就是向着温暖。那时我和弟弟都很懂事，抢着帮母亲砍木薯，或者帮母亲把木薯片装进袋子里，和母亲在一起，觉得什么都是好的，有母亲的地方就是家。

有一次，我们送饭晚了，大铁门已关上。值班的人不知去了哪里。母亲没有饭吃，怎么办？我们急得团团转，跑到后墙去喊，可是车间里砍木薯的声音很嘈杂，母亲是听不见的。两人又转回大门，弟弟说，我爬进去。铁门那么高，门上还有尖尖的铁尖，万一不小心摔下或被铁尖刺中怎么办？我不允许，弟弟坚持要爬上去，他瘦小的身体一下就爬到了铁门顶，小心翼翼地翻过铁尖下来，我从门下把饭递给弟弟，他就小跑进去，我看着他小小的个头，像阵风一样，泪水在眼里打转。

又后来，木薯砍完了，母亲重新找了一份做菌种的工作，就是把菌种塞进菌种瓶里，再放到高温房里。工作不是很辛苦，但是要走很远的路，母亲大清早就起来了，做好一家人的早餐，顺便拿饭盒装一碗粥，放些咸萝卜就是午餐了。因为装菌种是计件的，做多工资就多，为节省时间，母亲中午不回来。她是怎样做的我不知道，因为路远，我们没有去过菌种厂。那天下午，我们正在操场上玩，看见母亲脸色青青地回来，手腕上扎着白纱布，我心一惊，意识到母亲出事了。跑过去问，原来母亲在塞菌种时，一个菌种瓶在高温消毒时已经裂了，她没留意，把菌种用力一塞，瓶子裂了，裂开的瓶子割伤了母亲的血管，血流了很多，怎么也止不住。后来去医院去止血。母亲没有和我们说其中的细节，她仍是像平时那样，操持家里的一切。在我的印象里，母亲是坚强的，不屈服于命运。

“这样，三下，然后再三下。”母亲教我怎样刮痧。我笑着，妈，刮痧还有技巧啊？妈说，这样刮会很舒服，不会感到疼。我试着照母亲的话去做，三下又三下，很有节奏。我百思不得其解，这样刮会不疼和舒服？我笑母亲的这种孩子气。后来，我不停地重复这个动作，三下又三下，三下又三下，我终于读懂了，这分明是在说：我爱你！

我爱你！这是父亲和母亲之间的爱情暗语。我随着手臂地挥动，在心里深情地说：妈妈，我爱你！爸爸，我爱你！

唱《喀秋莎》的婆婆

婆婆年轻时很漂亮，长得有点儿像刘晓庆。看她在幼师的照片，水灵灵的大眼睛，五官很精致。如今年老了，一点儿老人斑也没有，肤色白净红润，依然风韵不减。

婆婆退休后，去读老年大学，打太极拳，唱歌，跳舞……生活充实有序，多姿多彩，不亦乐乎。有时我们回家，看见她拉着手风琴，怡然自得地唱着《喀秋莎》：“正当梨花开遍了天涯，河上飘着柔曼轻纱……”婆婆看见我们也不停下，反而兴致更高，我们也被这歌声感染了，忍不住跟着唱。我对手风琴这种很有俄罗斯风情的乐器一直心怀好感，脑海中多是那种拉手风琴跳舞的欢快场面，而婆婆居然能拉能唱，让我很崇拜呢。我觉得婆婆的心态很好，干净通透，从她清脆悠扬的歌声可以听出那种纯粹的美好，一点儿不像她这个年纪的人。真好，这种生活状态。记得和她的小儿子恋爱时，去她家玩，她也如此这般，欢快地拉着手风琴，她的大儿子、小儿子围在她身边，跟着她大声地唱：“喀秋莎站在那峻峭的山上，歌声好像明媚的春光……”我那时很羞涩，在一旁看着，但也被这种场景感染了，和他们一起大声地唱。那样的时光，我至今还记得，觉得婆婆骨子里其实是很浪漫和优雅的。

爱唱《喀秋莎》的婆婆是梧州人，有着城市人的那种气质。婆婆生性乐观、开朗，常常看到她开怀大笑。婆婆说起她的爱情，也是很有趣的，说她那时还在读幼师呢，公公是部队的军官，威武英俊，给她们军训，他们俩一见钟情，开始书信往来，很是浪漫。毕业后，婆婆为了爱情，放弃了在城里的优越生活，随着公公去了靖西、凌云等地生活。公公当年曾上过战场，打死过七个敌人，荣获三等功，后来转业到地方工作。婆婆一直在幼儿园当老师，退休了，还依然保持着那种纯真快乐的本性，想来多半是“职业病”的延续。

如今，婆婆经常随着老年大学的合唱团、舞蹈队去参加各种演出，生活自在滋润。有一次婆婆给我们看她去演出的照片，哎呀，婆婆穿着藏族的服装，笑容甜美，舞姿优美，很地道的舞蹈演员呢。有一次，我在街上遇见婆婆，眼前一亮，她穿着白衬衣、黑色西裙，化了妆，呵呵，很漂亮呀。婆婆说刚参加大合唱的演出回来，她兴趣盎然，眉飞色舞地跟我说起演出的情景。很是遗憾，因为和我的工作时间冲突，没能去看她的演出，下次有机会要去看看婆婆的演出。

虽然婆婆不和我们一起住，但有什么好吃的，她经常会想着我们，而且跟我的邻居都很熟，常常我下班的时候，会有邻居的阿姨、大婶问起婆婆。看来婆婆确实是个有感染力的人，人缘好，性格好，和谁都能聊。我呢，也把婆婆当母亲来看，相处甚欢。

有时看着婆婆快乐的样子，我会突发奇想，等我像婆婆这种年纪，会怎样呢？会像婆婆这样快乐地拉着琴，唱着《喀秋莎》吗？抑或是去读老年大学，参加合唱团、舞蹈队，过着多姿多彩的生活？有点儿无法想象，因为，我骨子里多半还是遗传了我母亲那种多愁善感的情怀。但我想，婆婆的这种情绪会慢慢感染我。等我老的时候，也是个快乐祥和的老太太，满头的白发，任它们自由地生长，自由地在时光中，慢慢地看见、遇见真实的自己。

回家记

父亲从南宁回昭平，正赶上双休日，我想回去看看父亲，急忙去帮父亲买了一套保暖内衣，又急忙去赶中午的班车。又冷又下雨的，Ada送我去车站，叮嘱我要注意安全。呵，他总是把我当小孩来看待。

上了车，感觉脚冷冷的，一看，才知道赶车时，跑得太急，鞋子不知什么时候裂了条缝，雨水渗了进来。我换了双袜子，想想，穿进去也是湿啊，翻开包，找到两个保鲜袋，这是我预防晕车用的，把脚套进保鲜袋里，呵呵，问题解决了。

回到家，父亲看见我，很开心啊，虽然在电话里，他一再说，你不用回来了，时间那么短，那么远，那么冷，他挺好的。我没有告诉父亲鞋子湿的事，换上棉拖鞋，偷偷用吹风机吹鞋子。父亲精神矍铄，红光满面，只是脚有风湿，走起路来不像以前那么矫健了。我看着父亲蹒跚的背影，有些心酸，父亲老了，我多害怕父母老啊。我是晚熟的人，总以为父母永远年轻，所以总也不肯接受人会变老的事实，包括我自己。

跟父亲说起我想出书的事，父亲很赞同，说要在经济上支持我，我说不用不用，我能解决的，只想让他帮我写序。父亲听了呵呵笑，他说，可以吗？我说，我就想你帮写序啊，比较有意义，因为这本书是送给您和妈的。于是父亲找来纸和笔伏案欣然而作。我在门外看着父亲的背影，花白的头发慢慢地稀少了，胖胖的身子，心里有些什么涌上来，想上去拥抱他，但传统的家教，让我抑制了自己的情感。想起有次和父亲照相，我用手拉着他的手臂靠着他，父亲看了下我，有点儿惊讶的样子，呵呵，我终于拉着父亲的手了。现在，我想拥抱父亲呢，但我想，父亲一定知道，我对他们的爱是比拥抱要深的。

要回去了，原本要坐晚上的车的，想和父亲吃了晚饭再回去。父亲说，晚上不安全，还是坐五点半的车吧。我当时正在包饺子，我说，爸，不急不急，等我把饺子包好、煮好再回去。于是，我把饺子包好，煮好，放在桌子上，才去收拾行李。父亲说，你吃一碗再走吧。我夹起一个放在嘴里，边穿鞋子边说，爸，来不及了，我去坐车了啊。父亲说，我送你去坐车。我说，哎呀，爸，不用了，那么冷，你回去吧。父亲跟我出了门，我只好和他一起走到坡顶去坐车。想起以前回老家，父亲都会送我去坐车，看见我坐在车上了他才安心地回去。每次，我看着父亲的背影都会鼻子酸酸的。

有次姐姐也和我说起父亲送她去坐车的事，也让她很感动。姐姐说她要写篇文章，都放在父亲将要出的书《我的人生与教育生涯》的附录里。说到父亲的书，我们四兄妹，以及父亲的媳妇、孙子、外孙各写了一篇父亲或母亲的文章，都放在父亲那本书的附录里，这是一本很有意义的书。我还建议父亲出了这本书，再出一本散文集呢。

我无法说出对父母的那种深沉的情感，我想，是父母给予了我们兄妹太多太浓太沉的爱，所以回报也如此。

在小城

越来越想念昭平这座小城了，特别是独处的时候，一个人，坐在阳光甚好的阳台，梳理着和小城有关的往事。往后看那一段段走过的时光，内心温软无比，觉得小城就像铜版画一样，浮印在脑海，历久弥新。都说故乡必须远看才看出情来，我也如此这般。还是因为年纪增长，怀旧的情绪也渐浓起来?

无论是哪种情况，我都不得不承认，我爱着这座小城。

蓝印花裙

在梦中，出现最多的是小时居住的学校——昭平一小，宽大的操场、高大的白桦树、鱼儿游动的南塘……黄昏的时候，我们一群小孩去捡白桦树的树皮，拿来当柴烧，或者用竹竿去撬开裂的树皮。之后，就在操场踢格子、跳绳、捡石子。常常是玩到炊烟四起，家人在厨房外大声地喊我的名字，我才满头大汗地跑回去。月色四起时，又在操场玩捉迷藏。那时，我喜欢坐在地上捡石子，乐此不疲，以至于至今，家人说起我，还笑我小时候的贪玩，说我的裤子到处是泥，脸也是，我有点儿想象不出我那副脏兮兮的模样。但现在看见我儿子 Andy 贪玩的模样，也八九不离十了。所以，我也很少呵斥 Andy，快乐的童年真的是很美好啊。

那时，我随父亲从仙回乡下到一小读书，父亲是教导主任，后来是校长。父亲人缘好，在小城德高望重，桃李满天下。现在，很多人见我都还记得：是林校长的女儿啊。那时，我从来没有穿过裙子，看见玩伴都有漂亮的裙子，我也不觉得羡慕，想必那时还没开化，还是乡下孩子的本性。所以当那天，父亲买回了蓝印花的棉绸，酱果色的碎花棉布，说要给我做条裙子和一件短袖衬衣。我听了真是高兴啊，拿着布料在身上比来比去。父亲叫一位姓黎的女老师帮我做裙子和衣服，黎老师手很巧，自己裁剪，自己缝，第二天衣服就做好了，是一条齐膝的百褶裙，一件圆领的短袖衬衣，还有两个小口袋。

那天傍晚，我穿上这套新衣服，出了门，觉得难为情，又躲在门后，伸着头往外看。对面门的谢家姐妹，还有在操场的玩伴发现了，觉得我很奇怪，为什么要躲在门后张望呢，就跑过来看。我羞涩于自己穿裙子的模样，竟然躲到床底去。直至被玩伴叫着，才怯怯地出来。玩伴看见我，都叫了起来，说很漂亮啊，为什么要躲起来呢？是啊，为什么要躲起来呢？乡下孩子卑微的情结在我的身上很久才慢慢淡去。

后来，那条蓝印花裙短了，搬了几次家也不知道放哪儿去了。后来，黎老师在我们家对面建了房，有时遇见她，我还会想起她为我做的那条裙子、那件衣服。黎老师也老了，退休了，依旧笑眯眯的，她一定不记得这些事了，她也不知道，这微小的恩惠在我心里放了三十多年呢。

神秘的后窗

那时，学校后面是南塘，南塘旁是县委大院，南塘边种着蝴蝶树（也叫紫荆树、羊蹄甲）。我对这种树很有感情，除了它是四季开花的树，还因为，每个星期天，我和父亲就沿着这条开满蝴蝶花的公路去食品公司买猪肉，那些关于肉票的事我写在了《三下又三下》那篇散文里。那时，我们会抄近路，走学校后门的小路，到南塘边，到这些树下玩耍。唧喳（知了的俗称）不停地叫着，我们一点儿不觉得烦躁，用点火的松脂烧了黏到竹竿，再趁热去黏那些只顾着唱歌的唧喳，然后剪下它们的翅膀，按着它们的腹部。那时年少啊，不知道唧喳为了在世上唱短暂的歌谣，在黑暗的土地度过了漫长的时光。那时，风吹过，蝴蝶花就飘下来，落到南塘里，在水面飘啊飘。或者落在地上，被我们踩着，满地的色彩，也不觉得有什么不妥。现在，我走在贺州那些开满紫荆花的街上，会避开那些落花，而车过后，一地带着车轮痕迹的色彩，却重重地覆盖着我日渐感伤的心。

那时，看电影是最开心、最期待的事。暮色降临时，我们就跟着大人，从南塘边走过，去那家老剧院（后来拆了）看电影。散场时，我和几个玩伴就躲在厕所，第二场开场时又跑出来，坐在第一排继续看。那么大的屏幕，这么近看着很累人，但是我们不在乎，其实也看不懂什么，就是觉得好玩。那时，我对身后那两道从黑乎乎的后窗散发出来的白光充满了好奇，觉得那个后窗神秘极了。因为在那两道白光的照射下，屏幕就出现了活生生的人，复制着我们生活中的一切，真是神奇啊，好像魔术一样。有一次，我实在是觉得太好奇了，就偷偷跑上楼，寻到那间发射出两道白光的房间。门掩着，我探头进去，看见一个机器慢慢地转着，还没来得及探究白光的秘密，一位叔叔转头看见我，就把我赶了出来。

我邻居的一个男孩，他母亲是电影院的，我们那个羡慕啊，觉得他妈妈很伟大，也很神奇，能在电影院工作，那块白色的布，那两道白光，散发着白光的神秘后窗，那他妈妈就是一个类似魔术师的人啦。最主要的是，他任何时候都可以去看电影，不需要像我们，好不容易跟着大人去看场电影，再想看，就得躲在厕所里。可是，那男孩似乎很优越，也不太理我们，那种想要跟他去看电影的念头也打消了。

印象最深的是《等到满山红叶时》，不知电影说什么了，只记得那些红叶、河流、漂亮的女主角，那首好听的歌，记住一句歌词：满山红叶似彩霞。后来女主角的哥哥死了，很悲伤的情景，电影院里静悄悄的，就看见那两道白光从头顶射过来。印象深的还有那部《泪痕》，那时，姐姐和她的同学去看，我也跟着她们。后来，父母去看，我又跟着他们。只记得那个疯女人，头发蓬乱，拿着一朵花，悲伤地走在街上，那首歌的旋律我至今还记得：在我心灵深处，开着一朵玫瑰……缓慢忧伤，好像还有雪花。还有《天云山传奇》，我只记得女主角骑了一匹马，似乎受惊，在田野还是小树林奔跑，男主角策马而追，画面很美，那是我第一次看到关于爱情的电影，也不知道那就是爱情，觉得男人和女人之间的那种情感很感人，又觉得那种策马奔跑的慢镜头很神奇。也记得跟母亲去看《一江春水向东流》，对影片里那个薄情的男人恨之入骨，也不知道为什么恨，就觉得这个男人为了新欢抛妻弃子的，怎么可以连自己的亲生儿子、自己的老母亲都不顾呢？那他的妻子就更不用说了。影片最后，女主角让她的儿子去买个馒头，她自己就投进滚滚的黄浦江里。那一刻，我深深被震撼，母亲在一旁感伤不已，直叹那个负心郎。那时，我虽年小，但也被剧中的情景感染，我想我的忧伤情绪很大一部分是受了母亲的影响。最难堪的一次看电影，放的是一部剿匪的片子，名字不记得了。情节很紧张，一名解放军在山坳搜寻土匪，一名土匪躲在解放军的高处，藏在一块大石头后，正在拿枪瞄准解放军，而解放军一无所知。危险迫在眉睫，我心里那个急啊。土匪就要扣动扳机了，我站起来大声叫着："快跑!"声音恐慌和尖锐。前排的人刷地回头看我，我才意识自己的行为。那时，还不懂有入戏这个词。

后来也去看了很多电影，但都没什么印象了，倒是小时候看的这些，还记着。想不起谁说的，年老的标志是：眼前的事一转身就忘了，而从前的事，却历久弥新。莫非，我亦如此？

河流安静无声

我对河流一直充满了感情，我觉得和水有关的，都充满了灵性。缓慢的河水默默地流着，千百年来不息，那种沉默让我着迷。

我说的河流，是昭平小城的桂江。桂江穿城而过，上游是漓江，下游是西江。桂江碧绿如玉，河面宽阔平缓，河面停泊着很多船只，客船、货船，码头一片繁忙。那时我们去梧州，喜欢走水路，坐船而下，一路风景甚好。我也曾写过坐船的情景，在《途中》这篇散文。那时，有船是富有的象征，那些船上的同学，常常放假就跟船去梧州、广州玩，带回大城市的繁华物什，衣服、玩具、零食……真是让我们羡慕。那时，还没有桥，过河都要坐渡船，船在江中行驶，总感觉是往下飘，其实不然。汽笛是我们熟悉的，特别是清晨，客船离开码头，都会鸣笛，像极了电影里的某个画面。那时，码头上是石头砌成的围墙，不高，我们常常伏在围墙上，看船、看水、看山、看对面岸绿树掩映的房子，那是造船厂和宿舍。沙滩上，泊着正在建造的轮船，造船工人在忙碌着。

翻阅昭平的历史，发现唐代的时候，著名诗人李商隐曾任昭平（时称昭州）郡守，很是惊讶。李商隐，是我喜欢的一位诗人，这位晚唐出色的诗人，和杜牧合称“小李杜”，他的爱情诗写得尤其出色，缠绵悱恻，优美动人，尤其喜欢他的《锦瑟》。应该是公元前 848 年吧，那时是早春，春寒料峭，这位才华横溢的诗人，坐船从平乐沿桂江而下，到昭平察看民俗、民风等。他沿着黛玉一般的桂江前行，凛冽的江风吹起他的青衫，也微微吹散了他的愁绪。长久以来，他夹在牛僧孺和李德裕两派竞争的夹缝中，郁郁不得志。因此，当桂管观察使郑亚邀请他去桂林任职时，他几乎没有犹豫就到了南方，而他将要去往昭州任郡守，对于他，这和京城的风景迥异的南方，让他感觉清新和欢喜。因此，对着青山绿水，他不禁诗兴大发，写下了《昭郡》一诗：桂水春犹早，昭川日正西。虎当官路斗，猿上驿楼啼。绳烂金沙井，松干乳洞梯。乡音吁可骇，仍有醉如泥。从此诗来看，是早春时节，黄昏时分，当时的昭平是很荒凉的。可惜的是，李商隐在昭平任郡守的时间不长，但留下这段历史，却是弥足珍贵的。

后来，我参与编写《烽火昭平》一书，查阅资料，对 1944 年桂林那次大疏散有了更多的了解，尤其是和这条河流有关的。在那次大疏散中，何香凝、欧阳予倩、千家驹等大批文化名人、知名人士从桂林坐船沿江而下，到达昭平。那天，在安静无声的桂江中，飘着一只木船，船上是《广西日报》的总主笔莫乃群先生，他和千家驹、张锡昌等一行人也从桂林疏散到昭平。此刻，他们在这条摇晃的木船上讨论着将要出版的《广西日报》（昭平版），他们决定在昭平继续利用报纸这一舆论工具，唤起、鼓舞民众共同抗日。这份在桂江上商议出版的报纸，成了传达我党方针政策和抗日主张的重要阵地。

那天，何香凝先生携着她的两个孙儿和保姆，也坐着船从桂林沿江而下，她的目的是去梧州李济深先生那里。船行驶在江中，秋风阵阵，两岸翠竹掩映，半江瑟瑟半江红，那是夕阳，如此静美的风景，何香凝先生没有心情欣赏，她出神地看着江面，水波荡漾，似这动荡不定的时局，她在深思着，如何为拯救苦难的中国尽自己的一份微薄之力。船哐当一声，停在码头，惊醒了何香凝先生。船夫说，到昭平县城了，歇歇再上路吧。何香凝先生抬头看看这陌生的码头，却见一群人走来，原来是小城的韦瑞霖县长一行。韦县长得知何香凝先生要经过昭平，立即赶到码头看望她，并邀请她留在昭平，何香凝先生盛情难却，在昭平生活了三个月。寓居昭平的何香凝先生，利用她的影响力，与疏散到昭平的文化名人、知名人士以及昭平县府的要员共同组织成立了“昭平民众抗日自卫工作委员会”。何香凝先生经常在动员全民抗战时说：“要把群众充分发动起来，男的要起来，女的也要起来，有钱出钱，有力出力，保卫昭平，保卫中国!”极大地鼓舞了昭平人民的抗日斗志。

而彼时，有“南欧北梅”之称的、与梅兰芳齐名的欧阳予倩先生，也带领广西艺术馆三十多名艺术家从桂林坐船沿江疏散到昭平。那天，秋日的阳光甚好，而船里静悄悄的，艺术家们靠在船窗上，看着远方，想着动荡不安的时局，心思沉重。他们的馆长，那个才华横溢的戏剧家欧阳予倩先生一直眉头紧锁，他的目光穿越漫漫秋水和群山，落在昭平小城，他知道众多的文化名人、知名人士已去了那里避难。他知道，即使避难，也要拿起抗日的武器。所以一下船，安顿好艺术家们之后，欧阳予倩就和何香凝他们联系上了，亲自出任抗日自卫工作委员会的宣传部长。欧阳予倩先生经常组织艺术馆的艺术家在街头演出、演讲等，他们利用戏剧和歌声，号召民众起来抗日，极大地鼓舞了昭平人民抗日的信心。还有千家驹、高士其……正因这条安静无声的河流，历史在这拐了个弯，留下了一段厚实的记忆。

这条安静无声的河流也记得，1924 年那个秋天，孙中山先生一袭白色的中山装，头戴礼帽，从广州出发，沿桂江坐船北上，进行北伐。孙中山先生一行人在昭平停留，并在昭平码头进行了三个小时的演讲，号召民众起来推翻段祺瑞的军阀统治，建立民主共和的新中国。不难想象码头当时热闹的情景。现在的码头矗立着孙中山的雕像，他目光如炬，眺望着桂江。他一定很欣慰，因为，当年他在演讲中说到的昭平河滩险阻，现在已经变成通畅的坦途了。物是人非，星移斗转，唯有安静无声的河流在默默地看着世间的沧桑变幻。

和这条河流有关的，还有抗战时，从桂林图书馆疏散来的七万册图书，也是沿江而下，途中，书落江中，馆员护书心切，跳入水中打捞书本，居然一本都没有丢失，可见其书的珍贵。后来船停在昭平县富裕乡，当地的群众自发保护了这些宝贵的孤本、善本，元明清的诗集、手札等。我曾去采访过那些当年帮助藏书的老人，说起往事，老人们记忆犹新，特地拿出馆员们为群众画的画像和送给群众的西洋挂钟，这些见证历史的物件还存在，让人感慨不已。还有徐悲鸿藏在桂林七星岩里最珍贵的七箱画，也是装船顺水而下，运到了昭平县城，保存在上岸村的一位姓周的群众家中。这位朴实的周老伯，守着这些画，一守就是八年，任谁怂恿也不为所动，八年后才物归原主。

这条河流也记得，在抗战中，英雄七烈士的鲜血怎样染红了江水。那个阴霾的大年初一，北风猎猎，日伪军从防线薄弱的北线攻入，攻陷了文竹，想要翻越白石岭进入县城。韦县长沉着英勇地指挥战斗，派了独立排的战士去增援自卫队的战士，他们和敌军在白石岭一带交战，战争打得很激烈，不想，增援白石岭的独立排被敌人发现了，一番激战后，因敌众我寡，独立排的战士被迫退入县城，又和敌人进行了巷战，最后退至马滩洲，准备渡江时，被宝塔山上的敌人发现了，又展开一场激战，结果，因地势不利，独立排有七人阵亡，鲜血染红了凛冽的江水。新中国成立后，政府在宝塔山上建了一个七烈士墓，以此缅怀那些为革命牺牲的战士们。

……

这条河流承载的历史是厚重，是无法细数的。

这条河流，小时候给予我的多是快乐，在河里游泳，捞鱼，捡石螺，打水漂，坐着渡船到河对岸玩……

但也有无法忘记的，那些和生命有关的事件。一天上午，我们听说河滩上有一具尸体，就跑到码头看。看见沙滩上趴着一个男人，大字形，脸朝下，穿着棕色的皮衣。我们默默地看着，第一次看见这种情形，有点儿不知所措。听人说，这是某个单位的干部，自杀的。那个人在口袋里装满了石头，缓缓地走向河流，让一条河流来承担他的生命去向。我们听了很纳闷，为什么要自杀呢？那么冷，多痛苦啊。后来看电影《时时刻刻》，看到一个这样的镜头，英国著名的女作家伍尔夫也是如此，她在口袋里装满了石头，缓缓地走向乌斯河，她的目光那么平静，一点儿也看不见她的惊恐。想来一个笃定要结束自己生命的人，在走向死亡的那一刻，她的心是通透安静的，也许她觉得，那是唯一适合她的方式。要不，我们会很费解，有一个那么深爱她的丈夫，自己也因写作名满天下，她为什么还要笃定地走向河流呢？

又后来，发生了更悲惨的一幕。那是我们同年级的一个女同学，住一小附近，她刚学会骑单车，就骑着车上街了。那天黄昏，应该是那个时候吧，她往码头的方向去，因为码头右转，就可以回到她的家了。许是她自行车的刹制不灵了，或是别的原因，又是斜坡，自行车一路狂奔，最后冲出码头的围墙，摔了出去。这个事件成了学校教育学生注意安全的范例。大约过了一年，那个女同学的一个好朋友，也是我们同年级的同学，去桂江游泳，不幸溺水而亡。听人说，是那个女同学想和她的好朋友玩了，来找她呢。我们当时听得毛骨悚然，觉得很诡异，很长一段时间都不敢去桂江边玩。

后来，这种恐惧慢慢淡了，我们依旧去江边玩，江边的群山还有一个睡佛，听人说，是一个怀孕的女子，她安静地睡着，长发垂下，腹部突出。我当时缺乏想象力，怎么也看不出是一个女子，很多年后，我再看，哦，是真的呢。我一向晚熟，连想象力也是。

从老街走过

老街就在桂江旁，连着码头。那时，老街有一个很俗气的名字：牛屎巷，土得掉渣。虽然土，那可是当时最繁华的一条街。在那街上住的人，大都富有，也比别人高一等，我们管他们叫街上人，他们说的街上话像唱歌一样，很难学，我到现在也只会几句。街的两旁是商店，卖包子的、米粉的、百货的，琳琅满目，热闹非凡。

抗战时期，从桂林疏散来昭平小城的那些文化名人大多住在这条街上，一时街景繁华，一位叫西菲的女记者在当时的《广西日报》（昭平版）中描述了那些情景：窄窄的街道，成天地挤着人群，背摩着背，肩摩着肩，古旧店铺门前，许多都涂新了……整个市面来说，从外面疏散来的，差不多占了十分之七，食物店像雨后的春笋似的，新开张的达三十多间……香港的著名电影制作家黎民伟先生开了家“黎明照相馆”，千家驹先生开了一间“平民商店”，哥伦比亚电影公司负责人曹先生开了家“曹泽记”甜品店……可见当时这条街的繁华盛景。

到了二十世纪七八十年代，这条街依旧是小城的繁华街道。那时我喜欢去杂货店买豆腐乳，不知为什么，我很喜欢吃这种食物。杂货店是抗战时，文化名人举办丰子恺漫画展的地方，据史料记载，展出了五六十幅。店面是古旧的老式建筑，颇有文化色彩。我记得每次从仙回坐车出来，总会晕乎乎地躺在床上，最想吃的就是白粥和豆腐乳。每每那时，父亲就会叫住在学校的一男孩去帮我买豆腐乳，那个男孩姓黄，后来不知去了哪里，没有他的消息。那时，也喜欢去买散装的橄榄果，我对这种零食情有独钟，每次帮家里买盐买酱油什么的，都要顺便买几颗橄榄果。所以现在我也体恤 Andy，每次打发他去楼下买醋买酱油什么的，也会给他一些散钱，一根棒棒糖就给了他很多快乐，为什么不呢？

老街的街头，是图书馆。那时，一到星期天，我就去阅览室里看小人书，再大一些，用零用钱办了张借书证，记得负责借书的是一位姓张的叔叔，很和蔼。那时，我爱借福尔摩斯的侦探小说，其实也是囫囵吞枣，不知所云，不过是看见姐姐的同学到我们家玩，带着这些书来看，觉得好奇而已。张叔叔笑我，长大想当侦探啊？我那时的理想，从没想过当侦探呢。很多年后，我工作了，有次在街上看见当年的张叔叔，他在开三轮车，心想，也许他退休了，闲着吧，找点儿事来做。我跟他打招呼，他还是像在图书馆那样，不紧不慢的，淡淡地点头应着。我也有疑惑，图书馆的馆员去开三轮车，需要多大的勇气啊。但是，又一想，这又有什么意外呢，一个尊重自己内心的人，是能掌控自己的生活的。

快到街尾，有家卖服装的，我记得那时，母亲看中一件浅灰色的西装，在身上比试着，父亲毫不犹豫就帮她买了下来，要二十一元呢。二十一元在当时是个很大的数字了，我记得那时买根雪糕才三分钱。可见父亲对母亲的爱，满足一个女人的愿望，就是一种爱。其实爱也体现在生活的一些细节里。母亲很喜欢穿这件衣服，也许她不记得这些细节了，但我记得。我觉得我在某方面记忆力很好，比如别人的恩惠，或者感动自己的事。读高中时，我也在那间店买了一件蓝色的运动衣（就是现在流行的卫衣），穿着很舒服，也暖和。这件衣服质量很好，除颜色旧了外，款式也不过时。后来，我给 Andy 穿，他不要，说那么老土。我说什么老土啊，和现在的卫衣一模一样。他不出声，我又继续唠叨，这件衣服有二十多年的历史了，二十多年啊，它见证了妈妈的青春啊。Andy 说，那你自己穿吧。看来也只有这样了，我在家的时候穿，有时也玩下那个有二十年历史的小兔布娃娃。我觉得我越来越怀旧了，也许是真的开始老了。

所以，当牛屎巷变成老街，一个“老”字，就将之归于过去了。在时光面前，谁都束手无策。现在的老街寂寥落寞，两边的铺面也陈旧了，街面凹凸不平。我有时走在老街里，常常恍惚着，那些繁华的街景啊，还历历在目，只是那个看的人啊从年少走到了中年。

拉二胡的外公

国庆期间，我们一家人又聚在一起。兄妹和睦，彼此扶持，父母觉得很欣慰。母亲喜欢听老歌，我上网帮她下载了一百多首老歌到她的立体 MP3，这样，她出去散步时就可以听了。母亲在选歌的时候，我说上网帮她买把月琴，很久没听母亲弹月琴了，以前在老家，吃过饭，母亲会抱着那把月琴坐在走廊边弹边唱，《敖包相会》《达坂城的姑娘》……母亲的记性特好，我都不及她。

和母亲说到音乐，就会提及外公，因为外公拉得一手好二胡，不仅能拉还能唱。母亲说他们四兄妹，就她遗传了外公这点儿爱好。我没有见过外公，他去世得早。母亲说外公是独子，生活得逍遥自在。我觉得纳闷，那个年代，怎么会是独子呢？又怎么能生活得逍遥自在呢？在母亲的叙述中，外公的形象渐渐清晰。

外公读过高小，也不知道相当于现在的哪个学历。他跟了一个当官的亲戚，做秘书，经常要到外地工作。母亲就是在容县出生的，所以叫容英，后来改为荣英。新中国成立后，外公回了家里务农，但他也很少下地干活。外公的母亲我们叫婆太，原先是有钱人的亲戚。婆太的亲戚给了她一些田地，她把田地租给别人种。所以外公经常有空就拉二胡，还组建了一个桂剧戏班。在母亲的描述中，我听得最多是这样一个细节：吃饭时，外公总是坐在饭桌上等外婆把饭菜端上桌，而且他喜欢把一只脚踩在椅子上，喝着米酒，吃着酸鱼和肉什么的，他从来不等谁。又听得最多的一个细节是外公摇头晃脑地边拉二胡边唱。问母亲拉的什么曲子啊，母亲说桂剧里的，也不记得了。

因为外公的二胡拉得好，组建的戏班经常到蒙山、荔浦等附近的县里去演唱，有点儿名气。后来因为外公的戏班里人手不够，就从荔浦请了一个师傅过来。师傅见我外公拉的二胡比他还好，觉得自己当这个戏班的师傅有点儿面子过不去。这个师傅会点脉，有次戏班唱戏休息时，那位师傅跟外公聊天，随手在外公的背后拍了一下，外公也没留意，以为是朋友之间的一种友好表达方式。回去后，外公感觉身体不舒服了，戏班里就传了外公被点脉的事，也不知道是不是。那个年代，外公去医院也查不出是什么病，拖了一个月，就去世了。听母亲说，外公临死前用手指了指墙上的那把二胡，母亲把二胡拿下来给他，外公就抱着这把二胡走了。后来他下葬时棺材里就放了那把二胡，让他在另一个世界也能逍遥自在地拉二胡。

在母亲的叙述中，我觉得外公是个干净简单的人，他能看透很多东西，因此，他醉心于他的二胡、他的桂剧。在母亲的描述中，似乎外公不是很操心他儿女的生活，因而感觉不到母亲有太多的情感流露。也许有，这种情感、这种想念也在漫长的岁月中渐渐消失了。

倒是说起外公的母亲婆太，母亲很有感情。婆太二十六岁就守寡了，她的丈夫在战争中去世。外公还有个妹妹，十多岁时也去世了。所以，婆太就带着外公生活。外公去世后，婆太又活了近四十年。婆太以九十六岁高龄去世。守寡七十年，真不知道怎么说婆太的一生。母亲之所以对婆太有感情，因为婆太帮看大了我姐姐、我和弟弟，还有大舅、满舅的孩子，数数有十几个呢。

我对婆太没有什么印象了，母亲说她的声音洪亮，连罗茨坪那边村子都听得到。我觉得像婆太这样清心寡欲地生活七十年，她已经是神了。

表　达

很多时候，父亲想什么，有什么烦恼，我都不懂。因为我已习惯了和他问答式的交谈。

其实，我很想像朋友一样和父亲聊聊天。比如藏在心里的话想告诉他，比如天凉时午睡要盖上被子，比如我想要对他说一声“谢谢”，比如我想对他说“爸，我爱你”……可是这样简单的话我都难以启齿。我可以对朋友嘘寒问暖，可是对父亲，纵然恩重如山，情深似海，我却没法表达。

我一直想要改变这种状况。好几次，看着父亲坐在沙发上看报纸，我的嘴动了动，欲言又止。

第一次听到父亲的心声，是我的《白菜宴》发表后。当时我正在厨房炒菜，厨房里弥漫着红烧茄子的香味。父亲走进来，看看，说了声好香，然后走出去。然后，又走进来，帮我拿盛菜的碟子。“我看了你写的《白菜宴》那篇文章，我的泪水都流出来了。”他的话是笑着讲的，我却听到了哽咽的语气。我的心一酸，泪水涌上了眼眶，我抑制着不让它流下来。我不敢转身，怕父亲看到我眼里的泪水。

父亲在我眼里，永远是坚强、乐观、豁达的。可是他却说他流泪了，而我只是写了小时候全家人吃了一顿全是白菜的晚餐而已。只是将我对父亲的情感通过一顿白菜表达出来。

偶然，看见父亲书桌上的药，我很讶然，然后是惭愧。父亲病了，我却一点儿都不知道。

吃饭时，我说爸，你的病好点儿了吗？父亲先是一愣，随即说没事没事，是小病，早就好了。我说要不要到南宁检查，我陪你去。父亲说不用了，都好了。

抬头夹菜的刹那，我看见父亲的眼角有些红了。我的心一酸，赶紧端了饭到客厅去。

中午，父亲躺在沙发上睡着了，我看到父亲花白的头发，开始松弛的肌肉，心里有一些感伤。我拿来了毛毯轻轻给他盖上。

我在做这一切时，心里充满了温情。其实，有些话一定要说出来，有些情感一定要表达出来。即使是简短的一句话，微小的一个动作。

一如罗西说的：你对我好，我懂的。但是要说出来，这样的世界才通透明亮。

你是暖，是希望

亲爱的 Andy 哥：

我的小宝贝，在讲了第六个故事的时候，你终于甜甜地睡着了，抱着一个软软的枕头。你说那上面有阳光香香的味道，有妈妈暖暖的味道。呵，我笑着，想起白天和你去楼顶晒被子的情形。

你右手抱着那个枕头，左手扶着楼梯的扶手，欢快地走在我前面，还唱着一首儿歌“爸爸逛公园，爸爸逛公园，快乐快乐，真呀真快乐……”下面接着唱妈妈的，然后是小弟弟，再然后是小猫咪，当唱到“你不捉老鼠，我不带你去”时，我哈哈大笑起来。你回过头，也学我前俯后仰地笑着。那时阳光从窗外斜进楼梯，照着你小小的个子，那个枕头几乎和你一样高呢。而你说的那句话，却让我眼角潮湿：妈妈，上楼要小心哦，我拉着你吧！我握着你肉肉的小手，暖暖的，好像阳光一样，照亮了那些附在生活上的灰暗。

因此我的心情也变得明亮起来，我经常叫你小可爱、小淘气、小家伙、小宝贝、小聪明、小棉袄、林 Andy、周 Andy 什么的。因为开心啊，看到你，什么烦恼也没有了，任何语言都无法表达我的那种幸福，所以想叫什么就叫什么了。而叫得最多的就是 Andy 哥了，以致院子的人都这么叫你，因为有个哥字，你开心得不得了。而你一直就是想当哥哥的，记得有一次，小表哥来玩，你长得比他还高出半个头，你就和他商量：“我长得比你高，我做表哥，你做表弟，好吗？以后我来保护你！”我在一旁看见你一本正经的样子，不禁偷笑。

有时，你跟着电脑里的歌唱：我爱我的家，爸爸、妈妈和 Andy……

我觉得生命真的是神秘极了，佛曰：前世的五百次回眸，仅修得今生的擦肩而过。我们能成为母子，那要修多少年的缘啊？这些你是不懂的，我也不说。但我们彼此都能感觉，比如，我不舒服，恹恹地躺在沙发上，你会过来，摸摸我的头：老妈，你怎么了？知道我不舒服，就说：Andy 给你揉揉吧。也真的奇怪，你的小手在我的头上轻轻抚摸时，竟然就觉得舒服很多了。而你，每次不小心摔着了，号啕大哭，我安慰你，在你摔着的地方轻轻吹吹，你也会停止哭泣。想来母子连心就是这样的吧。真的很感激缘分，让我们在宇宙中相遇！

我最喜欢你抱着我，左一个“啪”右一个“啪”地亲着，然后郑重其事地告诉我一些所谓的悄悄话，比如，“老妈，我觉得你今天很漂亮哦！”“呵呵，那老妈昨天很丑吗？”“昨天那条裙子没有今天的漂亮呀！”“哦，原来是裙子漂亮，不是老妈漂亮啊！”你就会咯咯地笑着。有时我心情不好，拿你出气，然后又很后悔，不停地道歉，而你总是很宽容，也不和我计较，最多抗议一下：“老妈，下次别打我屁股，好吗？”此言真的让我汗颜，其实很多时候，是你教会我怎么生活。我常感叹你的快乐，对小朋友的真诚，做事的细心和坚持，以及那颗纯净得不染尘埃的心，在你眼里一切都是美的，一切都是有可能成真的！很多时候，我感觉自己很累，很茫然时，就会想起你，知道吗？Andy 哥，你是妈妈的勇气，是妈妈的信心，是妈妈的暖和希望！

像现在，你在梦中，小嘴笑得像月牙一样。我经常就这样痴痴地看着你，忍不住亲吻你的小脸。想起睡前的半小时，你被窗外的一轮圆月所吸引：“老妈，月亮睡着了吗？”这句稚气的话触动了我的心扉。想着自己每天奔波于生计，周旋于各种复杂的人际关系，争取自己想要的，企望自己梦想的，庸庸碌碌的心早已被世俗的生活磨得起皱起趼了。因此忽视了生活中很多美好的东西，忽视了这些曾温暖、照亮、抚慰我们心灵世界的月光。

你还开心地拿着一个空瓶子递给我，“老妈，我们把月光装进去好吗?”我笑着抱起你走到窗前，一边把瓶子伸到窗外，一起轻声说：“月光月光快进来。”然后把瓶子盖上。你乐不可支，把瓶子放在枕边，说是让月光也照亮我和你爸爸的梦!

今夜，月亮睡着了，我也睡着了，放下内心的种种繁杂，放下生活的琐事，放下微不足道的怨恨，放下一切的一切。握着你暖暖的小手，枕着月光，呼吸着阳光的味道，在你的梦里，沉沉睡去。晚安!小宝贝。

爱你的妈妈

2006年6月夏夜

风从茅坪吹过

每每说起茅坪，村里的人就会压低嗓门，讲述着那里神秘的事情。比如，会法术的过山瑶胞，一根黄茅草压在路边，丢失的东西就会回来；两根筷子叠起，心术不正的人就寸步难移；能在异地听到熟悉亲人的声音，能看到已去了另一个世界的亲人在家里走来走去……小时候，我听着这些，就感觉那些穿着瑶族服饰的人很灵异，是带着某种超自然的力量的，他们来自一个神秘的国度。所以远远看见那些盘着绣帕、带着盘瑶帽子、穿着精美刺绣瑶服、背着渔网袋来赶圩的瑶胞，我就躲得远远的，生怕自己不小心会沾染上那种神奇的事。

长大了，母亲说，我们也是瑶族的，听着真是惊讶，因为父亲是客家人，所以我们会说地道的客家话。而对瑶话，那仿佛就是天语。但母亲是瑶族的，自然，我们也随着母亲。所以，我是有着双重身份的，客家人和瑶族，都是属于迁徙寻根的异乡人。但因为在瑶乡出生、长大，所以，我常以瑶乡人自居，我们离茅坪，就是过山瑶的先辈最先居住的地方，只有五小时山路。听母亲说，他们从金秀过来，吃完这山过那山，到了昭平县仙回乡的茅坪，看见那里风景秀丽，资源丰富，又因为山、远、交通不便，像世外桃源，就定居在那里了。

而父亲，中师毕业就到茅坪教书了，他经常跟我们说起那里的情况，父亲说那里的瑶族同胞并不像传说中的那样神奇，他们和汉族人一样劳作，按节气耕种，生活的风俗也差不多，他们纯朴、善良、勤劳，张口就能唱山歌……父亲说的这些抵消了留在我童年的阴影。而那里很山很山，却是一直根植在记忆的。怎么山呢？只好发挥自己的想象，既然叫茅坪，一定是茅草丛生吧，茅屋的四周有风从茅草的深处吹过。这种想象是带着诗意的。

秋天的时候，我去了一次茅坪，山路弯弯，转了一山又一山，有一种走不到头的感觉。真难以想象，当年父亲是怎么克服这些困难的。在茅坪，一点儿陌生的感觉也没有，那里的一切都是熟悉的，仿佛自己曾在那生活过。夜里，我帮一位亲戚洗碗时，我问起她头上戴的帽重吗？她笑着说，她从结婚就戴到现在，已经习惯了。我看到她蹒跚地走出去，给她在火塘边抽水烟的丈夫倒茶，这安静的幸福，是尘世上最美的。

如今，离家乡越来越远了，在有月亮升起的晚上，我会朝着家乡的那个方向遥望。那些从仙回，从茅坪吹来的风，带着家乡山野的味道，拂起我的思绪，仿佛时光依然停留在那儿。偶尔，有亲戚从茅坪带来我喜欢的白糍粑、酸肉、酸鱼、野灵芝、香菇……跟我说起茅坪发现了稀罕珍贵的娃娃鱼，古老、珍稀的蕨类植物桫椤，八角今年长势良好，松脂又开始得割了，茂密的毛楠竹已经可以砍了……我就愈发想念那个地方了。

我的兄弟姐妹

哥哥

哥哥年长我很多岁，所以和他几乎有代沟了，又因为他是老大，我和姐姐、弟弟都很尊敬他。所以，哥哥也不负老大的称呼，很关照我们。

有次我遇见一位高年级的学长，他说起我们在一小读小学的事，说，有次他们班新来了个男同学，想要欺负我，结果被我哥哥看见了，一顿呵斥，自是没有人再敢欺负我。我笑着问学长，真的吗？我怎么一点儿印象也没有呢？因为我们住在学校，很多同学都知道我是林校长的女儿，自是不敢欺负了。但一想，也有可能哦。比如我的同桌，一位在街上住的男同学，上课不给我凳子坐呢。因为他的霸道，我还偷偷哭了，但是也没告诉父亲，后来还是老师发现了，帮我换了位子。

因为年龄和哥哥隔得远，我读书时，他都工作了，他住单位，回来吃了饭就走，所以对他没什么印象了。倒是记得在仙回时，哥哥刚高中毕业，去队里打谷子，母亲叫我拿个饭盒，装了一饭盒的白粥和头菜，蹚过家门前的那条古书河，去给他送午饭。那时的哥哥，戴个草帽，太阳很大呢，我也想不起他的神情了。印象最深的是他的房间有一个玻璃瓶，瓶里盛开着一朵红色的花。那时，我们在乡下，没有玩具，没有书，没有任何的娱乐，所以，我对那朵开在水中的花喜欢不已，觉得很神奇呢。我不知道，这也许就是哥哥的梦想。他在冒着酷暑踩着打谷机，看着那些谷粒哗啦啦脱落时，他是否会看见那些太阳下耀眼的光芒，总有一些是属于他的？

那朵水中盛开的花，为哥哥打开了他的梦想。后来，父亲带着我们从仙回来到昭平县城生活，哥哥在文化馆工作，先后师从李兆宗和潘涛老师，后来又到广西艺术学院进修。他很勤奋，依靠自身的天赋，学得一手好油画和书法。我读书时，曾跟哥哥学画，但后来没有坚持下来，很是遗憾。2011 年，我出版的两本书，封面都是哥哥题字的。

哥哥对我们三兄妹要求很高，常常履行老大的职责，我们也乐于有老大管着。他总把我当成不谙世事的小孩，什么都要教我，我呢，知道他的一番苦心，也装着很听话的样子。其实哥哥是很温情的人，我刚调到贺州工作时，住在他那里，为了我能住得舒服些，他把房子装修好，冬天进门他帮我拿好棉拖鞋，中午帮热好热水袋，知道我喜欢吃红薯，又帮煮好，有什么好吃的东西都会想着我，在外总是怕我受欺负，处处护着我……呵呵，有这样的哥哥很幸福呢。

姐姐

我曾不止一次跟姐姐抱怨，说，为什么父母好的都给了你啊。可不是，姐姐遗传了父亲的身高和肤色，遗传了母亲的长相和气质，眼睛大大的，五官很精致，肤色白净红润。不像我，长得有些抱歉。呵呵，其实抱怨也只是姐妹之间的一种调侃，我至今还姐、姐地叫着，很是亲切，不像弟弟直呼我的名字（其实我也喜欢这种称呼），只是我至今还找不到做姐姐的感觉。

姐姐遗传了父亲的乐观、开朗和坚强，做什么事都很有冲劲，而且人缘又好，总能看到她的笑容和听到她的笑声。不像我，容易感伤和悲观。一直以来，姐姐是我工作和学习的榜样。在我印象里，无论什么时候，她都是积极上进的，有着无限的充沛的精力。她是那种完美型的人，做什么都要做到最好，不像我，散漫随性，后知后觉，总是不上道。姐姐原来是老师，后来改行去法院工作，不断读书，成了名副其实的法官，也能写作，所撰写的文章曾入选《千年风流》丛书。姐姐每一个成绩的取得，都是靠她自己的坚持和努力。我有时很消极时，就会向姐姐看齐，然后那种消极的情绪就会慢慢减退。

姐姐也和哥哥一般，很关照我和弟弟，我有什么不开心的事，会先想着和她诉苦，姐姐就会安慰我，开导我，给我指点迷津。最感动的是，每次我去南宁，姐姐都会开车来接我，不管时间有多紧。有时我劝她不要来了，我自己能坐车回到母亲那儿，她仍是不放心。有次姐姐实在走不开，叫她的一位同事来接我，我一路接受她的电话遥控，终于见到了她那位同事，心里有很多感慨。还有一次，她来接我，恰巧又遇到下班的高峰期，路上塞车，车开开停停，暮色已晚，姐姐的电话不停地响着，听她说话的内容，她晚上有个重要的晚宴。我说，姐，我自己打车回去吧，等会儿你迟到了不好。姐姐说，没事，现在很难打车，我先送你回妈那儿。我问姐姐吃饭的酒店远吗？她说了个地名，和母亲家是两个方向，这意味着，姐姐赶去参加晚宴一定迟到了，但姐姐执意要把我送到母亲家，她才赶往酒店。

我看着姐姐在夜色中远去的车辆，心里很温暖，有姐姐真好！其实，这些小事我都能应付的，不过是坐个车罢了，但我知道，这是我们姐妹的那份深厚的感情，是无价的。

弟弟

我和弟弟年龄接近，所以，他对我直呼名字，我也乐于这样。有时我觉得自己愧当这个姐姐呢，因为，除了在年龄上我看似姐姐，其实生活中，弟弟什么都比我优秀，我常常要请教他呢。

弟弟性格好，乐呵呵的，遗传了父亲的那种宽厚和豁达。他虽然是最小的，但做事睿智、稳妥、有远见，是家里的主心骨呢。

弟弟的聪慧，在上小学时，就已经显现了，上二年级，就被选去学校的乒乓球队练乒乓球，小小年纪就到各地去参加比赛，曾参加过国家级的少儿乒乓球比赛，荣获国家三级运动员。弟弟在我印象里，是很要强很努力的人，比如他读高中时，常常学习到深夜，清晨早早又起来读书了，父母看着很心疼呢。弟弟业余时间还抽空练毛笔字，他也像哥哥一样，写得一手漂亮的毛笔字，过年的时候，通常是哥哥执笔写对联，弟弟也帮忙，兄弟俩配合很默契。弟弟去了武汉上大学，学的是法律专业，和姐姐一样，所以，他们俩有很多话题。

因为弟弟是最小的，是父母的满仔，他又懂事又孝顺，我们都很疼爱他。母亲经常说起弟弟的一个很温馨的细节，那时母亲刚上南宁，弟弟也还没买车，开着摩托车对妈妈说，妈，今天我带你去玩啊，带你去吃点儿好吃的东西啊。母亲很开心，欢喜地坐在车后座。弟弟带着她去逛南湖公园，累了让她坐在树荫下，去买冰淇淋给她吃，又带她去饭店吃好吃的，还给她买衣服，真是个乖仔啊。母亲在电话里跟我说着，乐呵呵的。我能想象弟弟对母亲的那种爱，他把母亲当成小孩来照顾了。

我想起小时候在仙回生活时，弟弟很喜欢跟着我去玩，而我那时又不懂事，觉得弟弟跟着很碍事呢，总是呵斥他，不让他跟我去玩。不知道弟弟是不是还记得。但现在，是他在照顾我了。

很多时候，弟弟也是我的军师，帮我出谋划策，姐弟俩共同进步，我有什么拿不定的事，也请教他，通常弟弟就会给我拿主意，鼓励我，帮助我，我常常自愧不如，还姐姐呢。

真好，有相亲相爱、彼此携手的父母给予我们的爱和温暖；有彼此关照、彼此扶携的兄弟姐妹同行。我时常被这种满满的幸福充溢着，欢喜不已。

父亲的宝贝

父亲的性格平和、宽容、豁达，也很慈祥、和蔼。在他的人生字典里没有“烦恼”这两个字，年轻时是这样，如今年老了亦是如此。他生活节俭、勤朴，因为各种原因，我们搬了很多次家，可每次搬家我们发现总有一只老式的皮箱父亲舍不得丢。

我们都很好奇，皮箱里不会是爷爷留下的什么传世之宝吧？所以，当我们家又建了新居，再次搬家时，看见父亲用红绸把那只老式皮箱盖好，保管得很周到，而且很神秘，于是我们嚷着要看看父亲的皮箱，到底是什么宝贝。父亲笑呵呵地打开箱子，不看不知道，一看，我们都愣住了，原来不是什么传世之宝，而是父亲获得的荣誉证书和其他奖品。

父亲给我们介绍每一次获奖的原因和领奖的心情，他摸着那熠熠生辉的全国劳模奖章和那些红色的荣誉证书，感慨万千。他从 1951 年开始工作到 1994 年退休，在教育战线的岗位上工作了 43 年。从一名瑶山的小学教师，到县的教育局副局长兼师范学校校长，他用教育点亮了人生之灯。父亲爱他的教育事业，爱他的学生，如今已是桃李满天下，他为教育付出了很多很多，而在他的教坛履历上，也获得了无数次奖励：全国劳模、自治区优秀教师……满满一箱子的荣誉证书和奖品，沉甸甸的。

望着父亲那幸福满足的笑容，我内心感慨万千：有的人一生平淡庸碌，有的人一生追逐金钱，有的人一生都为理想奋斗。当岁月沉淀了所有人的人生经历，到了花甲晚年时，我们静下心细细想一想，我们这一生收获了什么？像父亲，他的人生就是一串串成熟的金灿灿的稻穗，因为有了辛勤的耕耘，才有硕果累累。而他晚年的生活，因为有了这些硕果而更加生辉！

一个人应该有理想和追求，并为这个理想锲而不舍的去追求。从瑶山泥泞小路的第一个脚印，我看到了父亲为筹建瑶山第一所学校的艰辛，为瑶山撒下教育之种的喜悦。他这一步步走来的人生路程，为当地教育作出的贡献，让人感到自豪！人生因为有理想而美丽，因为不懈地努力而成功，因为有收获而喜悦，这一切的一切，让父亲的生命更加丰盈！

父亲的宝贝加起来不足千元，但却胜似万金。父亲轻轻抚着一张张的证书、奖章，乐呵呵地说："我的一生清贫，没给你们创造多少金钱财富，这就是我一辈子的财富！也是给你们最大的财富！"这些财富，不仅仅是父亲的宝贝，也是我们希望得到的宝贝，更是父亲给我们的无价宝贝！

白菜宴

那年冬天，很冷。家里的房子终于建好了，一家人忙着清扫房子，却忘了去买菜。幸好，墙上还挂着一棵大白菜，爸爸笑着说今晚就吃白菜吧。

一家人又忙开了。爸爸烧起一盆火，清冷的房子顿时暖和起来。姐姐洗菜，我刷锅，弟弟在一旁看火。妈妈把菜心切碎炒熟，然后炒个蛋花、撒些葱在菜心上，“蛋花菜心”就做成了。妈妈又把菜梗切成丝，放些红辣椒干和一些醋、糖一起炒，便是“醋熘白菜”了。我们在一旁看得垂涎三尺。剩下的菜叶，妈妈把它切成片，撒些冬菇丝，煮个白菜清汤。煮汤的时候，我们一家人围着火炉愉快地聊天，说着房子建好后，谁住哪一间，要怎么布置。那时，天色渐暗，暮色渐浓，灰蒙蒙的窗外，亮起了温暖的灯。锅里白菜的清香慢慢溢出，我和弟弟连说好香啊，好香啊！

终于开饭了，白菜汤里漂着些青色的葱花，醋熘白菜上红色的辣椒丝，白菜心上嫩黄的蛋花，真是色香味俱全！爸爸笑着说：“今晚的菜真丰富，都是白菜，我们就吃白菜宴吧！”我们一家人吃得津津有味，很快心就暖起来。

那种暖一直持续到今天，我们兄妹都成家立业了，而白菜却是少吃了，但那年冬天的白菜宴却一直藏在心中。在一次闲聊中，我们兄妹知道了白菜宴的秘密。其实那年家里因为建房，借了钱，而父母从不在我们面前流露什么，依然是那样乐观、豁达。那年冬天那夜的白菜宴，在我们心中留下了一道亮丽的回忆。它使我们知道：无论生活遇到什么困难，都要以一颗快乐、平和的心去面对！

生命的最后形式

奶奶穿着酒红的印花旗袍，身材高挑丰满；她的头发烫成大波浪，端庄妩媚，衬着白皙的肤色，契合了她娴静的气质。她走在梧州的大街上，高跟鞋发出清脆的声音，她一步三摇，婀娜多姿，是一道不可不看的风景。

爷爷走在她身旁，穿着白色丝绸长衫，戴着礼帽，儒雅英俊，长得高大。他喜欢骑着一匹黑色的马，不过那是在他的家乡。不难想象，他和他妻子骑在同一匹马上，在空旷的野地里奔跑，那是怎样一幅风景。现在他和他美丽的妻子到梧州来看他在这里开的店铺，他们是幸福的。

后来，爷爷去世得早，奶奶守寡四十年，带大四个儿女。

现在，奶奶躺在她家屋后的山上，齐腰的芒草深处，秋风簌簌地吹过，又呜咽着掠过缀满茶果的茶树。迁葬师坐在一旁若无其事地抽烟，几位亲戚正挥舞着锄头用力挖着一片凸起的黄土。他们偶尔说些笑话，是关于奶奶的。说的是她死去后如何在屋子里听到她走动的声音，叫她多包涵，如果阴间没东西吃了，他们会在敬神时放多些食物之类调侃的话。我很诧异，这本是件悲伤的事，他们却若无其事。想来他们对这类起葬的事司空见惯，最重要的他们能坦然接受。这是我无法释怀的。

我们兄妹站在茶树下，母亲叫我们不要看。不看有不看的理由，但我忍不住还是偷偷看了。大片的黄土翻在一旁，散发着幽微的混浊的不干净的气息。秋天的空气干燥得很，风把尘土掀起，不知名的鸟偶尔飞过，发出清冷的叫声，我感觉心被抽空似的毛骨悚然。然后看到腐朽的棺木，锄头敲在上面，发出沉闷的声音，只用一锄，亲戚就轻而易举地把棺木掀起来了。一阵灰暗的尘埃飘起又落下，我赶紧掩住鼻口转过身，不敢看。而这时，母亲说话了：你们可以过去看了。

我们兄妹围过去，父亲蹲在最靠近坟墓的一侧，他的面前铺着一张透明的胶纸，那是用来盛放奶奶的骨头的。父亲的神情凝重，低着头，无法看清他眼里的悲伤，只是他的白头发被风吹得竖起来，我感觉心里涩涩地紧。父亲是个坚强豁达的人，从小丧父，爷爷去世时，他才十四岁，就离开家外出求学，之后一直在外工作。奶奶得病去世前的两个月，是父亲服侍她走完最后一程的。

迁葬师扔掉手里的烟头，带上胶手套，随着他手的方向，我看到打开的棺木里盖着一层黑色的布，那是奶奶陪葬的衣服。迁葬师右手一挥，衣服拎起，早已支离破碎，"扑棱棱"掉下很多灰尘，一股腐朽难闻的气息扑鼻而来。这时，我看到躺在棺木里的奶奶，只剩下骨头。迁葬师用竹棍刮开上面黏着的秽物，然后取出奶奶的头颅，黑乎乎的，两只眼窝空洞洞的，迁葬师轻轻敲下，发出低沉的声音。他面无表情地说：葬的地方不好，骨头都发黑了。依据他的迁葬经验，骨头金黄的，那才是葬对了地方。空气里很沉闷，笼罩着一种悲伤的气息，大家都不说话。

人死了，就剩下这些吗？

我的眼里又浮现奶奶和爷爷走在梧州大街的情景。很多次，我们兄妹和奶奶坐在院子的走廊上，看着天边的晚霞，闲聊着。说起当年，要是能预知人生的去向，爷爷在梧州，准备去台湾时，若没有回老家，生命就不会遭到危险，那又是怎样一种人生呢？而奶奶总是平和地笑着，看着前方，她的皮肤仍是很好，白皙，没有一点儿老人斑。她神色安然，是那种平静的，安详的，透悟的。你看不到她的内心，她总是笑呵呵的。

听母亲说，爷爷去世后，有很多人来给奶奶撮合再婚的事，毕竟她才四十出头，又长得端正。可是奶奶担心男方对她的四个孩子不好，一直没答应。日子真的是白驹过隙啊，转眼，奶奶的四个孩子都成家立业了，可她也老了。老了的她绝了再婚的念头，她把一生的思念给了爷爷。四十年，那些寂静的夜里，她是怎样度过的？系在她裤腰的铜钱，想必已经被她转了上百次才过一个夜晚？

这是她的肋骨，这是她的臀骨，这是她的大腿骨……迁葬师一边动作麻利地从棺木里扒开要拿的东西，一边介绍。在我们老家，迁葬时一定要完整的人体骨头，那样来世投胎时，才会是一个健全的人。有些骨头爬满了蛆，我不忍心看，转头。听到迁葬师用竹棍拍打那些蛆时，我一阵反胃。生命的难堪和脆弱真的是那么不彻底吗？连小小的蛆都不放过。这躯体承受的不满百年的光景，还抵不过这些尘埃的恒久。我的心涌上沉甸甸的悲凉和悲哀，我无法驱赶，我让它吞噬，我们不及这些尘土啊！甚至抵不过奶奶背部垫着的一件黑色衣服，竟然是完好的，躯体腐烂了，然而布还没有。哪一样更长久呢？哪一样才是我们拥有的呢？自己的躯体都不能保存，还能有哪些呢？思想吗？灵魂吗？留在世上的点滴吗？那些和现在的几副骨头有什么联系或者有什么意义吗？

“这个铜钱你们留下吗？”迁葬师举起一枚沾满灰尘的铜钱问。父亲和六叔摇摇头，这是奶奶留在身边的唯一可以回想她那段感情的信物，就让它跟随奶奶吧。“叮”一声，铜钱扔在那堆骨头里，发出沉闷的响声。所有的骨头都在那里了，迁葬师又重新数一遍。我无法想象奶奶那么高挑的身子就剩下这一堆白骨了。

我想起最后一次见奶奶，是春天，南方的早春仍是春寒料峭。我和奶奶坐在晒坪上晒太阳，其实是她陪我等回城的车。她的头发全白了，稀疏的几缕露在黑色的帽子外，她穿着一身黑色的布衣，空荡荡的，架在她瘦弱的身体上。其实她才八十五岁，身体一直是很好的。但人老了就像干枯的树，会一点点被抽空抽干，最后只剩下躯壳。我和她聊了很多，说的是一些生活上琐碎的事，她慈祥地笑着，一点儿感觉不到她是在病中。车来了，她催我快上车，我摸摸她的手塞给她一些钱，她不要，还给我，她瘪着嘴说：用不着了，用不着了。我的泪水就流了下来。我用力握了握她苍凉的温暖的手，转头向班车跑去，边跑边转身大声说：阿婆，我过段时间再来看你啊！

没等过段时间，就接到父亲的电话，说奶奶已经去了。我们兄妹赶回去，看见奶奶一身黑衣躺在一张席子上，席子放在厅屋的地上，那么凉，我的鼻子开始酸了。我在她旁边跪下，有人给我披上白色的头巾，穿上白色的麻衣，我木然地任人摆布，我的泪水无声地流下来，像开闸的水。在众多亲戚的哭声中，奶奶安静地睡着，她像一具蜡人一样。她和爷爷分离四十三年，现在他们的灵魂一定在天国重逢了吧？我伸手去摸她开始缩水的手，只碰了一下我就像被电触了一样缩回来。那么冷，冷得胆战心惊！我想起最后摸她的手，那种苍凉的温暖，只是在记忆中了。我的眼前闪过《卧虎藏龙》里的一个镜头：弥留之际的李慕白握着秀莲的手，然后贴在他的脸上，他平静地说：我们触摸的不会永远。

我们触摸的不会永远。李慕白一语道出了我们回避的，不敢面对的事实。很多时候，我们相信有永恒的东西，比如生命，从来不相信它会有结束的一天。我们看到的所谓结束都是别人的，而那些离自己是多么遥远。

我打开右手，然后握紧，再打开，如此反复，我知道无论怎样抓紧或放开，都是过程而已，都只是时间而已，谁都是生命的过客。这些，奶奶早就明白了，所以她守了四十多年的寡，心境平和，明朗通透。

迁葬师把奶奶的骨头装在一个黛青色的瓦缸里，要把她埋在另一座更高的山上。那座山和爷爷葬的地方遥遥相望。据说这样，来世他们就能在熟悉的眼光中找到彼此。

下山了，一路山花烂漫，簌簌风声中隐约听到一阵马蹄声，是爷爷骑着那匹黑色的马来接奶奶吗？又不全是，那是风吹过稻浪的声音。

在土地的深处

一匹黑色的马，驮着一个黛青色的瓦缸，一壶水和干粮，慢慢在山路上走着。是秋天，懒懒的阳光透过茂密的树叶洒进来，照在一晃一晃的马背上，泛着暖和的光芒。

在这些光的照射下，我似乎看见黛青色的瓦缸里，奶奶金黄色的骨头。迁葬师在老家屋后的大山里，把装着奶奶骨头的瓦缸挖起来时，曾打开来看，说，金黄色的。我老家的亲戚听了都很宽慰，这说明奶奶葬在这群山之中，她是安详的。

记得三年前，我曾写下迁葬师如何打开棺材，如何帮奶奶捡骨头的经过。那场景，我现在都不愿想。生命的最后形式，真是不忍目睹。发黑的骨头，上面爬满了蛆，迁葬师若无其事地用戴着胶手套的手，拿着木棍拍着那些蛆，面无表情地说，这地方不好，难为她老人家了。当时我的眼泪就流出来了。那个笑眯眯的、慈祥的，带着佛性安静的奶奶；那个无论世事如何，始终不抱怨的奶奶；那个曾经身材高挑，皮肤白净，烫着波浪鬈发，穿旗袍、高跟鞋的奶奶，在土地的深处躺了七年之后，就剩下这些发黑的骨头了。而且夜夜不得安宁，被这些原本比生命还微小的蛆肆无忌惮地啃噬。那一刻，我悲从中来，抑制着，抑制着，忍不住想要号啕大哭。让群山听到，让河流听到，让吹过的风听到，生命是怎样的脆弱不堪！到底，是没有永恒的啊？可是，看着亲人们悲戚的眼光，我知道，即使悲伤成河，谁又能拗得过自然呢？

现在，这匹黑色的马，驮着奶奶，走在蜿蜒的山路之中，它要带着奶奶，走向爷爷。五十九年了，这条团圆的路，竟然走了半个多世纪。

五十九年前的很多个日子，对于爷爷和奶奶，是幸福的。那时，骑着马、穿着白色长衫的爷爷，高大俊朗，英姿飒爽。他骑着马带着奶奶，沿着山路走出大山里的老家。他们在县城居住，顺着水路而下，到梧州，爷爷在那里开有一家杂货店，专门批发各类商品。除此，爷爷还做木头生意。他是个儒雅的人，文笔了得，经商也不含糊。

穿白色绸衫的爷爷，就是在那条繁华的梧州老街和奶奶散步的。那时，身材高挑的奶奶穿着印花的旗袍、高跟鞋，波浪的鬈发，婀娜多姿。那真是让人仰慕的一道风景。多年后，我听奶奶说起这一幕，仍能从奶奶的眼神里，看见他们当时那种恩爱的幸福景象。听六叔说，他小时候就经常跟着爷爷到处走，因为他是小儿子，深得爷爷疼爱。我们问起六叔，以前爷爷经商的那家店面，在梧州的哪条老街？有机会我们想去看看。六叔说，我都快七十了，那么久，不记得了。

不记得了，不记得了，那些逝去的岁月，如流水一样不复返了。

不复返的，是那些过去的和将要过去的，以及会到来的，那些不可逆的时光。

在这不可逆的时光里，我们一行人在山路前行。“嘚嘚嘚……”马蹄声声，奶奶在马背上一晃一晃的，离爷爷很近了。

是父亲吧，提出要把奶奶和爷爷葬在一起。之前，一个葬在南，一个葬在北，中间隔着我们的老家——雨天，隔着河流，隔着群山。他们分开五十九年，也该在一起了。于是，父亲在南宁、昭平、九龙之间来回地走，和六叔一起叫人选日子，刻石碑，修进山的路，叫人赶着马运石沙、砖块砌好墓地，在爷爷的右边挖了一个放得下瓦缸的坑，空着，就等奶奶了。

现在，我们送奶奶去爷爷下葬的地方。

那是一个君临天下的好地方，在石寮山的大半山，坐北朝南，阳光普照。前面是连绵的群山，山风吹过，绿色的松涛起伏着。四周种满了松树、樟树和枫树，偶尔能听到斑鸠在树上鸣叫。石寮冲的溪水从山涧流下，撞击着溪石，发出清脆的流水声。真是块风水宝地啊，老家的人说。所以，爷爷一直葬在这里，五十九年了。

五十九年了，这半个多世纪的光阴，爷爷一直在土地的深处。如果他现在健在，差不多有一百岁了。他真是年轻啊，才三十八岁，那么早就走了。奶奶就这么开始守寡了，守了四十多年。那段历史，在我的笔下已成为过去了。我记得，书出来都不敢拿给父亲看，怕他伤心。再现那段历史，多少是残忍的。那种掘开土地、直面生命最凄惨的一幕，所看到的头骨，让人忍不住想到未来，想到人生的最后。然而土地的深处，终将是每个人的最后去处。这，我们心知肚明，但不说，怕一语成谶。我很忌讳。

但年迈的六叔，还是说了。他说，你二姐，咳，没有福气啊。我和姐姐跟在后面，安慰着他。这样的话题，长久以来，我们尽量避免着，就当二姐去了远方。六叔说，没有办法的，这是命。“这是命!”六叔用最简洁的话概括了人生的不得已。我的二姐（堂姐），不到四十岁，前年因为脑瘤也躺在了土地的深处。她真是年轻啊，和她读大学的女儿站在一起像两姐妹。因为她结婚得早，又因为她嫁得远，几年都不见一次面，就知道她一直在做生意，很有闯劲和干劲，剪着时尚的妹妹头，牛仔裤，休闲服，说话很温和。但一次头痛，就检查出了脑瘤，晚期，两三个月的时间，我们寄钱去，就听到不好的消息了，因为远，没有回去看她。现在，她躺在她丈夫老家的山里，在冷冷的土地深处，安睡着。

我记得小时候，二姐跟十姑去仙回看我们，那时，我们俩坐在家门口的台阶上，她用芒草教我怎么折一只蚱蜢，可我怎么也学不会。她手巧得很，很耐心地教，那些芒草在她手中穿梭着，一只只蚱蜢活灵活现地摆在台阶上。这样的手巧，自然二姐长大后会做衣服，这成了她一门独到的手艺。六叔又喃喃说起二姐的一些事。白发人送黑发人啊，看着六叔发白的头发，我一时无语。倒是六叔，很豁达，这是命啊。不是命又是什么呢？生命的无常，唯有如此解释了。

爷爷的墓地用青砖砌成半圆形，爷爷的右边，那个空着的坑，就是奶奶的位置，只等时辰一到，就下葬。我站在一旁看着，坑不大，就放得下那个黛青色的瓦缸。我感觉心一阵一阵地酸疼，沉沉地往下坠。一个人的位置，在这世间，从生到死，不管生前拥有多少，不管是卑微还是伟大，幸福或不幸福，到最后，不过就是这一个小小的坑，就是自己身上那曾被虫啃噬过的，剩下的骨头。这场景，像一根刺，硬生生地刺在我的心里，直至渗出血丝来。

我想到我那未曾谋面的大哥，他在土地的深处已经五十年了吧。这是我们家很少提及的，这是母亲最深的痛。那年，一岁多的大哥半夜发高烧，当时父亲在县城教书，半夜里，黑乎乎的乡村，找不到医生。第二天一早，母亲背上大哥，走了很远的路去找医生。回来的路上，在山上砍柴的妇女看见一个女人拿着背带，抹着眼泪神情恍惚地走着。她们议论着："那个女人，早上去的时候，是背着个孩子啊，怎么一个人回来了呢？手里拿着背带，怕孩子没了。"那个女人就是我的母亲。母亲后来说起这一幕，她说，我听到她们这样说，心里像被刀又割了一次，你大哥，因为高烧，走了，多可爱的孩子啊，白嫩嫩的，眼睛很明亮。我们从来不知道大哥葬在哪里，母亲说，是医生帮葬的，医生劝母亲，你还年轻，不要太悲伤了，以后的路还长着呢，要往前看。不管大哥在哪里的土地深处，他都不会遗憾，因为他曾来过这世界，笑过，哭过，痛过，被爱过……

远处传来嘶哑的鸟叫声，那种声音听了令人很不舒服。我问六叔，那是什么鸟？六叔说，乌鸦。我的心一沉，对于这种鸟，我一直忌讳。就像我忌讳所有不吉利的东西。一直以来，我也忌讳谈到死亡这样的话题，太沉重，太悲伤，太不吉利。和我一样忌讳的，还有我的姐姐。之前，她在路上扯了一根黄茅草扎在我的背包上，扯了一根扎在弟弟的皮带上，扯了一根给哥哥扎上，她自己也在包里扎了一根。因为我们小时候生活在瑶乡，深受那里风俗的影响，走山路，都要扎一根黄茅草，用来避邪的。对于死亡，姐姐有更深的恐惧，小的时候，她生病，差点儿送了命。那时，母亲从幼儿园被下放到老家雨天。那天，母亲穿过金色的稻浪在田埂上奔跑，去给姐姐找医生。很久以后，母亲还常说起村里人说的那句话："你们看哪！那个女人跑得那么快，是不是发生什么事了？"医生来了，也无能为力，姐姐嘴里冒着清口水，奄奄一息，躺在地上的席子里，那是快死的人才这么放的。后来，是学过些医学的母亲，不懂从哪里得来的秘方，用牛的唾液撮些米煮给姐姐吃，竟然好了。

因此，姐姐没有像我一样看葬奶奶的那个坑，她在一旁的草丛里摘粽叶，她说要带回南宁，叫母亲有空的时候包一些粽子。我走过去跟她一起摘粽叶，生命的当下，是要珍惜，姐姐懂得这生的不易，所以，她很乐观。

我的三姑和十姑也过来帮摘粽叶，我们一边摘一边聊，说起三姑越来越像奶奶了，花白的头发，牙齿也脱落了，特别是笑起来，慈眉善目，十足奶奶晚年的模样。

时辰到了，我们家族的人开始在墓地四周烧香，点上蜡烛，摆上供品。堂哥用一把雨伞遮着奶奶的瓦缸，十三叔打开盖子，说，来看看你们的奶奶吧，她的骨头金黄金黄的，葬的地方好啊。

瓦缸缓缓放下坑，我们开始往坑里填泥，一铲一铲，黄色的泥土撒下，在阳光中散发着金色的光芒，这些光芒将瓦缸覆盖，直至看不见。我们又用铲把泥土捂紧，哥哥用水泥把墓碑的缝隙填满，以防雨水渗入，让土地深处的爷爷和奶奶不得安宁。堂哥甚至开玩笑地说，今晚是爷爷和奶奶的新婚之夜。大家善意地笑了起来。这段相聚的路走了整整五十九年啊。

我看着从手中撒落的泥土，这些干净的泥土，这些有着阳光味道的泥土，这些曾经种植过万物的泥土，这些永恒的泥土，像一床温暖的被子，盖在奶奶身上。不，是爷爷和奶奶身上。此后，他们将一起度过这漫漫的安静的日子，在土地的深处，他们可以谈谈别后的日子里彼此的生活。当然，应该是奶奶说得最多，她会告诉爷爷，他们的四个孩子，各自的生活状况；她守寡的日子里，如何靠着一枚铜钱打发那些思念……半个多世纪啊，要讲的话比那些泥土还厚呢，那么，就慢慢讲吧。晒着暖暖的阳光，听斑鸠在樟树上鸣叫，听溪水冲落山涧，看枫树红了落了，看雪怎样飘落在深冬的草叶上……

辑三

被茶浸润的生活

靖西的温暖时光

回家的途中

Ada，我在去靖西的路上，沿途的山和我们那里相似，茂盛，葱郁，所以，我没有陌生的感觉。就像每个周末，我坐着摇晃的班车回家一样，是安静的，喜悦的。那些山啊、树啊、河流啊、村庄啊、玉米地啊，因为熟悉，已经没有了感觉。我想，这是生活的日常性和自己日渐消失的敏感性造成的。而生活里，被埋没的何止这些？所不同的，是我身旁坐着的诗人黄芳，她说，那些山啊、树啊、拾木材的小孩啊，怎么都在天上？她说万物都有情绪，万物都起伏。我知道，那是她即将写成的一首诗，对于一位优秀的诗人，她的视觉和情感是和常人不一样的。

而我们是离诗很远的。

我们是庸常的人家，看到的，是大地上一切最稳妥的事物，那是我们生活最本质的东西，也是系在我们翅膀上的石头。

我们，是走在回家路上的孩子。

记得刚认识你时，你指着地图告诉我靖西这个陌生的地名，说那是你出生的地方。我说，靖西啊，那么远，你怎么会在那儿出生呢？你笑着，阳光一样灿烂，很自豪地说，我父亲所在部队的驻地在靖西啊，他曾带兵上过战场，是位优秀的射击手，在那场战争中，他击毙了七个敌人，立下了三等功。

嗯，有机会，我带你去靖西。你很快乐地说。

离你说那句话十八年了，十八年后的夏天，我踏上了靖西这个潜伏在我们生活很多年的地方。

我明白了，为什么没有那种陌生的感觉，为什么会有喜悦的感觉，因为，我是在回家。

旧州的下午

Ada，我喜欢旧州这个地方。

现在是下午，没有阳光，淡淡的，天色是，闲云是，风也是。散漫地走在街上，心情也是淡淡的。在旧州，很容易就被那些青砖黛瓦，那些一寸一寸低下去的旧时光所感染。其实，旧州，和你的老家黄姚，是有些相像的。是一本被遗忘在书架上的诗集。

在旧州的老街，我看见那些在门口做绣球的老人，神闲气定，和蔼可亲，时光的流逝是和她们无关的。我坐在她们身旁，看她们一针一针地绣着绣球上的一，或者帆，或者风，或者顺，这即将组成的四个字，是所有人内心的一种祈愿。我对绣球的了解不是很多，知道绣球是定情物，这是壮族爱情里的一种物证。在很多电影里看过这样的镜头，壮族的女孩，对有情人，只要抛个绣球给他，那就是爱上他了。这种含蓄又直接的表达，很本色也很唯美。可有时自己又滋生一些没来由的想法，万一在众多的男子当中，女孩抛中的不是自己喜欢的男子呢？Ada，我曾问过你，在你们壮族，你有过这样的经历吗？你微笑不语。

那么，现在，我在旧州，脖子上挂着一个一家绣球作坊店送的绣球。这是用五谷填充的绣球，色彩斑斓，看着就觉得心情欢喜。我要把这象征着生长、生育、兴旺、平安的吉祥物带回给你，这曾养育了你的农作物，它们将以另一种方式和你相见。

Ada，在旧州，我听到瓦氏夫人的名字。这个名字在报刊上、其他媒体上看到过很多次，但不知道旧州是她的故乡。为此，我对旧州，又多了一份情感。这位抗倭女英雄，我在靖西的博物馆看到她的照片。那天下午，下着大雨，光线不是很清晰，但我想，她一定是很美的，一个有着民族气概和英雄气概的女子，她的美是独一无二的。

鹅泉的黄昏

到鹅泉的时候，已是黄昏了。可就在那时，阳光从云层里散射出来，散发着金黄的光芒，那些光芒经过云层的晕染，异常的柔和。Ada，我很少见到这样的光，这样的光，你曾对我描述过，那是在你拍摄一幅作品时，你的语速就是这样的光。

我就在这样柔和的光中，看到了鹅泉。

这该是陶渊明笔下的世外桃源吧。时光到这儿就停止了。如此安静，只听见水的声音，风的声音，阳光的声音，草木的声音，玉米叶的声音……我一下就喜欢上了鹅和泉这两个奇妙的字组合而成的地方，是带着禅意的，又是让人飞翔的，这真是奇异的感觉。我在那条弥漫着泥土气息的小路，试图做着飞翔的姿势，才发觉，如果内心不轻盈，万物都是沉重的。

Ada，在鹅泉，听到一个叫做念安的地名，真是欢喜。你知道，我对一些字总是会莫名的喜欢，比如，念，比如，安。而这儿，又恰好组合在一起。现在，我就站在念安这个地方，听一个古老而神奇的传说，当然是关于鹅泉的。这是一个温暖的传说，那个叫杨媪的老人用自己的体温孵出了两只神鹅，这两只神鹅也是懂得感恩的，于是用自己的神性，使田间成潭，清澈无比，沂流成川，山河俊秀，人们丰衣足食，安居乐业。这样的传说，带着人性最美的一面，善良和仁慈，感恩和报恩，在神话里也是不可或缺的。这样的传说放到现实里，也打动着人的内心，向善向美，鹅泉的美是在这之上的。

在清澈的水域里，我看见青山的倒影，倒影里快乐游弋的鱼，也看见我平和的笑容。Ada，有些地方，是讲究气场和缘的。我觉得鹅泉于我，就是这样的一个地方。在鹅泉，哪怕是做一根静止不动的水草，也是幸福的。

枕着山歌入睡

夜深了，Ada，我要告诉你一件幸福的事。我在睡梦里听到悠扬的歌声，那是靖西的壮族男女在广场里唱山歌。真是奇怪啊，为什么夜深了还唱？但不可否认，在夜深，万物寂静的时候，听着这些优美的山歌，真是一种享受。尽管我听不懂，但我喜欢那些灵性的旋律，欢喜的，轻快的，绵长的声调，和声的唱法非常美妙。

对于这个壮歌之乡，唱山歌是很平常的事，但我以为，被山歌浸润的生活，是有别于庸常的生活的。

因此，我半睡半醒，听着山歌。想起来靖西前，你说，要不要教你几句壮话？因为就你的记忆，在靖西，都是讲壮话的。

听说，最先的山歌，是狩猎时的呐喊。这真是有意思的说法。本身狩猎就是一种很男人的户外运动，而呐喊，是在获取猎物时的欢呼，还是在猎物逃脱时的喊叫？不得而知，但那种演变而来的山歌，一定是很本质的。我对本质的东西一向是喜欢的。因此，我沉醉在深夜的山歌里，思维异常活跃，想象力异常丰富。而对真正意义上的山歌是如何开始流行的，倒不是很关心。对于喜欢的，简单地喜欢就好，并不需要探究太多。

第二晚特地去广场听山歌，三五成群的歌民很自然大方，他们自觉地分成几个声部。我好奇地向一个歌民打听，原来他们要参加一个山歌比赛，正在练习。许是他们已经习惯了这种唱歌的方式，在众人面前，他们落落大方，如此自信的靖西人，真是让人感叹。他们在唱一首关于结婚的山歌，难怪呢，旋律如此优美。对于爱情的颂扬和憧憬，这人类永恒的情感，就像河流一样不息。

Ada，枕着山歌入眠，在以往的日子里，是没有的。因此，我用手机录了一段，带回去给你听：啦里啦咧……泉水一样清冽，真不是人间的声音。你出生在靖西这个山歌遍地的地方，对这些山歌一定是熟悉的。我想，那样的睡眠，是温暖的，安妥的。

寻访你记忆里的温暖

清晨，万物还在安静中。Ada，我已经在一辆摇晃的三轮车上，穿行在靖西的大街小巷了。我要去一个地方——武装部，那是你曾生活的地方。我在来靖西之前答应你，去拍几张照片回来。对于你，这三十多年都未曾踏上的土地，意义是非凡的。

开车的女子告诉我，前面就是武装部了。下了车，步行过去，看见大门上那熟悉的五角星和飘扬的五星红旗，感觉很亲切。许是因为你在这生活过的原因，竟不觉得生疏。进了大院，被一名穿着军装的男子拦住，问我有什么事。我对他说了原因。他笑，很抱歉，这里不能拍照。二十世纪六七十年代的房子都拆了，你说的是那一幢？我环顾四周，安静的院落，绿树成荫，楼房是新的。你到底是住在那间房呢？记忆在时间面前有时也是失语的。但我能想象，你一定曾在某棵树下，在你母亲怀里，晒着靖西的阳光。

我说起你父亲，穿军装的男人叫来了一位上年纪的男人，我告诉他你父亲的名字，他摇摇头。近四十年前的人和事，对像河流一样流淌的光阴是微小的。但你父亲，这位英俊的男子，我可以想象他在战场上的英勇。但现在，他安静地躺在故乡泥土的深处，那些和戎马生涯相关的故事，荣誉，掌声……只是在你母亲偶尔的讲述中出现。

出现最多的，当然是越南这两个字。对于这个国家的名字，我最初的印象是在杜拉斯的小说里，湄公河上，渡轮，十五岁的美丽少女，那个清秀的中国男子，爱情是自然滋生的。真美！另一种印象的越南，是美国大片里，莽莽的丛林，好像总也走不出尽头。战争中，那个赤裸着身体在公路上狂奔的小女孩，她因害怕而哭泣的脸，一直印在我脑海中。

所以那天，当我站在龙邦口岸和越南交界的地方时，我印象里的越南全都消失了，代替的，是和想象无关的现实。对面的越南，树、房子、山、安静，平常。但这安静和平常，是和平年代里最美的风景，对于两个友好往来的国家，是多么难得。

离家的愁绪

Ada，要回去了，我竟有离家的感伤。三十多年前，你在母亲的背上从这里出发，去梧州。人生开始了另一段旅行，一个人的命运就是这样，有时，是无法预知的。

我对这些涌出的感伤，竟然默许。许是随着年纪的增长，我越来越容易滋生一些愁绪。比如去一个陌生的城市开会，在离开时，我也会产生这样的情怀。

虽有感伤，但靖西，在我心里，是温暖的。

乘车记

有段时间，因为工作的关系，我经常要坐两个多小时的车往返于家和工作的地方。

每次坐上车，都会有一种窒息和心闷的感觉。狭小的空间，距离和距离之间的突兀，味道和味道的交叉渗透，五湖四海的呼吸像风盘旋。如果遇到车上放电影，打杀声不绝于耳，我有时怀疑自己是否生活在一个武林时代。最喜欢的，是遇到一位文静的巴姐，她放的歌轻柔平和，有一些轻轻的感伤在里面，这种时刻是幸福的。感觉两小时的车程不过是打了一个瞌睡，比黄粱一梦还短。或者安静，只有风声吹过，呼啦啦的，好像天籁。一车的人闭目养神，那时会有在家的感觉，自由，放松，安逸，谁也不窥视谁。通常我喜欢选择人少时，坐在后排，因为晕车，可以躺下。班车转啊转，山路弯弯又弯弯，脊梁骨被抖得几乎散架了，但比起坐着，是舒服的。晕车晕到这种程度，只得感叹自己胃的柔弱和异类，为什么坐着就会翻江倒海？而躺着就风平浪静，真是郁闷。而像张爱玲那样乘车时伸手触摸掠过的树梢，那样优哉游哉的小资举动，于我是不可思议的。大好的风景在我眼里常常是一片黑暗，遗憾吧，这辈子。

遗憾的还有很多，比如同车同坐同一个方向，这应该是缘分二字的解意吧：偏偏是这个时候在这个地方坐这辆车就和你同坐。呵呵，佛说：前世五百次回眸，仅修得今生的擦肩而过。那同坐岂不是要回千次眸？可是，这途中，大家沉默无语，似若透明。瞌睡来的时候，说不定迷糊中还借了对方的肩膀来靠。不经意的碰触，衣服和衣服的取暖，肌肤和肌肤的传热，呼吸和呼吸的热量交互传递，这相遇，就好比佛说的修千年才能共枕。但，也不过如此。下了车，大家各奔东西，哪有时间感谢这一路的同行？感谢那温暖舒服的肩膀？或许连想也未想。这是常理，每天要遇见那么多人，那么多事，生活奔波又忙碌，内心浮躁又疲惫，希望际遇越简单越好。是的，确实是这样，可是，我时常站在下车的地方，茫然不已，望着一车人远去的背影，仍会有感伤涌上心来，真是白白辜负了这一个“同”字啊。

然而也有不辜负这“同”字的时候，记得有一次一上车，就晕了，我必须躺下，以此来平息胃的难受不安。但是一车的人，哪有空位啊？我看着同坐的女孩，她大概是乡下的，纯朴清秀。我顾不上难堪，有气没力地说：我晕车，可以借你肩靠靠吗？她笑，点头同意，然而还是难受，我只好伏在她腿上，胃平着，就舒服了，女孩的手放在我背，一路无语，但心是暖的。那是我在途中最温馨的记忆。

坐车坐得多了，经常会看见年轻的情侣相伴同行，看着他们牵着手上车，一脸幸福的笑容，是那种没有杂质的纯粹的，让人心生羡慕的。他们相依在一起，男孩的手抚着女孩的头发，女孩的头靠着男孩的肩，两人轻声说着什么，偶尔女孩会娇羞地捶着男孩。呵呵，谁说的，恋爱中的男人有受虐症，越打越爱越甜蜜，如王洛宾唱的：我愿做一只小羊，跟在她身旁，我愿每天她拿着那皮鞭不断轻轻打在我身上……

这么甜蜜，他们的脑海里，是否都在想着同一个人？他们这样相爱，天长地久会到哪一个路口？我为自己无端的想法感到可笑，想自己年轻时不也如此？现在这些场景从我的记忆里抖搂出来，不但是灰尘一地，散发着陈旧的气息，还像张爱玲说的：上面爬满了虱子。真是蹉跎了岁月啊。

从树下经过

那是两棵近在咫尺又遥遥相望的树。在街旁葱绿的树木中，因为它们枝干修长高大，还因为它们是在冬天开花的，所以，在我的记忆里，它们就是一幅绝美的铜版画。在落满尘埃的世界中洁净、纯美，并且是穿缀时光碎片的一首音乐，在每个华美的章节点亮灰暗的人生。

我一直不知道这种冬天开花的树叫什么名字，问附近的人，都摇摇头。后来想，也许有些东西是不需要留下什么印迹的，往往是没有留下印迹的东西反而镌刻在记忆中，不需要搜索就能一一展现的。比如那两棵开花的树。

其实，它最美的时节是在冬天。记得第一次看见这两棵树时，是十年前一个阴冷的清晨，我提着行李走在空旷寂静的街道上，要去码头乘船，去一个可以忘记这座小城的地方。

阴霾的天空，有很凛冽的风呼呼地吹过耳垂，刺生生地疼。灰蒙蒙的雾弥散在空气中，沉甸甸的，是湿湿的忧伤。我把手放在深紫的大衣里，仍是冷。我向空中深呼吸时，就看见那两棵树了，看见那两棵树时，我就像被磁铁吸住了。

南方的树在冬天依然是葱绿茂盛的，唯有那两棵树，枝丫光秃秃的，苍茫倔强地伸向天空。我被这种干净的光秃震撼着，那里面有一种暗藏的力量正穿过风呼啸而来，在我的四周形成一个巨大的气场。我无法更好地形容这种力量，我把它称为温暖。

是的，温暖！这是我一直来所要寻找的。不仅如此，再往上看时，有那么一刹那，我的呼吸简直停止了。枝丫上方大片大片红艳艳的花瓣，开得轰轰烈烈，缀满了枝头，像一幅色彩浓烈、层次分明的画。这样鲜明的个性，决绝的清晰，仿佛这两棵树的距离，近在咫尺，只能遥遥相望，这种彼此得不到才是让它们各自美丽的原因吧。但是相遇过，相伴过，也许是更持久的幸福！

站在树下，我静静地看着，一动不动。感觉呼吸里有了快乐的味道，血液像冰川下的暗流，涌动着惊喜，然后层层将我淹没，仿佛浮在一片花海中。是的，我必须承认这两棵树的力量，那个灰蒙蒙的清晨，我清楚地看到了自己人生的方向，清楚地知道有些人、有些事就像那些开过的花，灿烂过，美丽过，终究会凋谢的。这是生命的历程，谁也无法更改。而光秃也许是一种极致，是生命中不能承受的一种反弹，所以更具力量和震撼！

生活因为有了这两棵树而变得温馨起来，所有走不过的苦只要面对它们，就倍感信心。所有化不掉的忧伤，看到它们，就是淡淡的喜悦。十年来，它们已经成了我生命的一部分，是我文字下的一股力量，是行走中的伴侣，是寂寞的一盏温暖的灯……我因为拥有这两棵树而觉得自己的幸福。

这是不可思议的！但确实如此。

今晨，从树下经过时，却看到了悲惨的一幕。那两棵树已经被锯掉了。只剩下细细的木屑，还散发着树的清香，那清香刺激着我的眼膜我的胃我的神经，一阵抽心的疼，泪水涌上来在眼眶打转。我蹲下来，抚摸着那两棵平展的木墩，黏黏的，不知是树的泪还我的泪。十年来我第一次这么近地靠近它们，清风中，我仿佛听到它们低低地抽泣，若有若无，像一根细小的针漫无边际地刺着我的心。放眼望去，街旁的树也不复存在，小城要拓宽街道，这些树自然是要锯掉的。

我以为有些东西即使不是自己拥有的，但能远远地看着也是一种幸福。原来不是的，很多事是我们无法左右的。这种渺小一直来我都在拒绝！想起《蓝色生死恋》里恩熙和俊熙的一句台词：下辈子要做棵树，长在爱人的心里，永不被移植。

多好的愿望！

薄薄的阳光洒落下来，飞鸟轻盈地从天空飞过，是的，它的翅膀一定触到了那两棵开花的树，一定听到了它们低语。也许，还悄悄地在树梢上筑了一个温暖的巢！

钻石爱情

年少时看言情小说，文中总有深情感人的一刻，有型有款的男人叫他心爱的女人闭上眼，说要给她一份惊喜。等她睁开眼，看到男人干净温暖的手心上放着一个精致的首饰盒。一枚熠熠生辉的钻戒，或宝石蓝，或银白，或紫红，静静地躺在酒红色的绒布上。而女人总是惊喜地叫出声，娇媚之下纤纤玉手掩住樱桃小口，以遮掩幸福的灿烂绽放。然后，也许是情之所至，喜之所至，“啪”地往男人脸上重重一吻。男人摸摸温热的口红印迹，幸福地笑着。再夸张点儿，男人把女人拦腰一抱，转圈，深情凝望，真真是要到地老天荒啊。爱情就这么轻而易举被一枚沉甸甸的钻戒套住，从此尘埃落定。你是我的，以后就要像这钻戒一样，不可和人分享，爱情也坚如磐石。女人往往痴情，就没肝没肺地一头扎进去。可见钻戒的魅力无可抵挡！

每每看到此，我会笑，再老套的故事情节，纵使年代久远，纵使起鸡皮疙瘩，也忍不住对钻戒想入非非。就像亦舒小说里喜宝说的话：“如果没有爱，很多钱也是好的。”虽然世俗了些，但也合情合理。俗话说：贫贱夫妻百事哀。这一哀还有什么爱情可言呢？所以不吵不闹，相依过日子的，大凡是从未想过钻石模样的草根女子。

小女子的情怀虽是可笑，可是君不见漫天的广告也在诱导我们。月光如水的夜晚，一位美丽高贵、身材曼妙的女人在花园漫步，有一些娇媚的慵懒，真是勾人心魂。一轮嫩黄的圆月清辉四溢，美人、明月、花园、泳池，一切恰到好处。女人望着月亮柔声感慨：多美呀！镜头适时推出身边的男人，他深情款款地问：喜欢吗？喜欢我就摘下来给你。说完，跳进明月倒影的游泳池。水面上的月亮碎成涟漪，男人从水里钻出来，举着手深情款款，一件银白的首饰在月光下熠熠生辉，那是他要送给女人的一枚钻戒。女人惊喜万分，一个连月亮都肯为你去摘的男人，况且身价不菲，还有什么好犹豫的？随之一跃，两人衣衫尽湿，含情脉脉，深情相拥。广告语适时而出：钻石恒久远，一颗永流传。好！人间最动情的爱情有了圆满的结局，从此公主和王子过上了幸福的生活。这镜头煽情得厉害，逼得男人拼了命去赚钱，有钱就有自己想要的，字面上恶俗到极点，现实却不是。至于那钻石相送之后的故事，谁知道呢？凡人如我，那是遥远的，和我们没有一丝的瓜葛。倒是那钻石，成了爱情的道具，成了至爱的标志。

你爱我吗？爱！像钻石一样坚固！你会变心吗？不会！像钻石一样恒久……多美的誓言！谁说的要什么“山无棱，天地合，乃敢与君绝”那样缥缈的誓言。一颗钻戒就够了，至少这样的爱情来得纯粹，那深情的一刻也如钻戒，是真实的。至于天长地久，那是遥远的，人生如蜉蝣，谁也不会去想太多。

如此，凡人还谈什么爱情？一颗钻戒岂是凡人能买得起的？所以，凡人要的是婚姻，是相濡以沫，是举案齐眉，是执子之手。钻石的爱情固然璀璨华丽，坚如磐石，但那是有钱人的。有钱人也要过世俗的日子，爱情放到生活里，也会被蒙尘的。所以，如果你准备嫁个有钱人，要有足够的心理准备，因为他可以买很多钻戒。

而想要真的钻石爱情，那一起相扶持走过五十年的岁月吧！

第三道茶

春天来的时候，父亲在园子里种了两株苦丁茶。嫩绿的苗儿怯生生地舒展着。园子呈椭圆形，四周是爬满青藤的木栅栏。白色的蝴蝶时常在上面飞舞，阳光洒在苦丁茶上，泛着葱绿的柔光，似乎闻得到清淡的茶香。

随着季节变换，苦丁茶渐渐地长高了，枝叶茂盛，大片的叶子是椭圆的，郁葱葱的，像一首首唐朝走来的古典小令。伸手一摸，薄厚有致的叶面，光滑如玉。脉络清晰的纹路，看得见苦丁茶的心径。清风徐来，茶叶婆娑，好似情人的呢喃软语。

最喜欢清晨的时候到茶园看看，被露水打湿的苦丁茶如刚沐浴的少女，清新光洁，雅致娇嫩，在薄薄的微亮中如梦似的酣睡。那时，遥远的山脉是黛色的，一些脆亮的鸟鸣由竹林飘来，小小的茶园，仿佛是着墨不多的中国画。呼一口清凉的空气，是微醺的陶醉。

摘苦丁茶了，拿起竹篮到园子里，一片一片的茶叶从手中滑落，似蝴蝶轻舞，仿佛在写一首惬意的小诗。那时，已是盛夏，疏影之间，是摘茶的快乐。然后用清水洗净，晒干，再切成大小一致的细片，收藏在青瓷的瓶中。

而喝苦丁茶，更是一种享受。夜阑人静，皓月当空，干净轻柔的月光之下，泡一杯苦丁茶，看茶叶在温水中慢慢舒展，上下浮沉，一点点地浸着，淡淡的茶色漫开来。然后轻轻地喝一小口，微苦，之后是淡淡的甘甜，最后是意犹未尽的感觉，忍不住又开始喝第二口。如此反复，一天浮躁的心早已在茶的轻抚中慢慢平静下来，阿拉伯人喝的第三道茶：淡若微风，便是如此了。而班得瑞空旷轻灵的音乐适时而起，茶已不再是茶，是一首旋律轻扬、平滑如诗的音乐了。

想起林语堂，他喝茶喝到，把茶比喻成佳人的境界。他道："严格地说起来，茶在第一泡时为最妙。第一泡譬如一个十二三岁的幼女，第二泡为年龄恰当的十六岁女郎，而第三泡则已是少妇了。"此言真是绝妙！而曹雪芹，在《红楼梦》里，对茶也情有独钟。第四十一回，写到妙玉请黛玉、宝钗、宝玉品茶，妙玉"岂不闻一杯为品，二杯即是解渴的蠢物，三杯就是饮牛饮骡的了"。妙玉的喝茶之道，岂是我们这些俗人能及？

春天在途中

最幸福的事，一路闻着不同的花香来上班。粉红的杜鹃，酱红的刺球花，橘红的炮仗花，淡黄的迎春花，酒红的山茶花，紫红的桃花……开满了我行走的路上，想到自己曾写给一位朋友的诗：我请求春天/开满鲜花给你/春天说/那些花啊/都开在你行走的途中。原来，春天不用请求，就把心愿了结。只是很多人没有察觉，只是很多人没有驻足感受。在路口的转角，长着一棵桂花树，淡黄色的花骨朵开得密密匝匝，花香四溢，我忍不住伏下身，闭起眼睛，深呼吸再深呼吸。

走在办公大楼安静光洁的过道，步履轻快。每天，我都在心里说，美好的一天又开始了。办公室桌前的那盆绿萝和仙人球在静静地等着我，它们熟悉我的工作程序：打开电脑，喝水，浏览新闻，看报纸，开始工作。日光灯一直开着，我虽然惧怕这种光，但不得不接受。我知道它会抑制我的褪黑素，让我在阳光下怯光，这些光让我养过的一盆小天使夭折。后来买来仙人球和绿萝，我知道它们具有旺盛坚强的生命力。这正是我需要的!

长久以来，我一直缺乏这种坚强。而我深切地知道，坚持和等待的过程是多么难熬，不肯妥协的心一直起起落落。我想起在小城的生活，那些简单而茫然的生活，出门就可以看得见巍巍的青山，而我多么渴望像鸟一样向往广阔的天空。

我曾写过一首叫《钉子》的诗歌，描述的就是这种生活的某种状态，诗中写道：我试图转动钉子的方向/试图让它向着天空和大地/向着松树林和一只鸟的鸣唱/钉子沉默寡言/它已习惯语言的缺失/习惯被敲打被移来移去/我们彼此习惯/它知道/我不是这颗钉子，就是另一颗钉子/钉子的命运就是钉子本身。

很长时间了，诗中描写的松林一直是我想象的一种自然景观，山风，松林，松针，松果，溪水……成了我营造的一个世界，成了慰藉生活的一个出口。

每工作一小时，我会到过道休息一会儿，望着贺州广场葱绿的树。更远些，是宽阔的贺州大道。大道两旁种着我喜欢的紫荆花，这些在我童年里就盛开的花，总是让我心生想念，总会想起小城的南塘边，塘边的紫荆树，飘向水面的紫荆花，那时，我们管这种花叫蝴蝶花，因为它的形状类似蝴蝶。再远些，是彩虹桥。记得有一次，我和一位来贺州办案的律师朋友吃饭散步回来，两人走在桥上，走在那些花下，月光清朗透亮，朋友在月光下唱着《在那银色的月光》，声音低沉浑厚，然后在转弯的大道我们挥手告别，各自天涯。有时想，世间的一切都是讲缘的，人生的际遇就是这样，该聚的时候聚，该散的时候散，不悲不喜，心灵平静，尤其像我这样生性散淡的人。

下了班，到饭堂吃饭。仿佛回到学生时代，大家拿着托盘排队打菜打饭。我喜欢选一个靠窗的位置，那时，阳光会透过玻璃大窗照进来，有时刚好照在米饭上。想起潘向黎的《白水青菜》里那个知道尊重好米的女子，无论生活对她如何不堪，她都会优雅从容地面对。

那时，会有鸟儿，在饭堂的桌凳上嬉戏，逗留，飞起又停落，有时看着，忍不住会笑，这样的和谐共处，真真是好。有一次吃饭时，一位朋友发来短信，他把我刚发表的《岁月静好》里的一段关于羊辣这种植物引申的爱情的原文发来，他说字字句句，有切肤之感。我告诉他我正在就着阳光下饭，他惊奇地答：能够闻到阳光味道的人不多，能够就着阳光下饭的更少。我欣喜他的懂得，一个长年从政的人，有这样的感受已很少了。

在我就着阳光吃饭时，窗外的花园里，蝴蝶飞啊飞，那些翅膀划过的声音，带着嫩芽拔节的快乐。我闭起眼睛，米饭的清香、风的清香、记忆的清香、阳光的清香扑面而来。呵，春天一直在途中啊。

老粉丝

粉丝是英语 Fans 的意思，泛指崇拜者。粉丝，充满韧性的，象征持久的热爱和崇拜，内心是干净透明的，只是不得已被狂热密密匝匝地晕了头，有些过人的举动是可以谅解的，至于我喜欢我爱，那是我的事。瞧！多率性多可爱！

我没有深究过这个词的含义，我也不是谁谁的粉丝，年轻的时候有过一段时间喜欢看周润发和张国荣的电影，如今一个老了，一个走了。或许我这种年纪很难再喜欢什么了，所以一直以来我是冷静的，理性的，循规蹈矩的，不为外物所动，心如止水的。日子于我，都是相同的，我陷入了一种情绪的低谷，甚至春天的到来也不能缓解这种茫然。我在编辑《游人日志》时写道：像吹过的风，落落的，没有方向。

直到昨晚，我看《同一首歌·走进维多利亚港》，我看到了另一种生活的场面，那是让人热血沸腾，激情澎湃的，它真实地呈现了人的本性，它来自三位可爱的老粉丝。

其实整场演唱会是很闷的，也许是主持人李霞和程前太中规中矩，没有把观众的热情激发调动起来。或许这场演唱会本该由梁永斌和阿宝或柯蓝来主持，那样万人欢呼的气氛才切合维多利亚港的华丽和大气。直到演唱会的最后，黎明上场了，我看到观众高喊着黎明的名字，挥舞着荧光棒，摆动写着黎明名字的牌子，我想一场粉丝的风暴就要来了。

果不其然，音乐刚响起来了，全场的观众就沸腾起来了，随着节奏不停地晃动着身体，好像碰着高压线了。《全日爱》是一首节奏欢快动感十足的快歌，黎明黑衣白裤，一副休闲随意的着装，他开始唱了，没有扭动也没有激动，他是平静的，温和的，他有很好的自控力，这就是他的魅力了。而场下，观众已经进入一种白热化的程度了，他们摇动荧光棒忘乎所以地跟着黎明唱，好像被注入了兴奋剂，无法停止下来。

镜头不时地对着一位一头银发的老婆婆，她有七十多岁了，瘪着嘴，穿着一件紫色的外套，斜挎着一只背包。她和年轻人一样站着，双手举着荧光棒左右摇摆，身子不停地随着节奏晃动，丝毫没有一点儿暮气，她笑着，皱纹叠起，像树皮一样。如果不是有栏杆隔着，我想她一定会冲上去拥抱黎明的。然后镜头又切换到另一边，两位穿着红色衣服的老公公和老婆婆地狂热也让人忍俊不禁。他们夹在一群年轻人中，身体晃动的幅度更大，情绪激昂，唱着喊着晃着笑着，整个演唱会到了沸点。

我也被这种激情感染着，站起来，跟着音乐晃动，内心清澈澄明。原来快乐就这么简单，偶尔放纵自己，体会不同的感觉，打破既定的常规，享受当下的幸福，会感受到一种来自外界的力量，这种力量是可以让自己飞的。我很感激那三位老粉丝，真实率性，不受世俗的约束，懂得享受人生的美好。

人生的精彩，有时要像三位老粉丝一样，听从内心的召唤。

被茶浸润的生活

“绿树村边合，青山郭外斜”；“漠漠水田飞白鹭，阴阴夏木啭黄鹂”。古代诗歌里呈现的意境，在我的家乡昭平得到了延伸，青山绿水、茶园叠翠、白鹭翱翔、田园安逸……自然而然便形成了一种独特的风雅：碧水青山品绿茶。这种骨子里的闲适、淡然和优雅，是与生俱来的，得益于山水的灵性。所以小城像一块翡翠的玉，清新温婉，隽秀纯净，闪动着静美的光泽。

这种静美，是小城的本色，一如班得瑞的音乐，天籁一样空灵，如行板一样的舒缓和从容。小城四面是连绵起伏的群山，大山的毓秀、丰沃和灵气孕育了味道醇香，茶色独特的名茶。比如“凝香翠茗”“将军峰银杉”，仅是听着就觉口齿生津。大大小小的茶园成了小城不可不看的一道风景。因此，小城有了“茶乡”的美称。

连绵起伏的群山之下，是大片大片葱绿的茶园，层层叠叠地沿山而上，清新秀气。置身其中，仿佛坠入了绿色的海洋，呼吸里是让人陶然的清香，真怕自己会醉了。山风拂来，茶叶婆娑摇曳，挽一只篮子，穿行在茶园之中，双手灵巧地摘着嫩嫩的茶叶，放一片在嘴里咀嚼，齿颊留香。含在嘴里，吹一吹，虽不成曲，但也其乐无穷，或者采到极兴处，放歌茶园，真正的乐不思蜀了。当年陶渊明采菊南山下，采的是一种心境。而今家乡的人采茶群山下，采的是心境之外的幸福，那种“采茶归来香满袖”的喜悦，更多地诠释了茶乡的独特。

茶，在时光的长河里，永远是和高雅、品位、宁静、禅机联系在一起的。小城得天独厚的生态资源，让这一品性得到了极致的舒展。在小城的街上漫步，空气里若有若无带着着酣醇的茶香，浸润着每一丝呼吸，这便是小城独特的味道了，也因此，小城人们的生活也是波澜不惊，慢悠悠的。如果“而无车马喧”，还真的以为自己是在尘世之外了。小城虽小，却有着风格典雅的各式茶庄，茶文化的古典韵致，在小城是不露声色而又活生色香的，这种内敛和平静，只有经常被茶滋润才得以修炼到家的，恰似小城人民的性格。

“不在茶庄，就是在去茶庄的路上。”说的是小城喝茶人的一种雅兴。氤氲的茶庄，往往是和淡雅相关的。在那里，浮躁的心安然地随着舒展的茶叶缓缓沉淀，喝茶喝到这个份上，就是茶禅一味了，这是喝茶的最高境界。比起成都茶馆的大气豪迈、金戈铁马般的喧哗，小城的茶庄更多的沉积着文化的底蕴，有着唐诗宋词的婉约，也就明白了为什么不叫茶馆而叫茶庄了。

在小城，听得最多的是：今晚有空吗？去喝茶吧。其实也不纯粹地喝茶，更多的是享受那种氛围和意境。孤独的人不再孤独，陌生的人不再陌生，疏离的人日益亲近……或者三五好友聚在家里，摆上茶具，一边热水，一边泡茶。把茶话桑麻，其乐融融，温馨无比，一杯茶将距离拉近了，茶逢知己千杯少啊。而一个人泡一杯清茶独自享受，那是常有的事，喝茶成了小城人们日常生活的一部分。小城，因了茶的存在，而有了别样的风情。

想起赵灵敏说的，“一个城市，它最迷人的地方，恐怕不是外在的建筑，而是弥漫于城市中的文化气息和特有的生活方式”。小城的迷人之处，或许就是因了茶的盛名和茶的熏陶，而呈现的一种古典的诗意吧。

黄姚风雅

潜入梦里的几声清脆鸟鸣，唤醒了那如诗如画的梦境家园——黄姚古镇。犬牙交错的山峰如翠屏峙立，使四面环绕的山野像一幅着墨不多的水墨画。色彩或浓或淡，笔触或轻或重，不染一丝的尘埃。一条明丽、澄静而深情的小河，在春日的阳光下荡着碎碎的金辉，应和着清流声响不停地闪烁，晃动着周围的山峰、树林，还有那房舍，那亭阁，那小桥，那天空中掠过的清脆的鸟叫声，和镇上偶尔传来的高亢的鸡鸣……一派梦幻迷离的仙境景象。青砖黛瓦的一大片古老建筑，散发出青灰色的气息，像炊烟，又像雾气，有大自然的清风，有源于时间深处、岁月之外的静美，显得凝重而苍老。

这座建于明万历年间的南国小镇，就是这样神话般地徜徉在这秀气、挺拔的旮旯深处，深藏不露，平中见奇，历来为文人雅士所青睐。

古镇最有特色的石板街，坚实、平滑而厚重，泛着青灰色的光泽。这些青石板铺砌的小街，全长约三华里，八条小巷绕着一条主街，显得密密麻麻，弯弯曲曲，重重叠叠。那十字形、丁字形、凹字形的街井，宛若一座迷宫。据说，街道是按九宫八卦阵式布局的，有许多玄妙莫测的机理。走在这些石板街上，看着街旁那些仍保持着原貌的明清建筑，你会感觉这座古镇昔日那片繁华的喧嚣，和一种被文化堆砌的迷人意象。

在这条平常的小街，一条天然的石鲤鱼盘道而生，呵护着古镇数百年的旅程，如今依然活灵活现，成了古镇一道曼妙的风景。然而时光的飞逝，石鲤鱼该见证过多少的历史沧桑和辉煌，又蕴藏着多少的情思和梦想？我们叩问历史，古镇的先辈究竟是从哪里走来，如今魂归何处，莫非黄姚古镇的造化真的是由黄姚两个姓氏的先贤的感悟？

其实在这座拥有十座古祠的小镇上，已找不到黄氏和姚氏的宗祠了。而浸没在无边无际的诗意之中、包围在奇诡清丽的书法道场内的却是古氏、梁氏等各姓宗祠，这实在令人不解。或许，那消失了的，正是今天释放的光芒，照在古镇之外，照在天空之外，也照在时间之外。

黄姚的神秘奇诡，或许暗含了中国帝王的浩荡皇恩，浸润到古镇的文化领域。清光绪年间，梁家因出了个叫梁都的举人，时任广西迁江训导，官虽不大，但为人称道，说是父母教导有方。于是，父亲被赐封为修职佐郎，母亲被赐封为八品儒人。其黄姚住宅封为“郎官第”。皇上还特地降旨宣彰梁氏先祖以昭天下。于是有了那块满汉文对照的御匾，成了梁家世代的荣耀。古家因出了一个名叫古周的师爷，为人正直，作风刚正，被镇安县令授予“直道可风”的牌匾，如今悬挂在古家旧宅。古氏宗祠也因此而显赫，宗祠上的颜体门额，如此端庄严谨，气势恢宏，想必出自名家之手。

在这纵横交错的石板街，两旁的宅院古香古色，老式的中堂，老式的天井，老式的花坛……究竟有多少的生命悄无声息地在这青砖黛瓦、飞檐雕花的院落里延续。抚摸这斑驳的青砖，仿佛触摸到几千年来那些远古的气息，是一种平和，一种难言的沧桑。那雕着精美图案的房檐，依稀还看到一种华美，一种洗尽铅华的典雅。

是否古镇居民的家就隐藏在小街的任何地方？深色的两扇厚重、古朴的大木门，推开是一声透亮清脆的“吱呀”声，迈进去便穿越了时光的隧道，感觉呼吸里充溢着潮湿绵厚的历史氛围。关上门便是一户有欢乐有忧伤的人家。木门有一副巨重的铁门环，在世世代代众多的时光的打磨下，显得锃亮而明净。只要把指头搭在门环上，便可感受到家的重量抑或将叩打门环的动作成千上万次重复，才能使大木门印上一丝宁静。无论门里门外的人，都在这份宁静中打发着一个个祥和的日子。

置身于这古风犹存的院落，温暖的阳光斜进来，展现在眼前的是墙上檐下褪了色的彩画，而画中那些活灵活现的笔触，细腻地透露了曾经鲜活的生活气息。仿佛那袅袅升向天空的炊烟，是那些灵性的呼吸。它从整体到局部的色彩运用，淡化了时空的沉闷。郭家大院更显出这种建筑风格的智慧。院落两旁各有一个圆形的拱门，造型简洁美观，赏心悦目。右边的拱门还有灵巧的机关，门头安有木制的插锁，设计得天衣无缝，又巧妙独到。正屋的廊前高远空阔，仰望檐角伸出的那一方蔚蓝的天空，仿佛把人的思绪和情感带去另一个时空，去抖落一袭洒满阳光的尘埃。

清风徐来，空气里夹着淡淡的花香。来到东门楼，才知道这是至关重要的寨门。当时为了防御外敌，在要隘处设置几十处这样的门楼。一拉闸，古镇就是一座密封的城堡了。留在镇外的人，便守望着这副令人回肠荡气的对联："川达三江直绕过珠海姚溪雄吞西域，楼成五凤特耸出螺峰文峡关键东门。"原来，黄姚作为明清时期一个繁华的商业中心，是湘西、桂东出海通衢的一个名镇，而东门楼也被称为京城的五凤楼。一座小小的古镇，印证了一段曾经辉煌的历史。

如果说那古朴典雅的明清建筑，平滑光洁的石板街是黄姚古镇的灵魂，那么蜿蜒环绕镇内的姚江、小珠江、兴宁河则是古镇的生命之源。那清澈见底、青黛如玉的碧水，看得见幽绿的水草在河床轻轻蔓动。偶有鱼儿跳跃水中，倒映在水中的绿树、翠竹，是满眼的清爽。就在这清清的小河旁，有一口古井，叫仙人井。传说农历七月七日那天，七位仙女下凡到此，被美丽的黄姚吸引了，她们在井边嬉戏，渴了就喝这口井的水，竟似琼浆玉液般酣畅。人们用这井水制作豆豉，色泽匀称，饱满圆滑，味道浓香，黄姚豆豉从此出了名，而且成了清代的贡品。

和许多古镇一样，黄姚也有九座小桥，每一座桥都可以通向各自要去的地方。令人赞叹的不仅是桥与街的连接，更是桥与心的契合。有水必有桥，有桥必有亭，有亭必有联，有联必有匾。那小桥流水，那诗赋楹联，那书画牌匾，无不体现了天人合一的完美结合，充满着文采风流的书香气息，同时也折射了黄姚人世代崇尚诗书礼乐的文化传统。

漫步在古老的桥头亭外，轻声吟诵这些文人留下的心迹，仿佛在眼前出现了一幅盛世之景，那长袖轻舞、羽扇纶巾、笑语喧哗的场面，早已在黄姚人心中筑起了另外一座无形的桥。它沟通了人与人的心灵，连接了一代接一代的心境距离。桥，才有安如磐石的今天；人，才有安宁祥和的心境。

“别有洞天藏世界，更无胜地赛仙山。”悬挂在兴宁庙前的这副具有禅学意味的对联，见证着的正是一个从容、闲适而与世无争的心灵世界。庙正中悬挂着一块“且坐喫茶”的牌匾，已被收入了中华名匾。匾语道出了古镇人的儒雅风范。每当明月高照，清风徐来，古镇的文人雅士凭栏而坐，饮茶当歌，能不心旷神怡！岁月匆忙，有多少往事已被风风雨雨剥蚀殆尽，为什么“且坐喫茶”的文明之风，依然兴致不减呢？这十分耐人寻味，待人破译。

走出石板街，眼前是一棵棵散落在古镇四周的高大葱郁的古榕，一处处蘑菇形的树冠在高于房屋的地方葱茏着，点缀着古镇鲜活的生命。在河湾的一片石林区，一棵只有碗口粗的榕树挺立在竹笋般的石柱上，枝叶青翠欲滴，当地人称它为“千年古榕”，说是专家考证过的。人们疑惑不解，却不得不叹为观止。而那些怪石嶙峋的岩石，卧在江边，和古榕相依相靠，看着竟让人思绪万千。

沿着悠长的石板街走出，迎面直立着一座古戏台。这戏台建于明万历年初，是广西保存最好且最具建筑特色的一座古戏台。据说台底的四个角落放置了大水缸，所以在台上唱戏，声音绕梁悦耳，清亮透明，影响效果出奇的好。戏台两旁的对联写道：“锣鼓喧天管弦悦耳共奏升平乐，霓裳漫舞羽曲高歌齐呼可以兴。”作为帝制时代古镇情调的产物，这座古戏台确实令后人吃惊。它的娱乐品位，见证着前人的精神家园。数百年来，古镇或许面对过多少风风雨雨，却始终没有停止过寻求民族复兴的思考。抗日战争时期，一大批文化先贤，如何香凝、欧阳予倩、高士其、梁漱溟等，他们越过时空在这里相聚，多少智慧的言词闪烁着夺目的光彩。千家驹、张锡昌、徐寅初等人在这里参加了中国民主同盟，创办了《广西日报》（昭平版），创作演出了一批戏剧作品，还创办了黄姚中学。广西艺术馆还在这里开办了妇女识字班。他们在广西工委的领导下，传播着先进文化。

如今，走在黄姚的任何一个角落，都被一种无法言喻的文化气息包围着，沁入心底，于是感受到了文化长河的波涛正穿越时空滔滔而来。

（注：此文为电视散文，与贺州市文联主席邱有源合写）

在那遥远的地方

西北于我，陌生而遥远，但又被那里的西域风情所迷，戈壁、沙漠、草原、牛羊、湖泊……它们在我心里就是一首首诗。秋天的时候，开始西北的行走，走的是丝绸之路，从旧时的长安到玉门关，再往返，跨越了五省。内心满是期待和向往。陌生的地方都是美的。

西安

飞机在陕西咸阳机场停落，前往西安，到西安去看兵马俑和华清池。1998年我来过一次，时隔十三年，风景依旧，只是看的人却渐渐老了，有很多感触，一时情绪低落。十三年的光阴啊，就这么倏忽而过。那时和Ada来的，从北京坐火车到西安。那时真是年轻，清晨到达西安，一点儿倦意都没有，雀跃欢欣。而现在，懒懒的，看什么都很淡。记得写过《一日看尽长安花》，报社的编辑打电话给我，说读了很有感慨，无非是那句：雨声似“嘚嘚”的马蹄声，渐远渐近，渐近渐远，恍若旧时的长安，只是那些花啊，开了一茬又一茬。

那些花啊，开了一茬又一茬，此刻，它知道这个看花人的心境吗？她的茫然，她的不安，她的对生活的质疑，那些没来由的忧伤……

在华清池看着长生殿，李隆基和杨玉环盟誓的地方，那句“在天愿做比翼鸟，在地愿为连理枝”的诗，穿越时空，仍是后人的爱情誓言。除了文字，有什么是永恒的呢？

敦煌

清晨的火车，前往敦煌，二十二个小时，途经宝鸡、兰州、武威、嘉峪关、张掖、瓜州。到敦煌时天亮了，下车就去莫高窟、鸣沙山、月牙泉。一路是茫茫的戈壁滩，这些镜头，无数次在电影里见过，如今，当它们呈现在我眼前时，我有了一种审美疲劳。所谓茫茫，真是一望无际啊，偶见一些骆驼草在风中摇曳，孤独而苍凉。想起看过的话剧《补天》，那呼啸的风，风卷起的黄土，就在这恶劣的环境里，一群年轻的女战士来到了那片戈壁滩，这是一个生产兵团，她们的到来，给生产兵团增加了生气。而有些女兵受不了这恶劣的天气，要离开。话剧就在这产生了戏剧矛盾。之所以记得，除了剧情感人，还有，就是那茫茫的戈壁滩。

最喜秋天的敦煌，颜色是金色的。盘妙彬写过一句诗：尔后去往暮晚，那金色为世人所热爱。我愿意想象就是这种温暖的金色。

玉门关，是丝绸之路通往西域北道的咽喉要隘，因西域输入玉石取道于此而得名，当年，张骞就从玉门关出使西域的。当然，最重要的，还是因了王之涣《凉州词》里的那句“春风不度玉门关”为人所悉。由此，我对玉门关充满了向往。然而到了玉门关，看见的，不过是一个黄土堆，寂寥地坐落在茫茫的戈壁中，在风沙和阳光下，它静默无语。从繁华到寂寥，世间的常态，哪一样不是这样呢？虽然玉门关和我想象的相去甚远，但我仍是欢喜，于玉门关，因有这句诗词做底蕴，沧桑和荒凉也是诗意的。

黄昏的时候，在敦煌散步，从没见过这么安静干净的城市，如果不是因为那茫茫的戈壁让我心生绵延的空旷、辽远和无望，敦煌，该是一个值得停留的城市。

兰州

兰州，是一座你来了不愿走的城市，是一座你走了还眷恋的城市。如此美誉，当然向往。然而到了兰州，其实不然，许是停留的时间太短，没有好好去感受，许是灰蒙蒙的天气，看的风景也是灰蒙蒙的，没了生气和喜悦。但凡这样，才有想再次来的愿望。

去吃了兰州拉面，才知道，正宗的兰州拉面就叫兰州面而不是拉面，味道很好，令人回味不已。觉得生活在这座城市，有这样的美食，真是幸福。那天走在黄河第一桥，我一个人落在后面，风很大，穿了棉衣，戴了帽子，阳光穿破灰蒙蒙的雾霭，洒下来，有了一点儿暖意。我伏在栏杆，看着黄河在桥底安静地流淌着，远处的清真寺在放着一首歌，不知是什么歌，淡淡的，有点游离，像呓语一样。

我的情绪一直低落。在敦煌的那个清晨，接到老家的电话，说六叔去世了。我很惊讶，四个月前，六婶去世，我们回去，他的身体还很好的。听老家的人说，六叔的病其实不是什么大病，只是延误了。那个晚上，他觉得累，就去睡了，结果就永远睡着了。我无法言说这种心情。我记得回老家安葬奶奶时，他走在我们后面，说起他英年早逝的女儿，还感叹，说，那是命啊。

不是命又能是什么呢?

西宁

西宁，于我是陌生的。在那个像兔子的版图上，它是被我忽略的。但因为青海湖，它被附带着记住了。西宁，也是灰蒙蒙的。去了青海湖，这梦里都想去的地方，吸引我的不仅是它的湖水、草原、牛羊、蓝天、白云，还因为仓央嘉措从西藏被押解到京城，就是在青海湖附近病逝的。之中的一个版本说是在一个寺庙被他的僧徒解救了，隐姓埋名在内蒙古安居到老。我喜欢这个结局。

梦幻一般的青海湖，深蓝的湖水，湛蓝的天色，像一颗巨大的翡翠镶嵌在高山、草原之间，美得惊心。谁说的，高原上的湖泊，是上帝的一滴眼泪，如此诗意，也是切合的。湖边是广袤的草原，牛羊成群，远远看去，像移动的云朵。真是感叹大自然的奇迹。

去了塔尔寺，看见很多藏族的信徒在叩长头，三步一叩，要叩十万次，不知是什么概念，为他们的虔诚和朝圣的心而敬意油然而生。想起仓央嘉措写的：那一年，叩长头匍匐在山路，不为觐见，只为贴着你的温暖。只为贴着你的温暖，单单是这句，就让人感动不已。

原说要去金银滩草原的，但那边在修路，且这个时候草已经黄了，听说也没什么看的。不过是因为王洛宾在那儿拍电影《祖国万岁》时，和卓玛相遇，写下了《在那遥远的地方》而向往。但最终他们的情感也没有美好的结局。倒是后来的三毛千里迢迢奔赴王洛宾，结果也还是失望而归，爱情到底不是自己想象的。

这样的时光

火星蹿上天空，燃烧，熄灭，降落……这是一个瑶族风情篝火晚会，我用披肩裹着头，坐在一旁静静地看着，热闹于我视心情而定，比如现在，我喜欢把自己裹住，和外界保持距离。其实不然，之前的阳光下，我舞动着披肩，在田野里快乐地奔跑，大声地唱歌，大声地叫着同行朋友的名字，大声地欢呼着群山河流。而此刻，我那么安静，怎么会有小小的感伤呢？这没来由的情绪，我习惯它的悄然到来和悄然离去。

之前，我们走了很远的路，去黄洞瑶族乡的深山，参加一个瑶族的婚礼。其实，我不喜这种热闹的喜庆场景，在我的出生地仙回瑶族乡，我曾看过，就像童话里写的，王子和公主从此过上了幸福的生活。幸福不在一些表象，在各自的感受。但此刻，我愿意为他们的婚礼，走上这漫长的山路，只因为，我想要呼吸那山野的空气。新娘很美，很年轻，她笑靥如花，盛装而出，在众多摄友面前，有着明星般的从容和淡定。我暗自纳闷，想来，这是幸福使然吧。婚姻是新的投胎，她是否知道？噢，不知道的好，懵懂一点儿的生活也许才幸福。看得那么透彻，有什么好呢？终究会失去些什么的。

喜庆的唢呐停了，热闹的鞭炮也停了，满地的红色鞭炮碎片在阳光下很刺眼。我坐在篱笆旁，看着那些碎片出神，想起很多很多年前的冬天，我还在学校教书，一个很阳光的大男孩在路上递给我一张纸，那是他摘抄下来的一段短文，吴淡如的《懂得太多，所以怕疼》。文中说，关于爱情，我以为，你什么都不懂，后来才明白，原来是懂得太多了，所以怕痛。我的爱情三段论是这样的：情窦初开的时候，总以为一生一世只爱一回是最崇高贞洁的信念；渐渐修正“只真爱一回”的时候，在爱情的路上早由全然青涩走向半生不熟；直到承认过往恋情是一次又一次的实验，只为寻找最适合厮守终身的人，那便深深入定了……文中最后说种种光华灿烂的恋爱激情如烟花焰火齐放后，有满地不复美丽的碎屑待收拾，总不可能天天都是过节的日子。

我把文章读了又读，语意很深很美，但我不知道他要表达什么。也一直没问，后来我们渐行渐远，没有了消息，其实要想联系，还是可以的。但是，我知道，其实有些事并无什么意思的，不过是一种情绪的分享。在那青春飞扬的一刻，他想起你，适合分享这样的情绪，如此而已。呵，我虽然晚熟，但是我的清冷，让我总是不问所以，这样不是很好吗？就像此刻，那满地的红色碎片，不过是碎片罢了啊。

我裹着披肩，懒懒地靠在篱笆旁晒太阳。院子里，这厢有人在卖东西，那厢新娘在入洞房，酒席一桌一桌铺开，人声喧哗。我在热闹中，竟然心静如水。

篝火渐渐熄去，我站起来随着音乐轻轻晃着。车来了，转身望去，看着刚还聚在一起的朋友各自离去，我已没了感伤。我知道，这样的分别，是人生的常态。还是，离别的不是自己的好朋友，也不是天涯？

相见堪比想念

接到文化厅艺术处的电话，说我创作的大型舞剧《瑶妃》获得了第八届广西剧展大型剧目展演单项奖——桂花剧作奖，要去南宁参加颁奖晚会。而剧目是否获奖，一点儿消息也没有。我在忐忑中来到南宁剧场，七点多时，《广西日报》副刊部的记者湘萍打电话给我，说要采访我，并且告诉我大型舞剧《瑶妃》获剧目桂花金奖，让我开心不已。

湘萍，我们俩神交已久，之前，她经常向我约稿，给一些命题作文让我写，在她的压力下，我也写了好多散文。但我们一直没有见过面，听说她长得很漂亮，像周迅，一直神往。之后在黄姚和三江的笔会，我们都错过没有见面。我们相约在剧场见，她打电话给我，看能不能认出彼此。

电话响时，我站起来环顾四周，剧场人很多，因为是颁奖晚会，之后还有大型音诗画剧《铜鼓》献演，我又近视，环顾了一周，未见，正黯然。这时一个身材姣好的女孩奔过来，穿着深色的短款风衣，皮肤白嫩，五官精致，果真像周迅，但比周迅还美，还有韵味。我就知道是湘萍了，她也认出了我，我用橘色的披肩裹成一件衣服——没想到天气会那么冷。我们一见如故，仿佛常见面一样。她一坐下，就开始采访，因为她后面还有很多工作。我见识了她的干练。之前读过她的散文，文笔细腻唯美，我们的文风有些相似，所以，读来很亲切，也彼此惺惺相惜地赞美。想起露露说的，东西说的“伟大的友谊是从赞美开始的”。我想，不需要这样，我们也是那种即使不相见，也会在心里念叨的人。匆匆采访结束，她赶着去采访别的人，而颁奖晚会很快要开始了，我得去后台候场，因为剧作家是第一批颁奖。

父母和姐姐也赶来了，我匆匆带他们坐好，就直奔后台。我写这个剧，家人一直很关心。想起舞剧《瑶妃》演出时，父亲、母亲、哥哥、姐姐、弟弟、弟媳、四叔等都来观看。那天，我则早早就来到剧场了，虽然编剧的工作都做在前了，但我还是很紧张，舞剧是台综合的艺术，方方面面都要精密的合作，不能有一丝马虎，况且这次剧展有二十台大剧，要想获得金奖，竞争力很强，一点儿也不能掉以轻心。绿城玫瑰的代表秋林、潘茜等也来了，还有露露，这位温暖的朋友，带着她的女儿倍儿一起来观看。我和露露相识多年，她编辑了我很多散文。说来，我很感谢她，那时，她提出一些改稿的意见，让我改，而我总是慢慢的，她说，不急，我可以等。因为她的这句话，让我觉得，被一个人如此看重，是多么幸运，特别像我这种有自卑情结的人。认识多年，我们一直保持着编辑和作者的关系，淡淡的，我倒喜欢这种情感。前一天，我们到秋林家吃饭，我小心翼翼地告诉露露，我获得了单项奖桂花剧作奖。她笑着，你为什么要这么小心翼翼呢，真傻啊，还以为有什么事呢。是啊，我做什么都小心翼翼，是性格所致吗？还是，在环境的熏陶下，我已经改变了自己？

我匆忙赶到后台，已经开始点名站队了，我知道，主持人宣布完名单，就要上台去领奖了。我有些紧张，嘴里念着露露发来的短信：勤奋的孩子理应得到上帝奖赏的糖果。这样，心情平静了许多。当聚光灯打在我脸上，台下黑乎乎的，什么也看不到，这强烈的光，让我温暖，原来，人生的舞台上，你只要演好自己的戏，根本无需在乎台下的一切，因为，根本看不见观众的表情，那尽情演好自己的角色就是了。我循着父母坐的位置，朝他们微笑。这一刻，我能想象他们开心的样子。

下台，看见湘萍依旧在忙着采访，我们相视一笑。回来后，我给她发短信，告诉她我们见面的心情。她回，相见堪比想念。我会心一笑，是的，相见堪比想念。

月光之下

我有多久没在夜色里深呼吸，就有多久没看夜晚的天空。偶尔脑中会闪过一句不知哪位诗人写的诗：一年只抬一次头/因为今天是中秋。心里会有小小的感伤，但很快就稍纵即逝。

而我对夜色的喜爱，许是一个徐娘半老的悲哀，夜色掩饰了我的年龄，掩饰了一切真实的真相。如果还有一点儿浪漫的情怀，也许就是小王子说的那句台词：如果你仰望夜晚的星空，你会看到星星上开着的花。

这句话，我把它延伸到很多美丽的想象，但没有一种适合我。事实是，我行走在夜色中，步履疲惫，脸色茫然，低着头，心事重重。如果有人和我打招呼，我会长久地想不起他的名字。有时，我看着昏黄的灯光，觉得恍惚，不懂自己身在何方。显然这不符合我的年纪，这个时候，我该方向明确，内心清朗，那些曾经遮蔽心灵的尘埃应该一一被拂拭。

这忽然之间涌来的感慨，让我站在月光下恍惚了很久，我看着自己被拉长的影子，清瘦的，单薄的，在冬天的夜色中是如此陌生。我在看着自己的影子时，就听到“砰”的一声闷响，一阵刺耳的声音让我毛骨悚然，我循声望去，清冷的月光之下，两辆摩托相撞，一人横躺在地上，有人拿着电话在焦急地说着什么。我低下头，对于残酷的现实，我很像鸵鸟，我害怕看到一切死亡的场面，怕看到血、残断的肢体。生命如此脆弱，让我内心钝疼和悲伤。不仅是现实，包括电视电影，如果出现杀人或暴力的场面，我会低下头，或者断然转台。

我曾试着让自己变得勇敢，好朋友百合在医院实习时，我去看她，恰好她要去救治一起车祸的伤者，我央她带我一起去。于是，我穿上白大褂，戴上白色帽子，戴上口罩和眼镜，混在一群实习医生中，赶去急症室。这是一辆开往桂林的夜班车，也是冬天，也是一个有月亮的晚上，乘客在迷糊的梦中突然陷入一场意外的灾难。急诊室的走廊里气氛异常紧张，站的坐的蹲的，到处都是人，病房里医生正在为受伤的乘客处理伤口，因痛而忍不住的叫声，听得我心里难受。百合被叫到一个房间里协助医生帮病人缝合伤口，我正要去看，一位医生叫住我，我心跳如鹿，双腿好像灌了铅，医生冷静地说，帮我拿止血绑带。我走过去，看到一位年轻的小伙子，他的腿被夹得血肉模糊，血把纱布全都浸红了，我一阵反胃。医生说，快！我下意识地递给他一块止血纱布，两块，三块，血止住了。开始清洗病人脸上的伤口，打开纱布，一道深长的裂口，我看到翻出的肉，又一阵反胃，转身就逃，在医院的草地上呕起来。

事实上，我多么希望自己是坚强的，但骨子里的脆弱，是我无能为力的。关于这种残忍的场面，还看到一次，我多次想忘掉，但因为刻意，反倒深刻。那是在去广州的高速公路，Ada 开的车，我们要去亲戚家。他突然说：低下头。我愣了一会儿，下意识抬头望去，前面的高速公路上，躺着一个人，身上盖着一张薄膜的胶纸，胶纸被风掀起，我看到大片的血迹，心里“咯噔”一下，那种痛，让我猝不及防。Ada 专注地开着车，伸手过来，拍了一下我的肩：别怕，坐好，不要看。我感到鼻子酸酸的，他知道我内心的脆弱。他的知道，我一直心存感激。我无法和他诉说对生命的惶惑，但他懂得。

像今夜，我目睹一场车祸的发生，心里的悲伤，如这清冷的月光一样密匝。世事无常啊，生命那么脆弱，唯有珍惜，才不枉来世一遭。

桂山低语

清晨的婚纱

林，现在是清晨，我在大桂山上，这是广西的第一个国家森林公园，松风幽凉，满山葱郁，空气里是树木的清香。你一定在笑我，因为，你已经熟悉我每到一个喜欢的地方，那些像孩子一样欢喜的神情。

林，我要告诉你一件很奇妙的事。我看见草地上结满了白色的网，一张一张编织在青草之上，我从没见过这么壮观的景色，我是奔跑着过去的。想起里尔克《夏天的清晨》里的一句诗：蜘蛛正在纺织婚纱。是啦，我的第一感觉就认为蜘蛛纺织的是白色婚纱。正因为这带着幸福的导向，致使很多向往爱情的虫子奋不顾身地奔赴——爱情都是盲目的。而深陷落网，被蜘蛛甜蜜的唾液（我觉得是棉花糖）迷惑，谁又能说清虫子的心情？痛苦或是欢喜？因为不可知的情感带着新鲜的如未尝到的浆果滋味，总会让观望的跃跃欲试——在这一点，动物和人是相通的。

我蹲下来，仔细查看这些白色的网。真是奇怪啊，这些网不像是蜘蛛结的，因为蛛网是很清晰的。很多年前，我在一棵树下等车时，目睹了一只蜘蛛的结网过程。在另一种意义上蜘蛛应该是攀爬健将——这点，美国大片《蜘蛛侠》已经印证了。蜘蛛在织网时身手敏捷，从几个角固定好线的位置，然后像跳舞般拉线、收线，这种带着快乐的心情结出的网是完美的。因而，我能理解，所有为美而葬送的生命是心甘情愿的。

我的内心被这小小的发现感动着，竟是满满当当的欢喜。这是来大桂山一直都有的。我知道，对于这个充满灵气的地方，在我一下车，举目四望，看到满目绿色时，我就喜欢上了。人的感觉真是奇妙，我想，大自然也是讲究气场上的缘的。这和人在某个时间某个地点的相遇——不早不晚，其实是相似的。

那么，如果不是蜘蛛纺织的婚纱，那是什么呢？是什么，在一夜之间，就让整个草地都摇曳着这些白色的网？在金色的阳光中，我看到网上是蒙蒙的水雾，迷离的，透明的，薄似蝉翼。可是，露水怎么会有黏性？怎么会在青草之上让水雾凝结？这奇妙的自然景观，让我在清晨感觉日子的流逝，其实也是美好的——因为生活中常有一些意外的惊喜，让疲惫的日子有了光亮。

比如，那天，我去看一场瑶族舞蹈，里面有一个情节，女儿要出嫁了，盛装而出，在红色的绸缎拉织的山路之中，母亲和女儿在深情拥抱，母亲用手抚着女儿的脸庞，眼睛看着眼睛，那一刻很动情，我的眼角开始潮湿了。母亲低下头，在弄着女儿小腿上的一个珠链，反反复复，很深情，很留恋。我对这个动作百思不得其解，虽然自己也是瑶族的，但仍是没有悟出。舞蹈结束后，我到后台去询问，才得知，那是母亲在为女儿整理嫁妆。林，我之所以说这些，那是因为只有一个人的内心没有被世俗的尘埃所遮蔽，才能看到生活里细微的惊喜。

像现在，我在大桂山的草地上，在离你十多公里的山上，我向你描述的这些景物。我知道，你也一样惊讶，对于心灵相通的人，语言有时是可以静默的。我就这个景象问了大桂山的一位朋友，他说，蜘蛛勤奋织网莫若人类依靠婚纱献媚，由于露水凝结使蛛网黏性失效，却成为你眼中的风景。嗯，他的回答很有哲理又符合逻辑。由此，我再次相信我的直觉是对的，那就是这些清晨的白色婚纱确实是蜘蛛纺织的，而露水不过是来祝贺罢了。祝贺的，当然还有大桂山如水的夜色，薄薄的月光，星子洒落的一些梦呓，夏虫的呢喃……

夜蝉的歌声

林，我现在赤着脚坐在大桂山宾馆前的一张摇椅里，闭着眼睛轻轻地晃着。

在大桂山，内心安静美好。

我明白陶渊明为什么辞官隐居南山下了，对于一个没有物欲的人来说，山野是最好的精神归属地。多年后的今天，著名的作家韩少功秉承了陶渊明的悠然，回到他的老家过起了农耕的田园生活，在山水阡陌之间写下了《山南水北》的散文集。这种要归隐于田园山水间的梦想，也是我的。因此，当我跟同伴说起了理想的生活，就是有一条林荫小路，有块种花种菜的地，有一个湖，有一张摇椅，有很多时间……同伴对我的理想生活哈哈大笑，她说，等你拥有这样的生活，你就不是你了。

说得有道理，大桂山的一位朋友说，他为拥有而烦恼。我听了就笑，这么说来，上帝还是耳聪目明的。

那么，为我们拥有的而欢喜吧。

喏，现在，萤火虫一闪一闪在眼前飞过，我惊喜不已，这是很多年没看到的了。这么容易满足的事，竟要在大桂山才成全了这份久违的快乐。而我，这些年，疏忽了多少自己想要的？又容忍了多少自己不想要的？

在大桂山，我能感受一草一木的快乐和感伤。这真是莫名的。比如，看到树叶飘落，那过程，很短。我在那条小路来回地走着，数着飘下的落叶，一首英文歌就默默在心底回旋：落叶飘落，要责怪树的无情吗……

在山上看星星，特别亮，特别清，特别大，我看得出神。想起《小王子》里那个有些忧伤的小王子，他说："如果你爱上某个星球上的一朵花，那么，只要在夜晚仰望星空，就会觉得漫天的繁星就像一朵朵盛开的花……"那个小王子，我一直爱着他，你知道的。因此，我现在看到的也是满天盛开的花——幸福就是细微的满足。

在这些幸福的感觉之中，我听到了夏蝉的歌声。真是奇怪啊，蝉不是白天叫的吗？"知了知了……"蝉知道了什么？它们为什么昼夜不停地叫？此起彼伏，声声不息。我对这些夜蝉的歌声充满了好奇。你跟我说过，蝉一年四季都在叫，春蝉是"醒了醒了"，夏蝉是"热死了热死了，知道了知道了”，秋蝉是“服了服了”，冬蝉是“完了完了”。我听罢，哈哈大笑，对于蝉，我在科普读物上知道，蝉叫，不过是在寻找伴侣。蝉从树上到地下再到树上，要经过漫长的黑暗地下生活，短则三四年，长则十七年。它们从知了到蝉的蜕变过程，充满了艰辛和等待的煎熬，由此，它们在短暂的生命期限里不停地歌唱，不停地飞翔，不停地寻找爱情。

我明白蝉为什么老是唱“知了知了”了，它们是对自己生命的了悟。“知了知了”生命短暂啊，一切要珍惜啊，一切要快啊，所以它们昼夜歌唱，寻找幸福。这和荆棘鸟多么相似，明明知道那是荆棘，还要飞过去，不停地歌唱，直至血流而尽。对于这种鸟，荆棘就是它的归属地。蝉和荆棘鸟，能预知自己生命的终结，但不放弃歌唱，在某种意义上来说，它们是人类精神的领导者。因此，我常阻止那些试图捕捉蝉的小孩，他们用带着网兜的长竹子把蝉网下来，然后把蝉的翅膀折断，或者用手用力按着它的腹腔——蝉的发声器。直至蝉悄然躺在坚硬的地板。对于童年的一种乐趣，我想，蝉会宽恕他们。

夜深了，我还醒着。夜蝉仍然唱着动听的歌，声音高亢，一点儿也没有减弱。在万籁俱寂的大桂山，这样的歌声非常悦耳——爱的声音都是如此。

由此，失眠也是幸福的。

梦中的云栈湖

我喜欢云栈湖。

云在天上，悠然自得；栈在地上，古老神秘；湖在云和栈之间，是天堂的一滴眼泪。天堂的眼泪，你见过吗？那说的，自然不是人间的。幽静的山谷，木板铺就的小路，悠长蜿蜒，直上云霄——那是神经过的秘密之地。抑或是旗正飘飘，上有酒字昭然，这当然是在大桂山的客栈，“阴阴夏木啭黄鹂”的季节，出现在快意恩仇的江湖之中。这两者的想象，不着边际，但是不亦乐乎。

林，实际上，这是大桂山上的一个湖。记得我们看过的一部电影

《穿越时空的爱恋》，里面的故事背景就是一个白色的湖，湖上有一座玻璃小屋，这样背景展开的爱恋自然是唯美的。而生活正是缺乏这样唯美的爱情，所以湖作为道具，在电影里是时空的物证。

事实真如我的部分想象，沿着云栈幽谷而上，谷顶就是云栈湖。而现在，我在谷底的五马归槽瀑布。听贺州的一位资深驴友说，大桂山最具特色的藤蔓，就在这幽谷之中，因此，大桂山又称藤蔓王国。我对他的话深信不疑，因为，在路上，我已经看到了一些这样的藤蔓，还看到了传说中的板根树，这种稀奇的树木，因为没有主根，只有像薄板一样的根，因而独特。林，这些大自然的杰作，真是让人惊讶。而你知道，我对植物是如何的喜爱。一直觉得，我的前世是一株植物，这，并不仅仅是我的姓所带来的根性的喜爱。

我和仲玲落在了后面，我坐在一块石头上，闭着眼睛倾听大自然的声音，溪水的、鸟的、虫鸣的……万物有情绪，万物起伏，这是一位叫黄芳的诗人说的。真的啊，在这幽谷，我感受到了。

沿着云栈幽谷的木板栈道而上，栈道之下，是淙淙的溪水，溪旁山花烂漫，难怪古人言“溪花和禅意，相对亦忘言。”蕨类植物桫椤之下，隐藏着鳄蜥这样珍贵的动物。到谷顶，这就是云栈湖了。四周树木葱郁，宛若翡翠，层层叠叠的松风起伏，吹起了湖面的涟漪。湖水清澈澄净，该是湖蓝湖蓝的，上面有落叶漂浮，摇曳在金子般的阳光碎片之中。一位叫云的女子在湖边浣纱，白纱绿裙，她唱的该是“朝飞暮卷，云霞翠轩，雨丝风片烟波画船，锦屏人忒……”玉臂微抬，不时遥望云栈幽谷。悠长的栈道之上，该是那位叫栈的心上人，步履匆匆，他也在唱：“遍青山啼红了杜鹃，那荼蘼外，烟丝醉软……”这样的相见，不是在月上柳梢头，也不是在人约黄昏后，而是在阳光丛生的白天，真真是游湖惊梦了。

醒来，还在谷底，并未见湖，欢喜。那么，就以这样的方式和云栈湖相见吧，在梦里，在一段没有开始和结局的情节里。大抵，传说就是这样开始的。

没有人能取代记忆中的你

呼，呼呼呼，呼呼呼……

当熟悉轻快的音乐前奏响起，我迟钝无比的心刹那充满了活力，那是小虎队的《爱》。我知道，等待已久的霹雳虎、小帅虎、乖乖虎出场了。啊，三只亲爱的小虎从舞台缓缓升起，白色的衣裤，帅呆了。这个春晚最值得期待的，终于来了。和我一样期待的，还有很多人吧，我看见全场沸腾起来，观众随着音乐拍着掌，跟着唱。

阔别十九年了，再见面，当年的青涩、稚气、清新、阳光、奔放变成了帅气、成熟、稳重、儒雅、潇洒。那是——时光不再了啊，这样的残忍，可见，上帝是不会眷顾谁的。三只青涩的小虎走到了而立之年，这之中的时光，是怎样逝去的？

可是，那熟悉的歌声，没变啊；那经典的动作，也依然娴熟；那笑容，还是如此迷人。虽然霹雳虎不像十九年前那样再现他的招牌动作后空翻了；虽然，小帅虎有些发福了；虽然，乖乖虎的动作有些力不从心了，不免有些遗憾。但是，没什么啊，我依然那么爱他们。我站在电视前，和他们一样充满了激情和活力，挥舞着双手，摇头晃肩，跟着他们大声唱。

向天空大声地呼唤说声我爱你

向那流浪的白云说声我想你

让那天空听得见让那白云看得见

谁也擦不掉我们许下的诺言

呵呵，多任性的爱，那是——青春啊。

在歌声中，我仿佛看见年少的自己，和同学骑着单车，从坡上飞奔而下，大声地唱着《爱》《青苹果乐园》，旁若无人。那时雨丝飘落，我们全然不顾；头发飞扬，像一面黑色的旗帜；风吹着我们的衣襟，像蝴蝶飞啊飞……我们到洲边去采芦苇，我们到桂江畔听风，我们写诗，我们画画，我们赤着脚在大街上漫步，我们在午夜听钟声响起，我们为一些不值得忧伤的事忧伤……

那时，我还在读高中，是小虎队的发烧友，墙上贴着小虎队的各种宣传海报；破旧的录音机里，是小虎队的录音带在“嘎吱嘎吱”地转。小虎队清新欢快的歌声，像阳光一样，温暖着我忧伤的不知去向的心。就像舒婷的诗一样：我的忧伤，因你的照耀，升起一轮淡淡的光晕。那些光晕让暗淡的读书生涯变得喜悦起来。我记得那时，周末的晚上，我们一帮同学聚在一起，放着《青苹果乐园》：不要在一旁发呆，一起大声呼喊……音乐、星光，样样都浪漫，烦恼、忧愁，都与我无关……啦啦啦啦尽情摇摆……我们挥舞着手，跟着歌声跳啊，唱啊，摇摆啊，男同学学霹雳虎的后空翻。有同学拿着吉他狂热地弹着，有同学拿着书卷成话筒的样子站在凳子上唱。青春在我们，是过剩的激情，是燃烧的火焰，是跳动的星光，是快乐的喊叫。

“老妈，小虎队是你的偶像吗?”Andy在门外放烟花，他看见我穿着红棉衣、棉拖鞋，跟着歌声晃动，样子有些滑稽，很是奇怪。

“哦，怎么跟你说呢?儿子，那是妈妈的青春。”

“难道，你现在不青春吗?”

“哈，当然，不过是青春的尾巴啦。”

“哈哈，那你做哈哈功啊!”

“嗯，可是目前这个小虎队比哈哈功重要。”

“哦，知道了，就像我对阿杰（周杰伦）一样。”

当小虎队最后的经典动作造型定格，我看见小帅虎有些气喘吁吁了。那一刻，我突然觉得有些莫名的感伤。

音乐渐逝，灯光淡去，小虎队又回到寂寞的时光深处。相聚的时光那么短暂，我定在电视机前，有些茫然，有些不知所措。我仿佛坐着时光穿梭机回到那青葱的岁月之后，突然迷路了。春晚继续，张灯结彩，歌舞升平中，我感觉内心什么时候开始变得潮湿了，这些潮湿快速地漫过心坎，涌到了眼角。我忧伤的，是小虎队的离去吗？还是，我的那一去不复返的青春？

“啪——啪——”绚丽的烟花在夜空中一朵朵盛开，除夕的夜冷雨交加。

“没有人能取代记忆中的你，和那段青春的岁月。”小虎队那逝去的歌声依然响亮如初。

是的，没有人。

闪亮的日子

"二十年。"我写下这三个字，内心猛然一惊，看到镜前那个面色暗淡苍白的女子，坐在藤椅上，目光平静。午后温暖的阳光掠过纱窗，映在我的头发上，那刚剪掉的几根白发在阳光中泛着光泽。我突然想到白驹过隙，想到时光倏忽，想到斯者如逝，想到似水流年。我翻出高中时的照片，看见那个扎着马尾，穿着碎花裙子的女孩甜甜地笑着。我看了又看，努力追寻这个女孩的身份。那些青葱的岁月，那些青涩的时光，就像这午后的阳光窸窸窣窣地爬上心来。

1988年的圣诞节

1987年，我刚上昭平中学读高中。班主任是一位刚大学毕业的小伙子，儒雅沉稳，目光温和，笑的时候偶尔会露出害羞的神情。如果不是他拿着教案或是在班上巡视，还以为他也是这个班的学生。可就是这个小伙子，一直带着我们班到毕业。十多年后，他成了这所重点中学的校长，他就是李其斌老师。

我记得第一次见李老师，他带着我走在咯吱作响的木板楼，到他的办公室去办入学手续。那时是春天，我穿着蓝色的运动衫，在发鬓两边扎着一小撮头发，额前是剪平的刘海，眼光怯怯的。我记得那时，暮色四合，缥缈的雾气在窗外的桉树林里游走。我停下来深呼吸，看着这位年轻的老师在前面大步流星地走着，我不得不小跑跟在他身后。

在班上，我是安静的，低微的，沉默的，如果可以，最好不发出一点儿声音。这些心情来自于“少年不识愁滋味，为赋新诗强说愁”。我总是喜欢看着窗外的柠檬桉，那些树皮在秋天的风中一层一层脱落，我听着树皮“咯吱咯吱”脱离的声音，那微妙的喜悦，没有人知道，可我懂得。安静的日子突然在那一年的十二月，变得热情洋溢起来，原来班上要开圣诞晚会。我看见神采飞扬的班干不知从哪里扛来了一棵松树，他们把松树固定好，挂上彩灯，挂上各种小礼物，我看见班上的同学在忙碌地准备节目。我拿出自己写的诗，在心里念着，如果有足够的勇气，我想把这首诗读给大家听。

夜晚的降临让大家的热情升到了沸点。同学们围着课桌坐成一个长方形，吃着糖果什么的。这时，听到有同学大声欢呼：圣诞老人来了！圣诞老人来了！我一惊，抬起头，看见一位戴着红色圣诞帽，留着白胡子，穿着一件圣诞长袍的老人弯着腰，背着一个大袋子蹒跚地走进教室，他的眼里散发着和蔼的温暖的目光。圣诞老人乐呵呵地挥挥手：同学们，圣诞节快乐！同学们乐呵呵地站起来欢呼着：圣诞快乐！圣诞快乐！我正寻思圣诞老人是哪位同学时，主持人宣布晚会开始了。圣诞老人笑呵呵地脱下帽子，拿下胡子，哈哈，同学们笑翻了天，是李老师呢！

那个晚上是快乐的，同学们表演了很多节目。我拿在手里的诗歌已经被汗水潮湿了，终于鼓足勇气走上去，为同学们朗诵了自己写的诗《诺言》。我知道自己的声音很小、很低，我的眼睛从始至终都没有抬起来，但，到底是读了，我对诗歌的热爱一直保持到现在。现在，我仍然写诗，以一颗诗的心来抗衡生活的困惑和不得意。直到我的诗入选王蒙先生主编的《2006 年中国最佳诗歌》《2007 中国最佳诗歌》《2010 年中国最佳诗歌》等选本。流水带走了青春，但诗歌仍在。

我还记得一位和我一样安静的姓罗的女同学，用口琴演奏了一首歌，那首歌是什么不记得了。我记得罗同学是那么从容，大方，不卑不亢，她吹奏得很投入。我静静地看着罗同学，原来自信是一种美，那种美是让人想靠近的。十六年后，同学聚会，我对罗同学说起这一幕，看见这位在广西日报社工作的才女笑靥如花，青春依旧。是的，一个懂得生活的人注定是被时光恩宠的！

快乐些，好吗

那时，所有的景物在我的眼里都有一种淡淡的忧伤。所以在我的作文里，“淡淡”这两个字使用率最高。

在所有的学科里，我只钟情语文。不懂为什么，只觉得那是一种自主的喜欢。这种喜欢变成了一天的向往，特别是漫长的一节数学课后。

语文老师姓陈，是那种儒雅型的，温和善良。我喜欢听陈老师的课，自然有时会免不了心不在焉。

这样的心不在焉，让我在一次考试时，语文得了有史以来的最低分。我一看到作文题目，就懵了。以“胡服骑射”为内容写一篇议论文。在我的印象里，怎么也想不起“胡服骑射”出自哪篇课文，这个典故是什么意思。总不能空白吧，我就发挥想象，天马行空，洋洋洒洒写了一大篇。这篇牛头不对马嘴的文章，自然是离了题。试卷发回来，老师也不点名批评，经过我身边时，只是看了看我。我的脸绯红，恨不得有个地洞可以钻下去。

从那以后，我上课再也不敢心不在焉了。在心里，我一直都很感谢陈老师，他以那样的方式给我保留了自尊，也明白了自己的错误。

陈老师平和亲切，下课后会在教室里逗留几分钟，问问班上的同学喜欢看什么书，他可以找来，全然朋友的模样，一点儿架子也没有。五十几个同学，他都不厌其烦地满足每一个同学的要求。记得那时，我要陈老师找刘索拉的《你别无选择》，其实，这篇充满叛逆的小说，我并没有认真地看，只是觉得那是一本有争议的书，无非是赶时髦而已。陈老师和我谈起这本书的感受后，帮我找来了大量的诗词、好看的小说，这是我喜欢的。

有一次，陈老师要求写一篇作文，题材不限，内容不限，我就洋洋洒洒地将这种淡淡的忧伤，没来由的烦恼，对人生的疑惑写了一大篇。原来倾吐压在心里的感受是一种释然的快乐。作文发回来，只见老师在上面眉批：快乐些，好吗？短短几个字，竟让我心生许多温暖，鼻子酸酸的，泪水忍不住涌上了眼眶。

“快乐些，好吗？”在为赋新词强说愁的年龄，它如一缕阳光，温暖了我的心，牵引我走出了忧伤的沼泽。

毕业很多年以后，我在街上遇见陈老师，依旧温文尔雅，胖了很多，他已经到外地去工作了。我的心仍如当年一样感激。我和陈老师说起他的那句评语。他想了半天，想不起来，呵呵，他笑，是吗？我也呵呵地笑起来。那时，我听说陈老师疾病缠身，但在那他和蔼可亲的笑脸里，我仍能感受到快乐的氛围。

没想到，那竟是最后一次见面。后来听说陈老师因为生病，已经走了。我站在和陈老师相遇的街旁，内心感伤不已，人生无常啊！那些繁华的喧闹仍继续着，而生命竟如此脆弱！

绿水长流

偶然听到的一首《光阴的故事》，叮叮当当清脆悠扬的吉他声，熟悉又亲切。然后是那有些忧伤欢快的声音：流水它带走光阴的故事，改变了两个人，就在那多愁善感而初次流泪的青春……

我站在七月的街头，被生活磨得起皱的心就这样在歌声中一点点舒展开来。

那年春天，我读高三。没有自行车，每天抱着一叠书，走在通往校园的小路上。

每天黄昏，在路上会看见一个穿着T恤、白裤的男生，左手插在裤兜里，右手搭一件外衣在肩上，唱着费翔、罗大佑的歌，悠闲自在，我暗自羡慕他的快乐和潇洒，要知道，我在人前说话都会胆怯。

每个黄昏，我们就这样一前一后地走着，那时，霞光满天，鸟儿悠闲地飞过。他唱完一首又一首，旁若无人，潇洒自如，偶尔有男同学骑着单车吹着口哨和他打招呼。然后，在教室前方的路口他向左，我向右。

那时，我跟画画的哥哥学画，课外活动时会和美术班的同学在草地写生，我记得画的就是我喜欢的柠檬桉。那歌声有时也会响起，由远及近。“你的画里，树有了生命。”指导老师说。我笑，想起那些快乐的歌声，觉得生活其实也并没有我想象的那么多愁。为此，我在心里感谢他，虽然不知道他的名字，哪个班的。

后来知道，他从C城来，在隔壁班。

七月很快就要来了，大家忙于应战高考。有时在走廊碰见他，只是笑笑，便擦身而过。有时下课后坐在教室前的石凳上休息，那悠扬的歌声也会适时响起。我轻轻地笑，云淡风轻。

还有一个星期就高考了。晚自习，我伏在叠得高高的书桌前埋头苦读。他大步流星走进教室，用他浑厚的男中音说：同学们，我要走了，祝你们高考顺利！然后，在同学们惊讶的目光中，他径直走到我桌前，低下头，拿过我手中的笔，在练习本上刷刷地写着：歌声常在，绿水长流！他望着我，嘴角轻轻一扬，笑，转身走出了教室。

他以这样的方式和我告别，回C城参加高考了。

那么多年，我一直没有他的消息。现在的他，还喜欢唱歌吗？还记得年少时那段美丽的回忆吗？

而时光真的就像飞倏而过的风，呼啦啦，来不及感觉就已万水千山了。

（2006年3月为昭平中学七十校庆而作）

蹚过河流的声音

在八步，总觉得这座城市的上空回响着一种声音。我说不全它的音质，但我知道那是一种澄净的、年轻的、欢快的、激昂的声音。它来自于水的深处，确切地说是一条生命的河流，它叫临江。这条婉若碧玉的河流纵贯八步全境，两岸翠竹掩映，安逸闲适。对于八步，这是一条母亲河，再早一些，它还是一条响动着银子声音的河流。

据史料记载，民国时期，八步码头曾停泊木帆船四百二十二艘，年货物吞吐量超万吨。况且八步素有“锡都”之称，矿业的兴盛，促进了商业的繁荣。不难想象，这条河当时是如何的繁忙，舟楫往来如梭，热闹非凡。八步人运出了纯锡、红瓜子、黄糖等货物，运进了布匹、食盐、煤油、海味等杂货，为此运出了一座繁华的城市。八步以商埠著称，想来也是与此有关的吧。而八步名称的由来多多少少也和这个“埠”字有关。据县志记载，为便于利用临江水道运货，客商于清朝咸丰年间从竹山脚迁至临江河畔建立商业点，每户客商都在江边建有八个小埠头，供上下货及挑水饮用。此后不久，这八间铺又迁至进沙街巷建同样的店铺八间，于是人们将“八铺”与“埠头”连称，“八步”就这样叫开了。

至今站在江边远眺，似乎仍能听到那个鼎盛时期，属于八步的富足的声音。疍家人运沙淘金、打鱼击浆的吆喝声在黄昏的霞光中渐行渐远了；商贾摇动羽扇，频频举杯的笑声仍此起彼伏；文人墨客吟诗抚琴的声音在江边的渔火中袅袅散去；当时的月亮里仍映着八步繁华的大街小巷，考究的中西餐厅，鼎沸的茶楼酒馆……也便有了“小香港”之称。

也许李济深、何香凝、柳亚子、千家驹、梁漱溟等各界著名人士当年也是乘着船沿江而上，到达八步的吧。仔细聆听，潺潺的流水声里，仍沉积着厚重的文化底蕴和他们为抗日救国高昂的呼声。在临江和贺江合流处的浮山，洪水来时，四周淹没，唯此山挺出，李济深曾在此挥洒笔墨，留下了“浮山”的字迹。这条江孕育了宋代文学家周敦颐，他写《爱莲说》时，也许是想起他的出生地——桂岭的某处荷塘之后，文思泉涌，一挥而就，才留下了千古名篇。那时，他也曾经泛舟江上吧，其中的风雅是不难想象的。还有一衣带水同样著名的唐代诗人翁宏，虽然存诗不多，但其《春残》中的“落花人独立，微雨燕双飞”，却为世人传诵。还有尖峰山摩崖的石壁，刻着著名画家徐悲鸿的题书“瑞应来仪”，洒脱大气，传递着一代大师对八步之友的情谊……

这些在岁月中打磨在沧桑里掠过的声音，便停驻在八步的历史中，并且时时漾起，穿行在这座城市的风里。

在八步还有另一条——贺江，它承载着更厚重的历史情怀。据专家考证，秦始皇派几十万大军南下时开辟了一条新道，此新道在湖南道县双屋凉亭和广西富川葛坡镇交界处，修有约一百七十公里。北连潇水、湘江，南连富江、贺江和西江，使长江水系和珠江水系通过新道紧密相连，为楚越交往打开了通道。此新道也称“潇贺古道”。秦始皇的两路大军，一是从漓江（桂江），一是从贺江（封水）南下的，而贺江一线主要还是经过这条新道。汉武帝南下时也沿此路。所以珠江文化研究会会长黄伟宗认为此通道是沟通“陆上丝绸之路”和“海上丝绸之路”的重要通道，是秦汉时沟通中国南北与世界各地经济文化交流的重要古道。

由此可见，贺江流淌的不仅是慷慨激昂的秦腔，万马奔腾急走古道的喧哗，丝绸平滑的温润，经济作物颠簸的喜悦……还见证了“海路丝绸之路”的辉煌和沧桑。

这些河记载了八步的繁荣和精彩；这些河留下了八步的辉煌和平和；这些河带给了八步人怀旧的情怀和展望未来的希望。现在的八步人也承袭了他们先辈的智慧，生意做得有声有色，敢想敢做的创新精神一点儿也不亚于当年的八步人，想来这种禀性是一脉相承的。

感谢生活赠予的

我一直习惯于沉默，习惯于独处。我所推崇的隐和无痕的生活，由此延伸到了我的小说《清澈》里。其实我的内心很丰盈，像饱满的河水，不停地流淌。我把它们转换为文字，也许，这就是我写小说的初衷。在这样一个安静的世界，小说成了我的秘密通道，通过这个秘密通道，我到了另一个世界，这种感觉很美妙，无法叙说，它呈现在我的文字里。

很多年了，我一直记得那样的夜晚，天气很冷，窗外水雾迷蒙，黄昏的灯映在玻璃窗上，有一种忧伤的、不明所以的情绪弥漫着。我穿着白色的高领毛衣，戴着半截手指的毛线手套，在那张爱尔兰风笛《心之幽谷》的音乐中，开始写我的第一个中篇《左岸右岸》。写的时候，对小说全无半点概念，这让我想起我喜欢的编剧王慧玲，她没有受过正规的戏剧写作训练，正因如此，她才摒弃了那些传统的写作，而成就了她自己的风格。一如王惠玲说的，鸟儿就是不知，才在电线杆上歌唱。因而，我写得飞快，那些语言，那些段落，像音乐一样跳跃。我似乎有无限的精力，写完一节，就在音乐中跳舞。或者伏在窗台上看迷茫的夜色，在那些黑暗中，我看见光亮，看见暖，看见喜悦，看见美好……

那些日子，就像春天拔节的树，我能听到那种快乐的声音。那些日子属于2004年的冬天。

这个季节写的《那夜》(由《左岸右岸》改编)、《暗地》，都发在了《作家》。

后来，看了米兰·昆德拉关于写作的三个层次：一是讲述一个故事，二是描写一个故事，三是思考一个故事。三种讲故事的方式，而后一种，让我放慢了写作的速度，开始阅读、思考，然后再写作。

这种慢下来的写作，是我喜欢的。

我清楚地知道，小说，是我偶尔和另一种不可能生活沟通的秘密通道。

后来，我觉得写作是一种心灵的修行。这种修行，让我日渐平和、安宁和从容，接近佛性的安静。一位朋友问我，是不是信佛？我说没有，她说在你的小说《温度》里谈到佛性。我想这个佛性就是心灵修行的结果。

说到《温度》，最初的写作初衷，来自于五台山上一个很儒雅的和尚。那天，我坐在寺院的树下休息，看见一个英俊高大的和尚，穿着暗红色的袈裟，戴着眼镜，手里转动着佛珠，从我面前心无旁骛地走过，我被他身上那种超然世外的佛性所迷，长久地看着他，直到他转到小路的另一端。回来很长的时间里，我写这篇小说时，就想起那个和尚。我想，关于后山，念慈庵，弥慧、慧觉、乔安之间的那种情感，都是在那种佛性的氛围中产生的。这个小说写得很顺，用了不到两天的时间。写的时候，刚好重感冒，鼻涕不停地流，我一边写一边擦，很快桌面就堆成了一座小山。我自己又不愿去医院，怕打针，就这么拖着。一个缺乏爱的女孩，就出现了。这个女孩，想要拥有温暖的爱，她叫弥慧。她缺乏对温度的感应，最终通过寻找，她重新有了对温度的感应，而那个让她有温度感应的男人，最后成了她母亲的丈夫。我把自己感冒的情节写了进去。写到后面，弥慧去见她快要离世的父亲时，写他们相见的场景，自己一边敲着键盘，一边流泪。后来，一位读者看了，发了短信给我，说，读了两遍，很喜欢，谢谢弥慧。他把我当弥慧了。

其实，我写的小说，都是有一个缘由的。比如，第一篇真正意义上的小说《那夜》，改编于我的中篇小说《左岸右岸》。那时，是冬天，很冷，我快入睡时，一只蚊子“嗡嗡”地在我周围像飞机一样飞来飞去，让我无法入睡。我就起来追那只蚊子，左跳右跳中，看见墙上自己滑稽的影子，小说的人物出现了，他就是程诺。然后以蚊子这一意象折射一段疲惫的、没有生气的婚姻。小说有一个烟花绽放的情节，这是程诺和乔艾在酒吧的走廊相遇时看见的，当时，程诺在女孩 Kitty 的怀里，乔艾在外商的怀里，他们的情感曾彼此短暂地迷失。烟花的绽放，给了这段没有生气的婚姻有了一个小小的出口。这篇小说改编后发在《作家》，一本被称为“中国《纽约客》”的杂志。这篇小说的修改，让我学会了对文字的忍痛割爱，因为这篇小说原有三万多字，《作家》的宗老师要我改成一个短篇，最后只有一万字左右。这让我在以后的创作中，形成了自己的风格，那就是用短句、简洁的字词、故事情节紧凑。因此，我非常感谢《作家》的主编宗仁发老师。

小说《啪啪》也是这样，这篇小说的灵感来源于一次吃饭，我们单位的一位同事很开朗、很乐观，唱着“一只小蜜蜂呀，飞在花丛中呀，飞呀，飞呀，左飞飞，右飞飞，啪啪，啪啪”，一边唱，一边做动作。我觉得很有意思，就根据她这个动作构思了《啪啪》这篇小说。主人公老三，是一个底层人物，因为生活的种种遭遇而让他的生活呈现了一种不圆满的状态：夫妻情感疏离，自己身在低谷而感到失落。当老三的钱被一个陪酒的女人掏空后，他对着镜子“啪啪”地打自己的脸，他拍打的不仅是自己的良心和道德，也是对生活的重新审视。而这，让他又有了对生活新的感悟——婚姻里的爱才是生活温暖的底色。

而小说《清澈》，是我比较喜欢，也写得比较顺的一篇小说，灵感来自于一典故“张敞画眉”。老实说，之前我并不知道张敞是谁，看了以后，就被这个典故吸引住了。张敞是一位很有情趣的古代官员，官至相当于现在的市长，但他不搞政绩，不搞婚外恋，不搞腐败……他喜欢的就是给他妻子画眉，十年如一日。我觉得这样的官员在当今是少之又少了，就构思了一个叫张的官员，一个叫徐伊伊、徐慢慢、徐辛夷……有很多名字的女子在黄姚的一段相遇。相遇就从这个典故开始，两个道中之人，张推崇的隐和徐慢慢推崇的无痕，让故事变得生趣起来。在叙说和故事的推进中，完成了张的情感反省和精神回归。在广西首届作家节上，《小说选刊》的编辑主任崔艾真给了这篇小说一个颇为美好的评价。会后，崔老师跟我探讨了张敞画眉这个典故，由此引及的这篇小说，我们对有情趣的人颇有好感，比如张敞。对男人情感的迷失和回归也持相同的感触，比如张回去要给老婆画眉。她觉得这篇小说还有个特点，写得很有聊斋的意味。她说的聊斋，是指我在小说中营造的氛围吧。回南天，湿答答的雾气弥漫着，这种南方独特的天气，我每次面对它都有一种不同的情绪流淌着。放在小说，就构成了一种意境。我想，这本身就是生活的一种情节。

《梨香》是在去参加鲁迅文学院西南青年作家班学习期间写的。那时，我们住在大理洱海边，推开窗就能看见洱海、苍山。寂静的夜里能听到马车的铃铛叮当叮当地响，像从唐诗宋词般走来，幸福得奢侈。有天清晨醒来，就记得梦里有“青梨”两个字，也不知道梦了什么。上午班里组织去洱海的源头洱源县的梨园村采风，梨园村种了成片的梨树，高大茂密，结满了青梨，熟透的梨子落了一地。我想起昨天夜里梦到“青梨”这两个字，觉得有一些无法言说的神秘，这些梨树最老的有七百年的历史，由此我想到了梨妖，想到了梨树林，想到了一种无法成形的隐秘的情感，若隐若现，似是而非，最终消隐在时光里。那天，我穿着绣花的布鞋，漫步在林间，我被梨树林那种密匝和疏朗的空气所包围，阳光那么好，我手搭凉棚，去寻找那梨妖的影子，却看见白马在草地晒着太阳，多么好的生活场景啊。回去后，我就以梨园村为背景，写了《梨香》。

《夜歌》是我的第三个中篇，之前因为时间的关系，我很少写中篇，但这个中篇写得很顺。这篇小说的来由其实很简单，最先是在云南的丽江，看见有个酒吧名曰“初见”，觉得这个名字很有意味，就在这两个字下照了张相。初见，很美，不论是何种意义。遂想起纳兰性德的诗句：人生若只如初见。真真是喜欢这种语言无法到达的喜悦。回来后，看见一个初姓，觉得这个姓也很特别，就构思了一个叫初夏的女子，她的总是与幸福、美好擦肩而过的人生，但是她并未放弃，她和自己的命运对抗，我相信命运总会眷顾她的。写的时候是秋天，这是我喜爱的季节，阳光懒洋洋的，洒在阳台的三角梅、黄杨、龟背竹、石榴树……那时是双休日，我就在阳台上写，光影之间，一杯咖啡，累了就在躺椅上打个盹。写着，写着，抬头看一眼阳台的植物；写着，写着，抬头看一眼蓝得无尘的天空；写着，写着，听到鸟儿叽喳着飞过；写着，写着，阳光就淡了下去；写着，写着，听到 Andy 的同学在楼下大叫他的名字，我就替他大声地应着。

《夜歌》写好后给一位朋友看，八年前，我刚开始写小说，他看过我的小说，曾给我写了一页的写作建议。后来，他换了单位。后来，去了北京读书。后来，他回来了，再来看我的小说，他说没有痕迹就是最惬意的事儿。他说他在北京见过很多像初夏这样的女子，这些女子像仲夏夜荷塘里荷叶掩盖着的荷花，或者是一枚天鹅蛋（并未见过，想象里应该是丰盈、清亮，外壳洁白、脆弱）。他说，我愿意初夏继续坚持，但又太残忍了。他说的坚持，是指初夏这个情感上有些洁癖的女子，对自己情感的坚持，也许该妥协，但这样小说的美学成分就失去了。

“真难以想象/为何上天赠予我如此的幸福/在森林中拥有一隅和书桌一张……”这是我喜欢的俄罗斯著名女诗人英娜·丽斯年斯卡娅的《飞鸟传书》中的诗句。嗯，飞鸟，是的，就是这些飞翔的精灵给了我无尽的想象、爱和向往。

如果不曾相遇

我的身体隐藏着一双翅膀，只是没有飞翔的力量。

像烈日下被迫说出秘密的夏蝉，我必须妥协于要妥协的。像现在，我坐在办公室里，被日光灯照耀着，被电脑辐射着，被无数未知的工作等着，我能看到日后这些被复制的日子，它们从我的指间是怎样地忧伤流过。

桌面的绿箩、滴水观音、袖珍椰子、仙人掌、刚从大院的小树林里摘回来的婆婆酸，唯有看到它们，我才感觉快乐。我想，我的前世应该是大自然中的某一种植物，一棵树、一株草、一朵花……

很多时候，松林就这样成了我心灵的后花园。松木的清香，坚硬的松果，风中落下的松针，流泪的松脂，在树梢栖息的鹧鸪、山雀，长尾巴的蜥蜴，静默的溪水，山上的秋茶，山楸，板栗树，野山楂，松尾草，绿孔雀……我在其中，某些情节也在其中。想起这些我就觉得隐藏的翅膀慢慢张开了，阳光下，那么轻盈，我看到另一个自己。

有些时候，生活需要偏离一会儿。

于是，我在电话铃声中，在处理各种文件的间隙，在确认一份未定的数据时……我的另一个自己写下了《松林》《积雪》《回南天》等诗。写这些诗歌，并未花费很长的时间，很多是一气呵成的。写《积雪》时，正是雪下得最大那段时间。雪在南方是稀奇的，我大概有十六年没有见到雪了，还在枝头的浆果、松草结满了冰挂，那个心灵的秘密使者就这样降临了，这生活里多出来的温暖，让我体会了诗歌的温度。对此，我无法说出更多，但我知道，一定有些什么早就等在那里，让我去寻找。我也知道，不过是我和它们在对的时间遇上罢了。这多么神奇，事实是的，就像和一个人，一场相遇。

记得《松林》写好后，发在市里的日报上。那天下午，接到一位陌生人的电话，他说很喜欢这首诗，想读给我听。他很大方，我惊讶于他的勇气。他的声音很好听，穿透着初夏的阳光，我无法形容那种暖。我的诗歌和他的声音契合得很好，我被他也被自己的诗感动着。原来诗歌必须被聆听才丰盈，被另一个懂得的声音诵读才拥有完整的生命。这让我惊喜，诗歌以这样的一种方式呈现，让人觉得美好。我不知道他是谁，他也不说他是谁，他到底是懂的，人生的际遇就是这样。

也有低落的时候，于是就写日记，在日记里出现的某句话，就成了诗歌的灵感，比如《我要看到那些光亮起来》。于是，松林再次成为我的温暖，这唯一让我平静的。我觉得自己就是那枚松果，在某种敲打中，微笑着，不躲闪，不说疼，一声不吭地坚持着。事实上，我并不坚强，是诗歌让我在那个时刻变得坚强。我在其中感觉了一种安静的美好，它是我自己的。在此之中，一些东西隐藏着、沉默着，岁月一晃一晃地过去了。低落中，我要看到那些光亮起来，这些光，是暖、是希望、是心灵的某种暗语、是不能说出的。

而向日葵，是我诗歌里最爱的意象，我喜欢这种植物，它执着地向着太阳，跟随着太阳，直至颜色成为阳光的颜色，脸盘长成太阳一样。那金黄，那饱满，那曾经来过的，没有什么比向日葵更能贴切地表达。这种植物早年是我家院子里的常客，我常常在向日葵下，仰望它，而它并未因我的仰望而改变它的方向，那么盎然生机，不卑不亢，让我想到卑微的自己，为什么要卑微？一株植物都能坚持自己的位置，而我，也要坚持自己该坚持的。

我知道这些诗歌，微小、简单，和植物一样，但它们生长着，有自己的生活轨迹。它们是它们自己。

就如同我，在诗歌里安放另一个自己，那小小的欢喜，是妥帖的。正如王小波所说的：“一个人只拥有此生此世是不够的，他还应该拥有诗意的世界。”

而我有幸和诗歌相遇。更有幸，部分诗歌连续入选由王蒙主编的《2006年中国最佳诗歌》《2007年中国最佳诗歌》《2010年中国最佳诗歌》《2010年中国年度诗歌》《70后诗歌档案》等。

如果不曾相遇，那就不会再相遇了。这是诗歌出现的一种方式，也是人生的一种。

就像一片小小的春茶，从来的地方来，往去的地方去。

我和你，也一样。

兰花爱人

孩子夭折后，秀禾带着她种的兰花来到了城里，靠卖花维持生活。

一天，一位儒雅的青年来买花。他买的是浅蓝色的兰花，是秀禾喜欢的那种。秀禾看了他一眼，眉宇间流露着一份俊朗，浅浅地笑着。这笑容，让她想起了耀辉，想起夭折的孩子，她内心的疼痛，汹涌而来。她低头摆弄兰花，以此来遮掩她的忧伤和不安。

青年买了兰花，问秀禾怎么养兰花的，于是，他们很自然地聊起来。他们是如此投缘。

这位青年叫亚柯，是一位大学教师。他被秀禾吸引了。她眉角的忧伤，她淡淡的话语，她游离的笑容，还有她的兰花，这个清新、淡丽的女子，正是他要等的人。

从此，每天一下课，亚柯就来看秀禾，和她聊兰花。秀禾眉角的忧伤渐渐淡了。一天，亚柯告诉秀禾他爱上她了，问她可不可以跟他走，他会给她一个幸福的家。秀禾摇摇头，淡淡地说："对不起，我已有爱人了。"亚柯很惊讶，秀禾指着盆中的兰花说："喏，他就是这些兰花。"亚柯大笑起来："好！那我就是你盆中的兰花，我们就以这种方式相处，直至有一天，我成为你真正的爱人！"

原来亚柯是耀辉的同学，他受耀辉的委托来看秀禾，他明白耀辉的意思，可是他却真的爱上了秀禾。

也许有一种幸福和你擦肩而过，另一种幸福却突然来到了你的身边，比如爱上秀禾的"兰花爱人"。

——为电视剧《橘子红了》另设结局

辑四

从零度空间落下

从零度空间落下

他是一个没有家的中年男人，她是一个有家的农场女人。他们在一个干燥而炎热的夏天相遇。很多时候就是这样，不可知的缘分将他们的一生紧紧联系。一些不期然的幸福或痛苦，思念或等待，就在彼此的生活中贯穿，于是就有了一段刻骨铭心的《廊桥遗梦》。

这是克林特·伊斯特伍德的经典之作，风靡全球。平淡的故事情节，可以预想的结局，却在心灵上、在情感上，在一些无法言语的感觉中，让我们得到了慰藉，不仅如此，它还给我们带来了观赏的美感和人生的感悟。

他叫金凯，来自物种演变终端的生命，最后的牛仔之一。她叫弗兰西斯卡，一个农夫的妻子。那个夏天的午后，他去她家附近的廊桥为《地理杂志》拍照，向那个在前廊的秋千下喝冰茶的弗兰西斯卡问路。故事就这样开始了，然后有了那些温馨而感人的情节，在我们面前逐一展开，并且像一杯温暖的清茶，一一熨烫了我们起皱的情感，冷漠而陌生的心。

黄昏中的玉米地，扶摇直上的鹰，点着烛光的厨房，萝卜、青菜烩炖清静的味道，白兰地，骆驼牌香烟，曼妙的《秋叶》，星期二的夜晚，风歌牌香水，粉红的裙子，罗曼斯桥的晨光，以及叶芝的诗，一切都是自然的。因为自然，所以深刻！因为深刻，所以他们用了一生去思念对方。

这是不可思议的，但是他们确实这么做了。他们在一起四天，他们深信是彼此的最后、最爱。事实上确实如此。缘分于他们来得太迟，但终究是相遇了、相爱了。他是从零度空间落下的，这么多年来一直向她跌落，只为与她相遇。他们两人的生命，创造了第三个生命，这第三个生命在他们的身体和灵魂中游走。这种情感是许许多多的男人和女人不曾遇到的，他们称之为幸福。

这是这部电影的感人之处，世俗的生活中，爱情仅仅是一闪而过的流星，刹那的绚丽和灿烂早已尘封在梦里，在想象中。唯有寂静的夜空是要去面对的，它的黑吞噬了所有的激情，剩下的不过是疏离、冷漠、无可奈何、不得已的厮守，就像弗兰西斯卡和她的丈夫。所以，当情感的天平倾斜向金凯时，注定弗兰西斯卡是要痛苦的。

然而，再美再深再感人的爱情，最终还是要有一个结局的。所以，他问她，如果愿意，是否跟他走？她无法取舍，他是她终其一生的至爱，然而她是有家的人。她知道，无论她选择哪一个方向，总会有另一个方向让她疼痛，让她遗憾，让她后悔。

这样的抉择是艰难的，她最终还是选择了留下，因为责任。分别的场面让人心疼，他们再次拥抱，两人都不说话，只是站着，把相互的感觉传递、吸收、铭刻于心、永不磨灭。从此一生，不再相见，那样的悲伤是痛彻骨髓的。那又如何？要走的还是要走。她坐在小巷的路口，低声抽泣，视线之外，是缓缓离去的“哈里”卡车，是她注定要用余生思念的男人。

后来，他们再次相遇。那是在小镇，在一场雨中。她和她丈夫开着车去镇上买东西，他开着他的“哈里”离开小镇。她在后镜里看到他，激动万分，几次想推开车门下车跟他走。他透过迷蒙的玻璃窗，看见他想念的她，停下车。恰好她那部车也停下，她丈夫去买东西了。她走到雨中，他也走到雨中，两人再次深情凝望，眼光穿痛对方的心，那么痛和不舍，又无法抉择。最终她没有跟他走，在岔路口，她向右，他向左，从此天各一方。她的泪水流下来，比雨还密。

此后，她用了二十三年的时间来想念这个男人。回忆的手一遍一遍抚过她长满褶皱的肌肤，长满相思的心田，被时光打磨了无数遍的呼唤……用她的话来说，她每天都在对付这件事，相信他也是。

确实如此，他从此浪迹天涯，把她的名字刻在一条项链上，戴在脖子上，贴着他的心，暖着他的思念。每个星期二的夜晚，去听一个萨克斯歌手吹那首曼妙的《秋叶》，还有那首我们听着会流泪的《弗兰西斯卡》。这样的思念直至生命的终结，或许不，至少那些留下的物证让这段情感永恒，因为他们的骨灰都洒在了留给他们诸多回忆的廊桥。还有什么比生命更美的东西？这样的情感是没有对错可言的，在这之上，还因为他们是从零度空间落下的。

这是我很喜欢的一部片子，导演兼男主角克林特·伊斯特伍德和女主角梅丽尔·斯特里普两人将这段中年人的感情演绎得很细腻很到位。这么美，这么遗憾，这么忧伤，不禁想起法国小说家 Frederic Beigbeder 在《10:29A. M.》里的一句话：我们这段感情美丽的地方，在于没有结局。

风从绿袖子穿过

对于苏格兰风笛的沉迷，源于一首欢快轻盈的《都柏林的碎石小径》。那天，是四月的午后吧，清风里是落花的余温，大片大片的水汽在空气中弥漫。我在街角的转弯处，听到碟店里传出清脆悠扬，节奏轻快得让人呼吸不过来的风笛，脚立刻像被磁铁吸住了，不能举步。一种久违的喜悦充溢着我的心，就这样被那股力量牵引着，进了店，买了老板那张唯一的珍藏版《心之幽谷》。

于是很多个寂静的夜里，我蜷缩在藤椅上，闭着眼睛，打开窗，让月光和风涌进来。风笛如期而至，小鼓轻松地敲着，长笛明快，短笛欢跃，两者交相辉映，像一泻而下的山泉，酣畅淋漓。质感纯正圆融，清越悠扬，仿佛是玉和玉的碰击，阳光一样透明，不带一丝的杂质。又仿佛微风掠过耳垂，是低低的酥麻和喜悦，并随着呼吸沁入心底，蛰伏着，变成灵魂不息的鼓者。

一直以来，笛和箫在音乐器材上，是用来渲染悲伤和幽怨的。可是苏格兰风笛吹出的这些音乐，竟然让人快乐陶陶，手足不由自主地随着音乐舞动，真真是率性，这种原始的激情是无法抗拒的。有时，我忍不住脱了鞋，赤着脚，在清凉的地板上随着音乐起舞。长发垂下，柔软的手伸展着，划过去是快乐的影子，转过来，是风笛的空灵。灯影掠过，是清幽的感觉。从来没有哪种音乐如此快乐地穿透自己，以飞翔的姿势直抵心的彼岸。

那个春天，我就是在苏格兰的风笛中写完了第一篇小说《左岸右岸》，后来改编为短篇《那夜》，发在《作家》杂志。

很多时候，我就是依赖着这些风笛来唤醒沉睡的思想、语言，或者想象。因此，写作，就成了一种享受。比如《心之幽谷》，这是我的最爱！丁香花一样的幽怨，露水一样晶莹剔透。静静的秋色，山中的树叶一片金黄，风吹过，枯叶飞舞着落向草丛，飘向潺潺的溪水里，抚过平滑的鹅卵石，流向遥远的梦境。林中涌动的月光，窸窸窣窣，那样辽远，那样迷离，那样悠然，一个静谧清凉的世界，那是我的一个梦，在这个梦中我像一个贪睡的孩子，不愿醒来。那是我的幽谷，如清泉一样的洁净，如落花一样的忧伤，如月光一样平静……

这样优美的音乐，是苏格兰风笛的极致。

《绿袖子》，后来成了我心灵的慰藉。一首婉约、清丽、忧伤的音乐，如丝质一样的平滑、柔美，讲述一段逝去的爱情，怀旧总是让人伤怀的。那风中的一抹淡淡的绿色影子，是记忆中的旧爱。曾经的甜蜜在长袖轻舞中已如花飘落，碾落成泥，唯有清香淡然，那是爱的味道。缥缈、曼妙的风笛缓缓地吹着，爱情只是时光背后一段落满尘埃的故事，唯有记忆，碰到哪儿都是疼痛和幸福。这样遗憾又刻骨的美丽，是我们对过往爱情的一种缅怀，无法追忆，只好付诸风笛，它诠释了爱情的美妙和忧伤。

后来看到才女莲波给《绿袖子》的译词：绿袖招兮，我心欢朗。绿袖飘兮，我心痴狂。绿袖摇兮，我心流光。绿袖永兮，非我新娘。恰到好处地描述了那段爱情，据说歌中的男人是一个君王，爱上了一个平民女子，他想念她，就让宫廷里的人全穿上绿色的衣服。这真是一个痴情的男人，这段爱情终究是没有结果的。

今天我们再来听，仍感慨不已。我时常在这首音乐中想象某种画面，绿袖飞扬，顾盼兮，两鬓斑白，这等待是永无止境的，因而才是永恒的。

私下里，我觉得自己是幸福的，因为风笛就像一位知心的朋友，能抚慰心灵的痛楚，平抚烦恼的点滴，能明了语言背后的苍白。它像一阵飞越千山的风，滑过记忆的边缘，从绿袖子平静地穿过。

我常常是听着听着，就睡着了。那样轻灵的音乐在梦中，像美丽的桃花，一瓣一瓣，优雅地开着，轻颦浅笑。

爱如烟了

印象里最喜欢的是看男人优雅地夹着烟，不抽，单单是夹在手中，坐在黄昏的阳台，淡然从容，有些落落的忧伤。那样的时刻，必须还有风从远处的深草轻轻吹过。

这样的想象总是很美的。后来听到姜育恒的《戒烟如你》，知道烟原来比思念还要浓还要入心入肺还要不能轻易舍弃。而烟在爱情里适时出现，往往把爱情诠释得淋漓尽致，欲罢不能，惆怅万分。

《花样年华》里，梁朝伟因为那段情感的煎熬没有结果，只身去了新加坡工作。张曼玉悄悄来到梁朝伟的住处，淡淡地点燃一支烟，不抽，夹在纤细的手指间，慵懒地躺在躺椅上，那双美丽的绣花鞋在缥缈的烟中轻轻摇晃，张曼玉的脸有一种迷蒙和平静，你看不出她是为幸福而来还是来告别幸福。一支烟过后，张曼玉怅然离开，留下那截烟头。一段感情就此结束，很美的结局，只是有一种遗憾的心疼。

又如《红玫瑰和白玫瑰》中，娇蕊爱上振保，她的表现方式很任性很女人味。趁振保外出时，娇蕊坐在振保坐过的椅子上，抽着他抽剩的烟。娇蕊轻吐着如丝如氤的烟，细细把玩，很陶然很幸福。窗外好像在下雨，画面有些朦胧，幸福也在这种氛围中一点一点展示，爱一个人，爱到这种地步，我喜欢！只是太爱，终究会失去。

而弗兰西斯卡，那个《廊桥遗梦》的女主人公，更是对烟情有独钟。二十三年来，每到夏季，她就会怀念金凯。坐在他们曾共舞的厨房里，抽一支骆驼牌香烟（那是金凯喜欢抽的烟），在烟里怀念他们那段短暂而刻骨铭心的爱情。年华老去，而情怎一个深字了得？纵然是烟，又怎能平抚爱的遗憾？喜欢一个人，去喜欢他的至爱，甚至用一生的时间，那需要一种情感的沉淀，需要一种心灵的坚持！开始不明白弗兰西斯卡为什么不跟金凯走，后来在那如雾如缭的烟中，我明白了爱一个人，有时只要把他放在心上就可以了。

最深情的是辛晓琪在《味道》里唱：想念你手指淡淡的烟草味道。那是她和相恋十年的男友分手后的一种心情流露，很自然很真实。只是有一种浓得化不开的思念，也有痛苦！痛彻心扉，但不能释怀，那又如何，爱如烟了，谁能阻挡烟的缥缈和不确定？更何况烟终究会淡了，远了，散了，消失了。

所以在表达一段没有结局的爱情时，喜欢用烟来做道具。娇蕊，张曼玉，弗兰西斯卡，辛晓琪，爱情终究和她们擦肩而过。爱情有时真的就如烟一样，刚开始燃烧时是一种快乐，幸福，陶然，到后来，剩下的是那截烟头，苦的！

而要戒掉一段情，怕是比戒烟还难还痛苦，不信，去听姜育恒的歌。撕心裂肺，那伤感的声音和歌词，用尽了黑白的简洁，但又如何，爱情不是黑白两色就能明了的。一场不期而遇却注定不会有结果的爱情，让人沉醉却也让人心碎，真正的爱如烟了！

为什么不早遇见你/在一切还来得及的时候/为什么不早离开你/趁一切都还来得及/唉，戒烟容易/戒你太难……

白水青菜的滋味

最先吸引我的是那干净、简约、清淡的文字，如此境界，必是一个从容优雅的女子所写。果不其然，我看到了写《白水青菜》的潘向黎的照片，她给我的感觉是“惊慕”。她真真是个美人，精致的五官，高贵的气质，坐着站着都像一幅画。她是时尚的，又是古典的，因而她的文字也如此，其中又渗透着露水般清新的气息。因此，读她的小说就是一种享受了。

小说的开始就像“白水青菜”一样清淡，是最真实最简单最温馨的一种生活场景。

他是一个事业成功的男人，白金阶层。不仅如此，还是电视台让女白领评选全市范围的十佳丈夫人选，并且榜上有名，这就不得了，可想而知他是一个多么有魅力的男人。他吃遍了大江南北，最想吃的还是妻子做的“白水青菜”汤，因此，每天他在外面吃一餐饭，回到家再和妻子吃一餐饭。

每一次，他都迫不及待地坐在餐桌边等她把瓦罐端上来，那种感觉，是幸福和安宁的。他很纳闷：白水、青菜和豆腐，何以煮得出这么美味的汤？让他喝了一碗还要喝，清、香、甘、滑……依次在舌上绽放，一路潺潺，一直熨帖到胃里的舒坦。

这是他喝到的最好的汤了。

他不止一次问她是怎么做的，她只是淡淡地笑，“说起来——其实也简单，就是要有耐心。”

他还是不懂，所以在后来，他开始想念“白水青菜”时，就剩下想念了。

小说就是这么平静地叙述的。我不得不感叹，潘向黎能把简单的事叙述得了无痕迹，又如此契合人的情感和内心，这种入定便是自身的素养和修养了。

后来，他的生活中出现了一个叫嘟嘟的年轻漂亮的女孩。这是生活的常理，他不是一般的人，但最终还是不可避免地陷入了。

按年龄，嘟嘟该叫他叔叔了。他真的没有那份心，再说他不是那种花心的男人，真的不是。他和她大学毕业就结婚了，可想而知他们的感情有多深。再说她大学时是数一数二的美女，不化妆也青翠嫩叶一样清新可人。

他不回来吃饭了，后来，他连晚上都不回来了。这是男人的弱点吗？谁知道，他也懒得去想，他沉醉在和嘟嘟新鲜的爱情中。

其实潘向黎叙述到这里，小说就有些落入俗套了，不可避免的婚外恋，任何迷路的男人都会遇到的。也有像李敖说的“眼里眼花缭乱，心里迷途知返”。他也不是没有想过，只是她的沉默让他觉得释然。

这就是小说的精彩之处了。谁会包容自己的丈夫如此无情无义？她却是这样的，绵长而细密地沉默后，她说：“这样吧，你要回来吃饭就打电话。”

时间像飞一般过了半年，他和嘟嘟之间遇到一个世俗的问题：那就是吃饭的问题。这是和他们的爱情不和谐的，冲突的。嘟嘟毕竟是娇生惯养的，不懂做可口的饭菜，好几次，他提到“白水青菜”，他开始想念了。

小说到后面，是她教上门请教的嘟嘟如何做“白水青菜”。那样的平静、淡定和优雅，没有一丝的怨恨和气恼，并且请嘟嘟吃了她煲的“白水青菜”汤。于是嘟嘟知道做出这么美味可口的汤需要上等的排骨、金华火腿、苏北草鸡、太湖活虾、莫干山的笋、蛤蜊、蘑菇，有螃蟹的时候加上一只阳澄湖的螃蟹，一切为二，这些东西统统放进瓦罐，用慢火煲三四个钟头。然后再捞出来，放进白菜。而她每天的工作几乎都是为了这道汤。

嘟嘟说："你今天都告诉了我，你不怕我学会了，他永远不回来吗?"

她没有答，只是笑着。然后她说：你能这样为他做吗？嘟嘟是这样答的："我也可以的，但是不必了，因为我不是你。"

他回来了，她有些惊讶，却是她预料中的。她知道任何轰轰烈烈的开始，最终都会归于平静。她知道要拴住男人的心，首先要拴住他的胃。她知道终有一天他会回来的，不仅仅是为了喝这罐汤。所以，那么久，她一直坚持天天煲这一罐汤，她固执地相信这罐汤会暖着他的胃，即使不喝，也会暖着他的心。

他仍旧是坐在餐桌旁，等他想念已久的"白水青菜"汤。

"怎么这么难喝？以前的汤不是这样的!"他委屈地抗议。

她尝了一口，然后说："白水青菜，就是这样的。你要它什么味道?"

是的，他不知道，她藏在这罐汤里的爱、暖和期盼。他没有尊重这罐汤，她何必要如此耐心？她不同，她知道尊重一切有缘的，比如尊重好的米。因此，她毫不犹豫地把这些爱、暖和期盼抽出，做了一罐真正的"白水青菜"汤。

看这篇小说时，正是春天，有氤氲的雾气飘来，清凉微暖的那种，契合了"白水青菜"的意境，因此我察觉了生活的另一种优雅和去向。有时，爱情的滋味就是"白水青菜"的滋味，能轻触你的心，能感觉，这就好。

没有米，有爱情

“女性的天空是低的，羽翼是稀薄的……不错，我要飞，但同时觉得，我会掉下来。”这段话是萧红决定和萧军分手时对知心朋友说的，那时距离萧军在哈尔滨的一家旅馆带着将要临产的萧红（原名张乃莹）逃离的时候刚好六年。

那时，萧军见到了写信给报社求救的张乃莹，一番谈话后，萧军“感觉到世界在变了，季节在变了，他说，出现在我面前的是我认识过的女性中最美丽的人……”

所以他带着这个被昔日情人抵押在旅馆的张乃莹，逃了出去。

为此，文坛上有了一段凄婉而感人的爱情故事。

后来的张乃莹在爱情的温暖中开始写作，并以萧红为笔名发表了她的小说《生死场》。那年她二十四岁，这部小说奠定了她在文坛的地位。

这期间萧红已经和萧军生活在一起了，他们过着贫困窘迫和相濡以沫的生活。这段生活是让人心酸和泣下的，也是快乐和幸福的。萧红用平静朴实的语言和最本质的白描，真实地记录了这段用爱情来取暖的日子。

这就是萧红的自传型散文集《商市街》。

“火炉烧起来又灭了……我想冻死吧，饿死吧……只剩最后一块木柈了，怎么能生火呢？第二天，郎华（萧军）说借吧！木柈借来了，没有米，郎华又跑出去借钱……”这是《最后一块木柈》，萧红写下它的时候，两人刚搬到商市街25号，萧军以教武术为生。

在此之前，这样的窘迫已经在哈尔滨最初的日子里描写得让人落泪了。他们用脸盆喝水，睡在空床板上……“郎华仍不回来，我拿什么喂肚子呢？桌子可以吃吗？草褥可以吃吗？”他们的对话是这样的。郎华回来了，夹衣湿了，裤子湿了，袜子湿了，郎华的半截裤管又凉又硬，他抓住萧红摸裤管的手，“小孩子，饿坏了吧？”萧红几乎哭了，她说“不饿”。

看到这儿，感觉脸颊暖暖的，两行泪不知什么时候流了下来。

他们疲于生计，在饥饿和寒冷中相互取暖和鼓励。然而现实是萧红的感叹：从冻又想到饿，明天没有米了。

然而有爱情。

因此商市街的冬天是温暖的。这些温暖抵消了所有的饥饿和寒冷。

他们用黑面包涂上白盐当午餐，萧军说：“不行不行，再这样度蜜月呀，把人咸死了。”萧红坐在一旁笑着。

冷，萧红把脚伸进炉腔里去，萧军一进门说：“你在烤火腿吗？”

萧红藏在门后等萧军，有时候不等萧军寻到，就作着怪声跳出来。

……

那时的萧红像小女孩一样快乐。但是两人也有争吵。为萧军去画广告画赚钱的事，两人吵了起来，郎华喝醉了，躺在地板上，萧红说：“我是个很坏的女人吗？为了二十元钱，把爱人气得在地板上滚着！”

不矫情，不做作，自然流畅的文字如行云般缓缓道来，和窗外的春雨一样，落入午夜的深处就将世俗的浮躁融化了。用内心的感受转换了情感的表达，细微处饱满，疏离处敏锐，平淡中有深情的描写，这就是萧红文字的魅力。

因此鲁迅这样评价萧红：女性作者细致的观察和越轨的笔致又增强了不少明丽和新鲜。

所以这种魅力也是波澜不惊的，因为它和命运连在一起。

看到后面想，这样的爱情应该是长久的吧？

然而不！我在《买皮帽》里看到了这种隐藏的契机。萧军买了飞机帽后就和萧红往回走了，萧红问他有铜板吗？因为她想买点儿瓜子。萧军说没有了。文字是这样描写的：吃饭比瓜子重要，饿比爱人更要紧。

他们最终分手了，那是离开商市街以后的事，生命的历程很多都是不得而知的。萧红说："我爱他，今天还爱，他是个优秀的小说家，可是做他的妻子却太痛苦了……"萧军说：她单纯，淳厚，倔强有才能，我爱她，但她不是妻子，尤其不是我的。

世事如烟，唯有商市街 25 号，是他们记忆里美好的时光。那时，没有米，但是有爱情。

你的心是一个动物园

“原来她的心，依然是一个动物园，这些年她之所以安静，只是因为那些兽一直在冬眠，它们都没有死。”这是乔叶的最新小说《打火机》里的一段话，看似平淡，却蕴涵深机。整篇小说的展开，就像手中温润的丝绸，抖落中会看到不断的惊喜，那些细节的华美，跳跃期间的色彩，它是妥帖的，熨得内心舒服恬适；它又像鼓动的风，哗啦啦，吹动心衿，欲罢不能。这样的小说真是好看。

其实这是个老套的外遇故事，却因了乔叶纯熟的叙述手法，浑然天成的语言魅力，精致的情节构建而显精彩。乔叶胸有成竹，像作画，一点一点铺展她的构思，你会不由自主地想要看她下一笔是什么。又像煲汤，她知道什么时候需要文火，什么时候需要沸腾，她总能调动你的心和文字一起同步。所以我读了这篇小说不下三次。我沉迷于她的叙述中，被小说里暧昧的、氤氲的、清醒的、聪慧的、迷乱的、温暖的、痛苦的、若即若离的氛围所包围。

故事开始铺垫了，余真十六岁前是个坏孩子，她的坏不过是特立独行，不符合大人的要求，她也不过是顺着内心的需求成长。但她在十六岁的时候被人强暴了，这一事实彻底改变了她。她努力按常理往好的做，因而她现在是好妻子、好母亲。一个夏天，余真在去北戴河度假时遇到了她的上司——厅长胡。胡是一个五十过半的老男人，但他的成熟，他的权势，他的老，他的魅力，他的睿智，他的霸气注定余真是在劫难逃的。她不是不逃，是这个对手太强了。在他们相遇的第一天，胡第一眼就看出了余真是一个训练有素的坏女孩，胡就这样爱上了这个翻越度假村铁门进去拿钥匙的女孩。他叫余真傻丫头、坏孩子、小东西、小牛，这些都切中了余真沉睡的情感。因而她一点点坠下，往胡的方向。但她又是清醒的，她坚持着，抵挡着，她又迷茫着。情节的展开，像羽毛酥痒着心，是那种轻微的，若有若无的，真是恰到好处。故事的结局，最终是落花之遇，胡没有得到余真，余真拿着胡落下的打火机，这十六岁之前她就开始用的东西，现在在她手里，是陌生的，上面还有胡的温热。她点亮，这幽蓝的光，照耀漆黑的夜，也照亮她的内心，包括十六岁被强暴的事实真相。但这些都不重要了，这些会像打火机一样，只要一个拇指就能摁掉。摁掉想摁掉的，包括那些在她心里沉睡的兽。

这些沉睡的兽，每个人都有。所不同的是，余真懂得，她知道，如果她的心是一个动物园，那她亲爱的丈夫，就是动物园的园长。这才是小说想要叙说的。我想起散文家周晓枫说：萍水相逢，男人总要蜻蜓点水地留下一些艳遇。这也许是外遇的最好的解释，它和内心的兽有着异曲同工之意。小说之所以耐读，想必就是这说和不说之间的模糊吧，

我们只要知道一点，如果你的心是一个动物园，那你需要很好的栅栏，需要一个园长，还需要一只打火机，漆黑时点亮，光明时摁掉，就这么简单。

寻找生命的湖

黑色的封面，露出昏黄的曙光，似半个太阳，但又是残缺的。有一些黑色的阴影投进曙光里，像一幅印象画，又是不确定的，得由人的慧眼或静心去感知。红色的字体：北岛诗选，像火一样跳跃其中。

这个凉爽的7月清晨，我在广州亲戚家的书柜里，看见这本陈旧的《北岛诗选》，是无来由的惊喜。想必主人也是喜欢的，在搬了几次家之后，这本标价1.35元的书仍放在书柜显眼的位置。

我盘腿坐在临窗的木地板，阳光透过纱窗射进来，心静如水。看一本喜爱的书，环境和心境的契合是多么的重要。那些暖色的压题诗句在十四年后再次和我相遇：把手伸给我/让我那肩头挡住的世界/不再打扰你/假如爱不是遗忘的话/苦难也不是记忆/记住我的话吧。

记住我的话吧。这是1987年的《北岛诗选》，那时我刚上高中，喜欢诗歌，沉迷于北岛，因为他诗意的名字，可以慰藉心灵的诗歌。那些诗零零散散的，是从报纸、杂志、同学的手抄本抄来的，整整一本，却从没有见过北岛的照片。记得著名诗人杨克说：写诗的人最好是不要认识。

但北岛，我第一次翻开他的诗选，看到他的黑白照，我没有惊喜也没有失望。是的，北岛就是这个样子的，穿着大翻领的风衣，头发蓬松浓密，是那时流行的大包头。他左手夹着烟，放在嘴里，动作有些牵强，但符合他内心的飘忽。眼睛看着冬天的枯草，有些忧伤。“诗人都是忧伤的”，谁说的，不记得了，但事实确实如此。

那只《红帆船》迎风驶来：我不想安慰你/在颤抖的枫叶上/写满了

关于春天的谎言/来自热带的太阳鸟/并没有落在我们的树上。想起青葱的年少岁月，用白色的纸抄着北岛的诗，再涂上红颜色，然后折成一只只红帆船。那些日子是多么遥远啊，以至今晨我在广州的阳光下，再次和这些记忆擦肩而过时，竟有恍若隔世的感觉。

“卑鄙是卑鄙者的通行证/高尚是高尚者的墓志铭。”北岛这句睿智的诗影响了多少诗人，又被多少文人引用。“告诉你吧，世界/我——不——相——信！/纵使你脚下有一千名挑战者，/那就把我算作第一千零一名。”这铿锵有力的诗句至今还熠熠生辉。北岛出奇的冷静和深刻的思辨性，开创了“冷抒情”的诗意写作。高度概括力的悖论式警句、隐喻、象征意象的巧妙结合，是北岛诗歌的风格，这些有力的声音划破了那个沉闷的时代，就如清泉下注一样。评论家说一千个哈姆雷特就有一千个读者，理解北岛的诗也如此，“意在不言中”，诗歌的最高境界便是这样，靠的是个人的学识和感悟。

在《北岛诗选》里，我发现一首以前没读过的组诗《生活》，仅一个字“网”。这句诗其实很普通，也没什么新意，任何一个懂中文的人都知道，但把它当成诗，我想只有北岛才有这种勇气。不仅因为他是诗人，还因为他是北岛。但凡出名的人，一句大白话也会成为至理名言。

后来的北岛去了国外，读他的诗少了。倒是看到很多关于他在异国的消息，最著名的是听说他获得了诺贝尔文学奖的提名。有一次在报刊读到他写给女儿的诗，已经没有像今天的这种惊喜了。一个在异国写作的诗人，他离我们很遥远了，不仅是距离的，还是思想的。

然而，不可否认，20世纪80年代的北岛，是一面不倒的旗帜，是诗歌的一种理想，是信仰的一种追求。他是朦胧诗的奠基者之一，和舒婷、顾城等齐名于诗歌界。北岛以清醒的思辨和对复杂现实的深刻洞察，在那个缺乏诗歌和批评者的年代是独树一帜的。他的诗至今还影响着一代又一代的年轻人。比如他当年充满生机的呼唤：走吧/我们没有失去记忆/我们去寻找生命的湖。

狐狸的眼泪

我不知道自己这种年龄了，为什么还爱着小王子。想起他，心里会有小小的感伤和欢喜，这种忧伤和欢喜像花香一样，让人眷恋痴迷。于是在空闲的夜晚，我会捻亮一盏温暖的灯，和他相遇。我知道小王子会在沙漠的一隅，遥看他的星球，他驯养和驯养他的玫瑰正望着他幸福地笑。

这个忧伤的小王子，长着一头金黄色的头发，因为要离开那朵爱他、依靠他，却又折磨他而他自己又很想念的玫瑰，从他的星球，到其他星球旅行，后来到了地球的某片沙漠。在那里，他遇到了蛇、大片的玫瑰（没有驯养过的）、狐狸、因飞机故障降落在沙漠的飞行员。故事就是这样展开了，干净简洁的语言，配着彩色的手绘图画，没有离奇曲折的故事情节，平淡清新，但是忍不住一看再看，这是一种心灵的鸡汤。经典好书的魅力就在于此了。

我最喜欢的是他和狐狸相遇的那段描写，那些蕴藏着生活哲理的话，温暖着日渐冷漠苍凉的心。那只到后面流泪的狐狸是多么勇敢，因为小王子终于驯养了她。驯养是什么呢？这个狐狸创造的词，意思是彼此建立关系，就是成为朋友。比如狐狸，她被小王子驯养过，所以她将是宇宙中唯一的，而小王子因为得到狐狸的驯养也成为世界唯一的。

这多么美好！是的，一如狐狸说的：如果你驯养我，那我的生命就会充满阳光，你的脚步声会变得跟其他人的不一样。其他人的脚步声会让我迅速躲到地底下，而你的脚步声则会像音乐一样，把我召唤出洞穴。读到这里，我感到生命里有些什么在跃跃欲动，像破茧而出的蝴蝶，抖动着美丽的翅膀往一片温暖的光飞。

狐狸继续说：“你有一头金黄色的头发，如果你驯养我，那该多么美好啊！金黄色的麦子会让我想起你，我也会喜欢听风在麦穗间吹拂的声音。”这是一只多么聪明懂爱的狐狸，自始至终知道她要什么，以什么样的方式去要，她知道生命里一些美好的东西转瞬即逝，所以她勇敢地要求小王子驯养她，尽管她早就知道：如果你被驯养的话，难免要掉泪的。

在眼泪落下之前，狐狸是那么快乐，她的幸福是真实的。她教小王子驯养的秘诀，她告诉小王子驯养需要有非常的耐心，驯养的过程中，距离的远近要把握得当，当她用眼角不经意地瞟他一眼时，小王子什么也不要说，因为语言可是会导致错误的。然后，随着时间的推移，再慢慢向她靠近。

这只是开始，狐狸又将能让自己幸福和欢喜的感受告诉小王子。她知道驯养结束的那一天很快就要到来，她不想自己到时流下后悔和痛苦的眼泪。于是，狐狸的话就越来越有味了。她教小王子在约会的时候要每天在同一个时间来，因为她看着那个约定的时间越来越近，她就会感到越来越快乐，到临近那个时间时，她就坐立不安了。呵呵，这只可爱的狐狸，有着不露痕迹的任性和智慧！

这样的狐狸是让人喜欢的，所以小王子答应驯养她。但是小王子离开她的时刻很快就来了。

“啊！”狐狸说，“我一定会哭的。”

“这就是你的错了，”小王子说，“我不想伤害你，是你要我驯养你的。”

小王子的坦率有些不近人情，但事实确实如此。在这段驯养的过程中，小王子告诉狐狸她根本没得到什么好处，狐狸的回答却让人吃惊：不，我得到了好处，现在我拥有麦子的颜色了。相比之下，小王子是多么可怜，在彼此驯养的过程中，他什么也没得到，即使是狐狸真诚的爱，他也没拥有！到后面他终于理解了驯养的真正意义，他想起他曾驯养过的玫瑰，他终于懂得玫瑰的那份爱了。那是他的玫瑰，世界上独一无二的！

这要感谢狐狸的眼泪了，那么暖，那么柔，那么清澈地落下来。

小王子一天比一天更加想念他的那朵玫瑰了，他从狐狸那里知道只有心灵才能看得清事物的本质，真正重要的东西是肉眼无法看见的。为此他对飞行员说：如果你爱上某个星球的一朵花，那么，只要在夜晚仰望星空，就会觉得满天的繁星像一朵朵盛开的花……

多么美好！

这就是法国作家圣 · 艾修伯里写给现实和心灵的孩子的一本书——《小王子》。

看东西怎么后悔

拿到2005年第三期的《收获》时，页面已经磨损陈旧了，想必已被很多人阅读过。图书馆的管理员说，都争着看东西的《后悔录》呢。原来有那么多人和我一样期待这篇长篇小说的问世，难怪此书被誉为近年“最有中国味道的杰作”。著名青年评论家谢有顺评《后悔录》中的曾广贤是近几年来中国小说最有个性、最有感染力的人物形象之一。

确实如此，东西的小说有一种磁场，会吸附看的人一口气看完，这就是东西的魅力了。他的文字，闪烁着智慧的幽默，这种冷幽默，看着看着，会让人忍俊不禁。因而读这部长篇一点儿也不觉得累，即使某些情节的酸楚也来得不那么汹涌。我原先读小说，遇到乏味或是冗长的文字会大段大段地跳过去，然而读《后悔录》时却没有，有些章节还反复地读。我惊讶东西的叙述能力是如此老道和娴熟，不愧是首届鲁迅文学奖的得主。

小说以曾广贤情感变迁为背景，时间横跨了三十年，叙述了一个叫曾广贤的人所后悔的事。东西清朗、风趣、简洁、明快的文字风格，黑色幽默不动声色地运用，这使得小说更有吸引力。

于是曾广贤这个人物随着故事的推进，情节的构建越来越深刻了。说起来谁都有后悔的事，可是像曾广贤这样每做一件事都后悔的人就不得不感叹了。其实他所后悔的事都是由“性”展开的。那是“文化大革命”时期，一个性禁忌的年代。年少的曾广贤因为嘴巴不严泄露了父亲和赵山河的情事，害得父亲被批斗，母亲自杀了，妹妹也失踪了。父亲因为他做的种种事情而三十年不和他说话。事情的发展使得他不断后悔，又不断重复后悔的事。以致他错过喜欢自己的每一个女孩，后来因为一时冲动闯进漂亮女孩张闹的闺房，以“强奸罪”被判了十年，其实他根本没对张闹做过什么。出狱后，本来要和苦苦等他的小燕结婚，却鬼使神差和张闹结了婚。而张闹却用了一张假的结婚证骗去了他的感情和“文化大革命”后补回的一部分钱。而他最后悔的，是自己年少就渴望憧憬的性生活却一直没有享受过，直到四十几了还是个处男……

用北京大学陈晓明教授的话来说，这是一部身体的后悔录。但我觉得也是灵魂的后悔录，这是一种心灵的自省，它超越于身体之上。至于曾广贤为什么一而再再而三地后悔，那是不可预知的错，是命运和性格的错。东西成功塑造了曾广贤这个具有时代烙印的典型人物。曾广贤只是普普通通的一个小人物，他生活着，后悔着，一如你我身边的每一个平凡的人。

说起来东西的《后悔录》，是我读了那么多长篇小说中，最酣畅淋漓的一篇，读到午夜时分，四周一片静寂，手中的茶换了又换，自己还躺在沙发上精神抖擞，真真是一种快乐。想起2004年东西随签约的广西作家来贺州采风，我陪他们一起去游姑婆山。上山时同坐一部车，东西像孩子一样欢呼雀跃：啊，我闻到树叶的清香了。他提议大家一起唱歌，声音洪亮清越：我从山中来，带着兰花草……我回头去看，鬼子带着墨镜一脸的酷，只是微笑。张燕玲大姐大声地鼓动同车的人放声高歌，很快，一车的人都放开了，随着东西的发音，开心地唱着。后来在温泉题书时，东西和张燕玲一起吟出了“林中听鸟语，泉里洗心尘”这绝妙的诗句，真正体现了大家的风范。

就是这个快乐又深沉的东西，用了三年的时间写了这部《后悔录》，用他的话来说是“三年一觉后悔梦”。书一问世，就引起轰动，好评如潮。作为广西文坛最著名的“三剑客”之一，读他的书和等待他的书都是一种喜悦！

清冽之泉

感谢上苍让我和你相遇

我为之欢喜

这欢喜无法言喻

这是日本藤加浩美写的《你是我唯一的宝贝》一书里的歌词，我被它吸引，并长久地在心里默读。这没有任何修饰的语句，让我感觉温暖、美好。就这样，我走进了这个叫秋雪的孩子的世界。

秋雪是一个小小的孩子，刚出生就患了唐氏综合征和严重的心脏病，被医生告知只能活一年。他的妈妈藤加浩美，通过文字和图片记录了秋雪在这个世界上六年零两个月的生活点滴。

六年零两个月，幸福和生命的长短无关。虽然秋雪的生命本身是一个悲情的故事，但是整本书看不到痛苦、悲伤、无奈。藤加浩美用一种本质的笔调还原了生活的真实，那些可以用时间丈量的生命细节，透着乐观的、坚韧的、温暖的、博大的爱，这种力量贯穿了秋雪短暂的一生，所以秋雪是“用力活下去的”。

我是在秋天看这本书的，最先吸引我的是封面的广告词：你有多久没有感动了。翻开，看到秋雪的一系列照片，他不像一般健康的男孩，他似乎和周围的一切有一种距离，眼神有一些怯怯的安静。他在父亲的怀里，乖得让人心酸。偶尔看到他笑，让人心疼。

浩美全家没有为秋雪的病而感到不幸，从始至终，他们都在说感谢，感谢生命，感谢秋雪带给他们的快乐和幸福。所以他们是满足的。他们带秋雪去看雪山，去看海……给秋雪建了一个木头做的阳台，叫小秋花园……最后秋雪还是走了，他的妈妈说："小秋，你辛苦了！"那一刻，泪水忍不住流了下来。

我有多久没感动了？这小小的坚强的生命，教会了我很多：接受不得已的事实，换种心境去生活，快乐地活在当下，要满足，要感恩，要坚强，要坚持，要微笑。

这一年，我看了很多杂七杂八的书，唯有这本是让我的内心有很深的感触的。

这一年，在杂七杂八的书中，有些书只是看，我不能说出更多。有些书是入心的，有些书是入眼的。在阅读的过程中因为带着太多的个人喜好，难免有失偏颇。比如胡兰成的《山河岁月》，就文论文，是喜欢的。他说：我写此书有一种凄凉，一种欢喜，前人说身与货孰亲，我是现在才文章与身相亲。他说得中肯而贴切，犹喜他的语言风格，独树一帜，过人的才华在字里行间横冲直撞，真是好！但碍于他的汉奸的身份和薄情，又在心里嗤之。刘春、黄芳等的诗集，有时会拿出来看看，因为和他们是好朋友，读着，会有很多亲切和温暖在里面。对于诗歌，我和它隔着一种距离，这种距离让我至今仍然爱它。

数了数，看得最多是关于孩子的书。日本黑柳彻子的《窗边的小豆豆》一直是我喜欢看的。粉红色的书面，充满了小女孩的梦幻气息，温暖而妥帖。那个单纯的、淘气的、可爱的、怪怪的、有趣的、勇敢的、充满个性的小豆豆在黑柳彻子朴实的文笔里栩栩如生，跃然纸上。书中有很多有趣的情节，让人忍俊不禁。比如，在"巴学园"里，小林宗校长看见小豆豆一只手吊在树上，他问她在干什么。小豆豆说，她看见牛肉是这样挂着的，她也想做牛肉。校长听完，"哦"了一声，走开了。真羡慕小豆豆的人生里能遇到小林宗这样开明、有自己独特教育方式的校长。"巴学园"该是很多问题学生都向往的地方。

还有《告诉孩子你真棒》《好孩子是夸出来的》等书，因为要教育孩子，有些必须记在心里。教育真的是一门学问，至今我还在这个过程中不断摸索总结。在这之中，我和 Andy 一起快乐地成长，真好！而《小王子》，我无法说出对它的喜爱，空闲的时候，我会读给 Andy 听，我为之感到快乐和幸福。我记得书里有一句话：“我若有 53 分钟的空闲，就会悠闲地逛到清冽的泉边去。”借用过来，我若有 53 分钟的空闲，就会看一本书，这些书就像那清冽之泉，你应该知道，那清冽有多美好。

一地清冷的月光

文妖李碧华说张爱玲的感情生活是一口古井，任由后人来淘，淘出的都是一地清冷的月光。那清冷的月光有多凉，不言而喻。引申来说兰心蕙质、聪明出色的女人，如果身边空空的，没有温暖真实的情感熨帖，难免觉得凄凉空落。

说得似乎有些不近人情，也许很多优秀的单身贵族会振振有词，但那言词之下会坚持多久，十年？二十年？或是一辈子？想来那是托辞了。古语说：男人为名，女人为情。先辈的真理早已得到了论证，“山无棱，天地合，乃敢与君绝。”这君绝不是指女人。

夜夜月光冷如霜。说的是失去荷西的三毛，这位才情兼备的女子，她的文字温暖了很多人。但这些文字也许是她心头的刺，唯有疼，才让她活下去。这是不可思议的，至少很多倾慕她的男人是这么认为的。但三毛拒爱情于千里之外，孤身一人生活着。我们无法深入她的内心，明了她的感情。荷西在她的生命固然重要，但鲜活的生命抵不过永不再来的事实吗？那个叫西沙的男人，千里迢迢从英国飞到她住的岛屿，想要重新给她爱情。但是三毛心静如水，想来“曾经沧海难为水，除却巫山不是云”就是这样了。所以西沙离去的时候说：他不会再来找她。自是有些负气，可情字在三毛已是给了荷西了。这就是三毛的悲凉了，生和死隔着永恒，又怎能和死亡拔河？到最后，她终究是把生命交付给了一对丝袜。一个身边没有情感熨帖的女人，纵然她再优秀，再出众，终是承受不了生命的重。

回过头来看张爱玲，这位传奇女子在《金锁记》的开篇是这样描写的：年轻人想着三十年前的月亮该是铜钱大的黄红的湿晕，像朵云轩信笺上落下了一滴泪珠，陈旧而模糊。老年人回忆中的三十年前的月亮是欢愉的，比眼前的月亮大、圆、白，然而隔着三十年的辛苦路往回看，再好的月色也不免还有点凄凉。

这月色就是李碧华所说的那一地清冷的月光了。世事难料，想张爱玲当初把自己看作尘埃里低低开着的花，见到胡兰成是如何的欢喜时，那里面的情感是一个痴情女子一生的托付。只是胡兰成多多少少是不够诚意来担这一责任的，不管后来他在《今生今世》里是怎样款款情深地将这一份情感娓娓道来，想必都是经过时间和心灵的沉淀过滤的。月色的凄凉该是从胡兰成逃亡武汉开始的吧，男人的寂寞无关风月的诱惑，本能是最好的借口。所以他心安理得地逢场作戏，这戏还是一场一场的，张爱玲是知道的。这痛苦来得比任何的女人都要彻骨，如此才情的女子，情感的渊深是无法用一口井来比喻的。只是张爱玲的宽容让人唏嘘，最后将自己三十万的稿费寄给那薄情男子，从此天壤一别，时光就此停驻。没有了那份情再多钱又如何？这凉透骨髓的滋味，怕是胡兰成从没尝试过的，所以他没有内疚。

聪明女子如此，平庸女子也不枉然。前日和远在广州的朋友聊天，她原先在某高校当英语教师，后来到广州打工，现在有了自己的公司，可是情感上始终是空的。我说广州那么多优秀的男人，总有一个是适合你的吧？她笑，这就好比中彩一样。沉默之后她长叹一声：其实，我只想找一个可以拥着我入睡的男人。

我没有再问她。说到底，没有情感依靠的女人，再聪明再优秀再貌美，就像那一地清冷的月光，其中滋味只有自己知道了。并不是说没有情感的托付生命就失去了意义，但至少那样的生命是不完整的，说与不说，只是如鲠在喉而已。

向左向右一起走

他们两人都相信/是一股突发的热情让他们俩交会/这样的笃定是美丽的……这是波兰女作家辛丝波卡的诗。它出现在幾米的电影《向左走，向右走》，镜头是这样切换的：梁咏琪穿着格子裙，一脸的纯真，站在冬天的阳光下，在金成武悠扬的小提琴声中深情地朗读这首贯穿整部电影的诗。

电影的节奏在诗中缓慢推进。他们在公园的一个水池边相遇，因为那些被风吹落到水里的译稿。他毫不犹豫地跳到冰冷的水里，为她捞起那些稿纸。在此之前，他们是陌生的，因为那首感人的诗，他们认识了，并且一见如故。交谈中，原来多年以前，还读小学时，在一次夏令营中，他们也曾经在这个公园以同样的方式相遇，只是后来她把他留下的电话号码遗落在火车上了。命运很同情他们，几年之后，让他们再次相遇。这样的时刻是美妙的，他们在公园度过了一个愉快的下午，在一阵突如其来的大雨中仓皇交换了电话号码，然后匆匆离去。

我喜欢这样的相遇，温馨而感人。然而，这只是缘分的开始，他们并不懂得命运安排了他们一次又一次的擦肩而过。正如诗中所说：缘分将他们推近、驱离，阻挡他们的去路，然后闪道一边。

事实上，他们同住一栋公寓，仅隔一墙。然而他们一无所知。他甚至听得到她因翻译恐怖小说所吓出的尖叫声。这么近的距离，而他们却为彼此的不相遇而郁郁不乐，而感伤万分。在熙熙攘攘的人群中，在安静的林荫小道，在公园的一侧，在天桥的上下……都有对方的影子。可是他们毫无感觉，甚至两人同时走出公寓的大门，可是一个习惯往右走，一个习惯往左走。彼此在思念中煎熬，在揣摩，在拨打那张被雨淋湿的字迹斑驳的电话号码，那是他们唯一的联系方式，那是他们想起对方的幸福。

在无数次的寻找和等待之后，他们终于向命运妥协。是的，最后，他们开始放弃这种徒劳的寻找和思念。他们是对的，他们各自有了新的去向，一个前往德国，一个前往维也纳。然而在他们临走前，终是不肯放弃，他们再次返回家，最后一次等对方的电话。望穿秋水，终于听到了那声盼望已久的“喂”，然而一场突如其来的地震在向他们袭来，然后那一隔之墙震开了一个洞，他们看见了日夜思念、魂牵梦萦的人，喜极而泣，深情相拥……

这样的相遇，有些戏剧性了，太完美，总觉少了些什么。也许他们真的一个从此往左走，一个往右走，留着那张纸条，那场相遇，那首诗，那些将心磨疼的等待，才是最刻骨铭心的吧。

台词的适时出现，将电影的暗语打开：每个开始，毕竟都是续篇，而充满情节的书本，总是从一半看起。梁咏琪和金成武将这首诗里要表达的那种意犹未尽的情感，演绎得很细腻很到位，这使得影片具有一种温暖的观赏性。

是的，很多事就是这样，在无法书写的某个章节，缘分总是和有缘的人擦肩而过。这样的美丽是遗憾又不能忘却的，幸好，导演还是深谙观众喜好的，给了一个美满的结局，让我等向往爱情的同仁，坚信缘分两字不是杜撰的，是真实存在的。

燃烧生命的颜色

这是一种能震撼灵魂，能直指心底最柔软的颜色，并且通过视觉到达了一个不能用语言描叙的世界，然后像那些厚重、浓烈、鲜艳的色彩，一一覆盖了尘世的污浊，擦亮了生命一道又一道的苦涩和沧桑。这种颜色就是金黄色，饱满的，鲜亮的，灿烂的，蓬勃的，在凡·高的画中神采飞扬，热烈燃烧。

这位来自荷兰的后印象主义的杰出画家，一生穷困潦倒，而且疾病缠身。但是在他的《向日葵》中，看到的是对生命的颂歌，对幸福的向往。大朵大朵茁壮生长的向日葵，好像吸满了金色的阳光，目光轻轻触及，那些明亮轻快的金黄色就会随着微风的摇曳而缓缓渗出，让人忍不住地欢喜和激昂。色彩对比单纯强烈，笔触粗厚有力，带来了视觉上独特的强烈效果。细小的花瓣，一瓣挨一瓣，沉甸甸的果实，让人想起秋天午后的稻田。墨绿的叶片将画面点缀得鲜活透亮，色彩或浓或淡，笔触或轻或重，浮躁的心、慵散的骨子就随着这种颜色一点一点变得生机盎然和激情澎湃，感觉整个世界都是明亮的，美丽的。

凡·高说："铭黄的天空，明亮得几乎像太阳，太阳本身是一号铭黄加白。天空的其他部分是一号加二号铭黄的混合色，它们黄极了！"是的，凡·高正是通过这种颜色，到达了他绘画的最高境界。这是一种属于凡·高的颜色，是来自宇宙最美的颜色，只有这位患病的天才画家，才能将这种未经调和的辉煌的颜色运用得挥洒自如，恰到好处，不着痕迹而又随心所欲。

这是我喜欢的一幅画，用色欢快明丽，富于质感，火焰一样燃烧着，生生不息！从此爱上了这种朴实的向日葵，这种只向着太阳而生的植物，一如凡·高对艺术的执着追求！

那时的凡·高生活在法国南部的阿尔，那里的太阳特别的大特别的圆，他的绘画激情被这种灿烂的阳光点燃并且升华。那是他创作状态最好的一段时光。无论是《阿尔的房子》还是《沙滩的小船》，画面仍然是那种熟悉的颜色。《鸢尾花》里，虽然粉蓝的颜色占了整个画面的视觉，但那掩映在粉蓝之后的金黄色，仍然牵扯了我们的心。这种本末倒置的映衬，提高了色彩的明度、强度和张力，远远看去，好像成群的黄蝴蝶在飞舞。即便是那一片着着墨不多的土地，厚重的锗黄和纯粹的金黄浓淡相宜，看着也会心生一种平静和喜悦。是的，这种没有束缚的个性化绘画，只适用于凡·高。

其实每个人的心里都潜藏着幸福的渴望，都根植着一方快乐的后花园。凡·高也不例外，但是他在追求这些生命最本质最干净的幸福时，也被生活的苦难和清贫束缚了他创作的激情，特别是让他痛苦和狂躁的精神病。这些隐藏在他的画里，在大片大片太阳的颜色里，在我们无法触及的灵魂里。正是这种苦难，让他的画充满了生命力和震撼力！

当凡·高割下自己的左耳时，太阳的颜色被乌云晕染成了杂色。而留在画里的，留在记忆深处的，仍然是他初到阿尔时那种“空前的喜悦”。在他最后的一幅作品《麦田的乌鸦》中，也是大片大片的金黄色的麦浪，只是这种黄让人沉重，没有了以往的轻快和温馨，看得出他内心的不安和狂躁，痛苦和绝望，那时他已经病得很重了。两天后，他在麦田开枪自杀了，将自己融入了永恒的辉煌中。一个用太阳的颜色确立了自己绘画风格的画家，尽管选择了脆弱，他仍是值得我们尊敬和怀念的。那些曾经燃烧了他生命的颜色，也燃烧了无数活着的生命，并且在灵魂和灵魂彷徨的路口再次点亮，一一抚慰了生命里不能承受的疲惫、困惑和思想的孤独，被世俗掏空的纯净，以及遥远的梦想。

一匹长了翅膀的马

阳光的边缘，她看见/有人/牵着一匹长了翅膀的马。这些灵动的诗句，来自于潘球璐的第一部诗集《赤鹿》。

我惊叹这个叫潘球璐的贺州女孩，才读五年级，就写出了这么意象灵动、韵味清新的诗。我在读这本诗集时，常常被一些独特的视觉切入，饱满的诗情，出彩的诗句吸引。不禁在心里暗叹这女孩的才思敏捷，文思泉涌，天马行空的想象力，在飞扬的文字中尽显她的早慧。她的思想像一匹长了翅膀的马，飞翔和行走都一样从容自如。这是不可思议的，这和她的年龄多么不相符合！

诗集《赤鹿》，收集了球璐的一百多首诗歌和两部诗剧，这些诗不矫情，不修饰，行文落笔处，语言干净清新。球璐的诗关注内心和外界的衔接，从一些简单的小情景入笔，善于在生活中捕捉诗情。比如多次在她诗里出现的嗁嗁熊，这一可爱的物象，延伸了作者的很多情思。成长的喜悦和烦恼，激情和彷徨，欢笑和忧伤，嗁嗁熊在诗里是一个玩具或一种隐喻，某种意义上也是一个真实的生活者，这一置换的角色，使得球璐的叙述更形象，更赋感染力。

球璐的第一辑诗——纤弱的力量。都是以动物、植物为叙述的对象，视觉独特，构思别致。鱼、赤鹿、鸽子、蜗牛、阴晴鸟……这些看似纤弱的、没有力量的东西，实则蕴藏着触及灵魂的力量。比如《鱼》里的一节：他感激/他是一条鱼/即使再伤心/水流也会/送走他的悲情。语意明晓简练，意韵流动自然，含蓄又让人回味。又比如《爬山虎》：

它透着水晶似的颜色/紧紧地/吸盘抓扒着围墙/力量/居然凝聚在如此纤细中。近似白描的寥寥几句，不着痕迹地传递了生命的一种坚韧，这显示了球璐的文字功底。

其中最喜欢《赤鹿》这首诗，初读时，像在沙滩上寻到一枚心仪的紫贝壳，那种惊喜是油然而生的。全诗五节，长句短句的变化和调节，呈现了一种视觉的结构美。这首诗像电影的某个经典的片段，随着镜头的推进，我们看见一只孤单的赤鹿，在落满枫叶的枫树下徘徊。从赤鹿茫然的眼神望去，秋天美得惊心，金黄的林子，秋天是彩色的，像赤红的火焰，这一浓重的对比，感觉像一幅油画。如此美丽的景色，赤鹿出现了，她是以奔跑和旋转的姿势进入角色的，这是一只多么快乐的赤鹿啊。然而，很快，不确定的因素，让她迷失了方向，再度茫然，她又回到枫树下。赤鹿流下的眼泪，浇不湿秋天的忧伤，最后她安静地睡了，在梦里，她看见，阳光的边缘，有人牵着一匹长了翅膀的马。

整首诗画面美感十足，语感优美，意境营造得很成功。特别是诗的最后两句：阳光的边缘/她看见/有人牵着一匹长了翅膀的马。成为全诗最抢眼的一个意象，不仅提升了整首诗，还增强了诗的深度，令人不禁拍案叫绝。全诗戛然而止，诗性诗情诗意，却像缓缓涌出的清泉，意犹未尽。而赤鹿隐喻成长的过程，到此就有了一个了然的方向，长着翅膀的马，是梦想和希望的载体，因而，是欢喜的、雀跃的。

而球璐的两部诗剧，让她的才情得到了淋漓尽致的发挥，写作进入了一个新的高度。这个女孩的智慧，是不能用语言表达的。如今球璐已经在广西师范大学附属外国语学校就读了。思想有多远，路就有多远。她在自序里这样写道：“有些东西，除了自己的心以外，别人是不能懂的。”因而就此打住。

呵，在阳光的边缘，你是不是也看见了一匹长着翅膀的马？

在安静中审视心灵

你能把心安静下来吗？这句话是指要看梭罗的《瓦尔登湖》，必须先把心安静下来。而欣赏昭平著名画家李兆宗老师的画，却刚好相反，他的画是让心灵剔除浮躁、拂净尘埃的。在这之外，他的画还是远离尘嚣，到达清静、诗意、淡定、平和、从容和自己的灵魂的。更或者，在水墨晕开的空白之处，是曲径通幽的睿智和若隐若现的禅机。经过这些沉淀之后，他的画呈现给我们的便有了生活的气息和情趣，也因此画不再单纯是画了，被赋予了更多思想和心灵的东西。

这个冬天，我第一次真正地欣赏李兆宗老师的画。在此之前，我只是远远地看，感觉好的东西是必须隔着距离的，就像门在开和半开之间，距离带来的想象是迷人的。当我的手拂过那些灵动的花、鲜活的鸟、幽静的山谷……我知道了，经典的美是不需要距离的，它不惧怕任何时间的摧残和心灵的审视。

李兆宗老师擅长水墨画，更善于泼墨泼彩的创作。他的画都是关于花鸟、山水的，笔触灵动轻盈，意境幽远清新。幽静的山谷，烂漫的山花，鸟儿悠闲自得，叶茂藤青……这些常常是他笔墨中的主题。他的画以墨为主，墨分五彩，以色辅之，色和墨转换间运用得娴熟大气，笔触轻重处尽显浑然天成的韵味，虚实结合得天衣无缝，显示了笔墨的魅力和技巧。比如《苍山佳境》，画面的季节应该是初秋时分，天气渐凉，橘黄橘黄的小花点染了山中的这种微凉，一种暖意轻轻漫开来，若有若无。几丛灰白色的小花，素素地淡雅地开着，这两种颜色的巧妙运用，把画的意境推到了极致，而又不露痕迹。两只小鸟的出现，让这个静谧的世界有了生机，一只停在岩石上，安之若素；一只在枝头雀跃，灵动无比，动静结合，整幅画便有了灵魂，恍然还能听得到鸟语的呢喃。晕开的水墨由深及淡一点点洇散，诗意也就这样像风拂来。

这样的画面构思，渗透着李兆宗老师的禅学思想，心不是静的整体，是动的历程。所以他的画在动中宁静地体现出了生命的尊贵的体悟。这种安静，显然和他的品性有关，一个淡泊宁静的人，其内心世界也是如此的。我们常说“人如其画”，由此，我们可以看出李兆宗老师丰富的内心世界和他深邃的思想。

源于这种安静，我于某个冬日去拜见了李兆宗老师。银白的头发，红润白净的面容，神采奕奕，有一种仙风道骨的神闲气定和儒雅的书卷气。他正在画一幅山水画，左手插在衣袋里，右手在宣纸上挥洒自如地泼墨点染，顺着染开的墨迹随心所欲地画着枝叶藤蔓，姿势潇洒随意，神态安静入定，真真是大师的风范。

每个人都有自己的梦想，但必须付出努力才会梦想成真，这也许是李兆宗老师最好的写照。还是在中学时代，他就喜欢上了画画，因此得到何国寅、何能魁两位美术老师的启蒙，自己又不断地模仿，在模仿中创新，在创新中结合传统，逐步形成了自己的风格。工作以后，李兆宗老师仍孜孜不倦地进行创作，其间，他还到玉林国画培训班学习，得到了名师的指导，绘画技巧日渐成熟。但真正开始潜心创作，还是他退休之后，几乎天天都画，到了一种痴迷的程度。在山水花鸟中寻求精神和心灵的慰藉，这种平和的心态，也许是因为在“文化大革命”时期，他被错划成右派，受到不公平的待遇，而依然坚持自己心中的梦想有关吧。一个有梦的人，是坚强的，就像花鸟不惧怕自然的轮回，山水不会被尘埃覆盖。

所以，他在阳台上种花养鸟，怡情自得，因此他笔下的花鸟仿佛都有了生命。而昭平独特的自然风光，也成了他画里精彩的内容，一个为故乡绘画的人是幸福的。细细品味，很多画扑面而来的是浓浓的乡土气息。而人生的阅历沉淀下来便成了他丰富的创作来源和题材，这些对确立他的画风无疑起了很大的作用。除此之外，李兆宗老师还喜欢读唐诗等文学作品，他坦言，创作的过程中，这些文化的熏陶是存在的。一幅作品的诞生，外在的感知和内在的悟性是相辅相成的。

付出和收获是同等的，李兆宗老师创作的山水花鸟画载在《光明日报》《美术报》《羊城晚报》等报刊上，多幅作品获得了金、银、铜奖并入编《百年经典——中国美术全集》《世界华人艺术展精品典藏》等六十余部画册。一些作品还被外国朋友、博物馆收藏，有的则由政府作为礼品赠送给外国元首，对中华文化的传播和弘扬起了推动和促进的作用，为此，他被文化部授予“世界华人艺术家”称号。1990年以来，李兆宗老师还在北京、深圳、香港、日本举办画展或联展，他的画得到了社会各界的喜爱和收藏……

因为在他的画里，有一种让人安静的力量，透过这种安静，我们会越来越接近自己的心灵和思想！

镶嵌在心灵的杂文

——读翟伟杂文

听过翟伟的一些趣事，说他有一次到医院看病，问诊的医生看见他的名字，很惊讶：我以为翟伟是外地的大作家，没想到是我们昭平的啊！在这位医生的桌面玻璃板下，压着翟伟写的一篇杂文剪报，上面还画着许多红线条。

更有趣的是，某单位的一个年轻人到市文联办公室，大谈翟伟的文章，崇拜得不得了。在一旁忙着手头工作的翟伟只是微笑不语。末了，那个年轻人问：你们翟副主席呢？

翟伟（昭平县文化馆原馆长、文化局副局长、县文联主席、宣传部副部长、贺州市文联副主席），从2000年开始写杂文，不停顿地一路写来，至今已有六个年头了。他的杂文吸引了众多读者的目光，有人每篇必读，更有的读者喜欢剪辑收藏。有读者这样说，每星期一打开《贺州日报》，最先看的就是翟伟写的别具一格的《星期杂谈》专栏杂文。

因此，《星期杂谈》成了《贺州日报》的品牌专栏。这已经成了一道脍炙人口的文化大餐，许多读者生活中不可或缺的精神食粮，每周一愉快地期待，杂文界一面鲜明的旗帜。这个栏目因了他而成就了一份报纸的特色和品位，并拥有数目庞大的读者群，这些对他的杂文厚爱有加的读者是没有年龄和文化界限的。

创造这样的奇迹，不能不说说翟伟，尽管他一再推辞。

翟鹏举说：中国近代杂文算来算去，只有三家：鲁迅一家，柏杨一家，邓拓一家。鲁迅是时政批判杂文，柏杨是文化批判杂文，邓拓是生活感悟杂文。

翟伟的杂文，是结合了这三家杂文的一种文体，不妨称为“翟氏杂文”。新闻时评、文化评论、生活杂感，所涉及的题材包罗万象，又是老百姓所喜欢和关注的。他写的新闻时评，关注社会生活，紧扣时代脉搏，针对当下发生的焦点、热点问题，以小见大，犀利、尖锐但又平和有分寸地解析和抨击。纵横捭阖，扬清激浊，短小精悍，对问题的切入比较独特，往往是一语中的，抓住问题的核心，挖掘、剖析，好像层层削开的洋葱，瓣瓣都新鲜酣辣，读来痛快、深刻、回味无穷。

比如他的《真话无价》，就2002年CCTV中国经济年度人物刘姝威的一篇600字内参文章，为她带来的诉讼和人身威胁，也成为终结蓝田神话的“最后一根稻草”一事而论。他是这样写的：我不得不承认，世上最难说的话是真话！见面说声今天天气哈哈哈，谁都做得到。但在事关自己的身家性命的关头，恐怕实话实说并不是那么轻松的了，弄不好会身败名裂，甚至坐牢掉脑袋。“皇帝”没穿衣服，你说穿了就穿了吧，这与我何干？……如若整个社会都是这样的话，我想这个社会的气数将尽了，偏偏有一些像刘姝威这样不信邪的人，敢于对着“皇帝”大喝一声，你没穿衣服……

精彩的言论，新颖的叙说角度，敏锐的视觉，独特的见解，洗练流畅的文字，适时的建议和具有指导性的看法。特别是结合社会现象，有感而发，直陈己见，嬉笑怒骂，幽默泼辣，读来亲切、舒服，大快朵颐，好比吃重庆的麻辣烫，不亦快哉！

而翟伟写的文化评论，不仅有学者的风范，还有以小见大的睿智。正好印证了庄周的《齐人物论》中谈到的：“只有思想家才能写好杂文，只有明白大道理的人，才能写好讲小道理的杂文。”

比如他的《拯救行将消逝的民间文化》，从民间文化的流逝说起，谈到民族文化对一个国家的重要，言辞拿捏到位，掷地有声，“我觉得，只有增强民族自信心和自豪感，扩大对外文化交流，才能更好地保护民族文化。一味崇洋媚外，对本民族文化嗤之以鼻，怎么能够对此萌生爱意呢?”又比如在《让文化闪亮登场》一文中，他对一些“重经轻文”的现象表示了深深的忧虑：呜呼！经济使文化黯然失色，在强势的经济面前，弱势的文化只能乖乖地“退居二线”……我们穷了这么多年，努力创造财富是当务之急，但一个城市甚至一个人，除了财富和物质需要，同样离不开文化艺术的精神滋养。

翟伟的生活感悟杂谈更是信手拈来，得心应手，游刃有余，精辟独到，这不能不佩服他驾驭文字的能力。那种厚积薄发的写作状态，是他人生阅历和知识的积累，是生活的感悟和思考的沉淀。《向快乐出发》《年轻真好》等杂文，就体现了这方面的写作倾向。看了既获得了大量的社会信息，又领悟到人生的美好和生命的坚韧，在某种意义上说，这无疑是一盏黑暗中的灯！

有读者是这样评价翟伟的：说他写老百姓所想、所思的东西，比较贴近实际，贴近生活。该抨击的义正词严，该褒扬的放声讴歌，不过分，不媚俗。能在较小的篇幅里把该说的讲深讲透又恰到好处，达到了炉火纯青的境界。用读者的话来说：翟伟写的正是读者想要的。

而生活中的翟伟，是一个谦和、内敛、低调、平和，不为名利所惑，不为俗事所烦的人。他的内心有一种禅机，一个为内心而活的人，是自信和充实的，走近远离都能感受到他的人格魅力，用郑板桥的“淡泊明志，宁静致远”来诠释他的性格最合适不过了。

走近翟伟，还发现他是一个多才多艺的作家。问起他以前的同事，说他歌词、小说、小品、散文、电视脚本等，样样来得，是个才子。翟伟撰写的《黄姚古镇》电视散文，大气宏远，文采隽逸，中央电视台的编导看了很喜欢，当即和他联系拍摄的事。他参与策划撰写《天天饮食》在黄姚的一系列电视文案，并在2003年春节期间，在中央电视台一、二、三、四套滚动播放了昭平饮食周，把黄姚的风景、昭平的特色菜介绍给全国。

很有趣，翟伟不喝茶，却和茶有缘。他撰写的中央电视台《天天饮食》有关茶饮食的专题，在全国引起很大的反响。他写的散文《昭平茶园好风光》，飘逸清越，朴实醇厚，再配合知名摄影师喻湘泉的经典照片，在《广西日报》刊出后，很多读者慕名前来游览拍摄昭平秀美的茶园风光。《贺州日报》昭平资讯版专门为翟伟开设了《昭平茶馆》栏目；他还参与了《昭平画册》《昭平茶》的策划和撰稿。他乐于在《昭平茶馆》里“作东”，他的《茶道功夫》《寄情山水间》《乡土昭平》等文的字里行间流露出的是一种浓浓的乡情，在这个专栏里他常用一种招牌式的口吻写道：口渴了，还是来杯昭平茶吧！

在写这篇文章的时候，我采访了很多熟悉翟伟的人，说得最多的一句话是：他是一个善良的好人。因为很多人特别是年轻人都得到过他的帮助或指点，我也不例外。他的为人做事，有很好的口碑。因此，在采访的过程中，我没有问他获过什么奖，对于像他这样淡泊明志的人，名利都是身外之物，他懂得如何舍弃，懂得生活中有比名利更重要的，那是需要修心养性才能到达的境界，而他已在其中。

用雪的声音吟唱生命的美

我从没见过那么干净、那么清新、那么温婉、那么诗意的雪。清澈的溪水平静地流过寒冬的清晨，雾气氤氲缥缈，在萧索的林子里游离。雪覆盖在大地之上，泥土的温暖，融化了某些微弱的薄雪，它们顺着低处流淌。清风拂过，雪窸窸窣窣，从枝丫落下，似乎听得到那些冷冽的声音，世界之外的安静在这些雪霁中悠然平和。这样的情景看不见忧伤，冷冽，灰暗，只有暖，蓬勃的生机，透过雪的呼吸抵达我们的心灵。

这些出尘的意境是语言所不能表达的，然而有一个人可以。他用的是在言语之上的画笔，这个高度，只有他才能完美地呈现。

他画的雪景无人能及，以油画和水彩组成，西方现代的绘画技巧和东方含蓄的写实意境两者融合得天衣无缝。大块干净利索的色彩柔和地过渡，使得画面有一种浑然天成的美感。忽厚忽薄的笔法，又使色彩与形体有机融合，造就出质感的效果。色彩在画面中相互渗透，相互充盈，厚重的深邃，轻盈的透亮，笔触的轻、重、缓、急，运用得轻快、空灵，收放自如，细节处饱满生动。线条构成的空间感淡化了视觉上的距离感，显得大气飘逸，蕴藏着一种淡定从容的禅机和静观世事的哲学情思。画面的动静，虚实，无不流动着生命的暗流，因而他笔下的雪是温暖的，展示了生命的一种丰盈和内在的安静之美。

他就是一直有着“雪景画家”美称，被同行称为“雪人——Snow Man”的蔡楚夫先生。

蔡楚夫先生1942年出生于昭平县走马乡。他在中国当代画坛上很早就有了“神童画家”之称，13岁就加入中国书画研究会广西分会。20世纪50年代就读于广州美术学院附中，1974年，蔡楚夫先生去了香港，1978年，他又来到享有“世界艺术之都”美誉的纽约。

初到纽约，他正赶上“照相写实主义”的末期以及“新写实”和“新表现主义”开始萌芽的时期。那时，他一边在“Man Power”教国画、人体素描，一面以“照相写实主义”的笔触描绘纽约这座城市的众生相。其间，他最著名的作品就是在纽约街头闲坐的街头老人——“纽约人系列”。这些超写实的力作，很快引起了纽约艺术圈的关注，他成为苏荷著名“OK画廊”S. L. ASSOCIATE的签约画家。而让蔡楚夫先生真正成为举世瞩目的实力派画家，是他为著名的时装名牌Polo的绘画。1986年，著名的时装名牌Polo的创办人Polo先生想将位于曼哈顿72街角的总部大楼画成一幅油画写生，当时很多知名画家纷纷前往参与竞争，但是Polo先生对这些作品都不满意。蔡楚夫先生的经纪人得知这一情况，把蔡楚夫先生的画送上去，Polo先生看了蔡楚夫的画，很喜欢，留下并选用了这幅令人印象深刻的古典建筑画。《纽约时报》当年曾于头版刊登过这幅作品，各时装杂志也纷纷转载。Polo公司还用了近百万美元的广告费，在全球各地刊登这幅作品，为此，蔡楚夫先生一举成名。

而他最成功的作品，还是他的雪景，其中最出名的是他创作于上个世纪80年代的“雪霁”系列。旅居巴黎的艺术评论家马泽霖在评价《雪霁》时说：蔡楚夫用东方理念和静观哲学来看宇宙自然，并用西方技法加以阐述表现，大胆筛滤自我文化而转换成国际语言，超越西方的物质观，追求东方的空灵味道。在《雪河系列的形成》一文中，蔡楚夫这样解说：“不管雪河分割的构图如何变化，是S形、L形或橄榄形，所蕴藏的哲理总是不变的，雪包容一切，而小河的融雪又刻意把一切都暴露出來。”

其间，蔡楚夫先生还推出了水彩作品《早春》，以原野上奔涌的溪流为素材，那淙淙奔流的溪水干净清澈，不染尘埃，溪水拂动着窸窣的影子，似乎是水在动，其实是风在动。流畅的意境营造，透视了早春涌动的情思。这幅画在台湾展出后曾引起如潮好评，后来好莱坞大导演斯蒂芬·斯皮尔伯格的代理人收藏了这幅作品。1991 年，美国著名杂志《读者文摘》将他的水彩作品《森林之歌》登上封面，再一次奠定了他作为风景画家在西方美术界的地位。

欣赏蔡楚夫的画，惊讶于这位多才多艺的画家，能在西方油画和中国水墨画两个不同的世界中自如地穿行，并且出类拔萃，这是无法想象的。蔡楚夫说："如果说笔墨是中国画的灵魂，那么色彩则是油画的灵魂。"他是睿智的，他的画里将这两种不同的绘画技巧融合得巧妙而不着痕迹。无论是他的"雪霁"系列，还是静默高贵的幽兰，娇艳古典的秋荷，清婉醉人的紫藤，芦草中嬉戏的水鸟……大自然的一切在他的笔下都栩栩如生，展示着静美的生命历程。蔡楚夫先生是凌驾于万物之上的，因而他知道怎样去挖掘生命中最美的意境。

所以，中央美术学院院长、著名油画家靳尚谊评价他：蔡楚夫先生在纽约——世界艺术的中心树起了自己特有的旗帜。他的绘画，以其深厚的哲学内涵、丰富扎实的技巧，为西方艺术界所关注。他的绘画，既有中国传统艺术的意境，又不失西方现代艺术的旋律，可谓东西方结合的一种方式。

虽然蔡楚夫先生在世界艺术之都——纽约已经赫赫有名了，但是他思乡的情结还是很浓。2005 年春节期间，他在美国的报纸上看到昭平县知名的乡土摄影师喻湘泉拍摄的高山茶园风光图片，立即被家乡美丽清秀的自然景观迷住了，他指着图片自豪地对当地的华人和朋友说：这是我的家乡！

从那时起，蔡楚夫先生就想着要回一趟家乡去看看。这个愿望终于实现了，他回到了阔别已久的家乡——昭平。我就是在陪蔡楚夫先生去茶园赏茶时认识他的。

蔡楚夫先生站在清晨的微风中，戴着一顶黑色的棒球帽，穿着一件深色的 Polo 休闲服，两手放在裤兜里，神闲自若，儒雅淡定，从容安逸，微微地笑着，有一种超越凡尘的气质。我站在他的身旁，感觉有一种气场，这种气场将周围的俗事一一吸附。我无法用更准确的语言表达，因为语言在他身上是失效的。

我知道了这个叫蔡楚夫，原名叫蔡家杰的享誉海内外的著名油画家是多么的杰出。他是美国华人艺术家协会会长、美国国际文化艺术中心顾问。从艺四十多年来，在香港大会堂、纽约圣若望大学美术馆等世界多个国家及地区举行个人画展联展近八十次；其作品入选美国纽约皇后美术馆1987年双年展及1988年双年展最佳作品展“The Best of Annual Juried”；1987年美国亚特那提芙美术“Alternative Museum”的“纽约艺术家作品展”。1997年获得美国国际文化艺术中心“创作成就奖”……

雪的声音落在尘埃上，是什么样的？去看看蔡楚夫先生的画吧，那些大片大片洁净的雪，以及雪之外存在的东西都是有生命的。它们有着自己的声音和思想，它们传递给我们的是语言所不能表达的。我们在欣赏的时候，便听到身体涌动的潮声，一漾一漾在敲打着被生活磨得起皱的心，在驱赶那些困惑、繁杂、琐事……然而，这些也终将被那些温暖的雪所覆盖，融化。

因而生命呈现了丰盈的生机，向着那温暖的方向！

后 记

很多年了，我依旧记得给《南国早报》写的第一篇散文，其实是给电视剧《橘子红了》另写一个故事结局。那时，因为那个笑的时候，嘴轻轻一扬，很有男人味的寇世勋在剧中演容老爷，又因为有黄磊，所以看到征文启事，很有感触，写了《兰花爱人》，传真过去，第二天就发了，很开心。

之后，我就开始写一些唯美的散文，编辑是《南国早报》的文萍老师，我的投稿，她都采用了。那时，我与文萍老师素未相识，她竟如此欣赏我的散文，让我感激不已。因为这小小的欣赏，我对散文的喜欢，一直持续到现在。之后是昭平县委宣传部的翟伟副部长（现为贺州日报社总编）看了早报的散文，给我打来鼓励的电话。之后是父亲等家人对我写作的鼓励和关心，因为有他们，写作于我，是工作之外一件快乐的事。

这些年，《广西文学》的韦露老师和《广西日报》的李湘萍老师，与我亦师亦友，给了我很多写作的建议和帮助，谢谢这温暖的给予。

这些年，时光虽然改变了我的容颜和心境，却未改变我对散文写作的热情。这些年，我写得很慢，这慢中的停顿和空白，让我不断审视自己，不断在彷徨和坚持中向前，那些温暖的文学之光，也从未暗淡。一如我在第一本散文集《时光深处》里说的，这些文字，像随处散落的阳光，温暖、散淡、安静……散发着属于它的光泽。

如今，写作于我，是一种心灵的修行，我在此中找到了自己的灵魂归宿，这才是重要的。

感谢广西作家协会，它于我，就像温暖的家。

2013 年 10 月 6 日　贺州